U0443728

Rachel
DeLoache
Williams

假扮

名媛

MY FRIEND ANNA

**THE TRUE STORY OF
A FAKE HEIRESS**

[美]瑞秋·德洛奇·威廉姆斯 —— 著

李思璟 —— 译

图书在版编目（CIP）数据

假扮名媛 /（美）瑞秋·德洛奇·威廉姆斯著；李思璟译. -- 北京：北京联合出版公司，2025.1.
ISBN 978-7-5596-7948-2

Ⅰ. I712.55

中国国家版本馆 CIP 数据核字第 2024TA1345 号

Copyright © 2019 by Rachel DeLoache Williams
Published by arrangement with Creative Artists Agency and Intercontinental Literary Agency through The Grayhawk Agency, Ltd.

假扮名媛

作　　者：[美]瑞秋·德洛奇·威廉姆斯
译　　者：李思璟
出 品 人：赵红仕
选题策划：人间食粮文化
责任编辑：徐　鹏
特约编辑：高继书
封面设计：TT studio 谈天

北京联合出版公司出版
（北京市西城区德外大街 83 号 9 层　100088）
北京联合天畅文化传播公司发行
北京美图印务有限公司印刷　新华书店经销
字数 223 千字　880 毫米 ×1230 毫米　1/32　10.75 印张
2025 年 1 月第 1 版　2025 年 1 月第 1 次印刷
ISBN 978-7-5596-7948-2
定价：56.00 元

版权所有，侵权必究
未经书面许可，不得以任何方式转载、复制、翻印本书部分或全部内容。
本书若有质量问题，请与本公司图书销售中心联系调换。
电话：010-64258472-800

目 录

序 言

第一部分

第一章　求救信号　002
第二章　纽约，纽约　028
第三章　基础工作　039
第四章　迅速升温的友谊　055
第五章　洪水灭世　076

第二部分

第六章　喧　嚣　092
第七章　马拉喀什　110
第八章　缓　刑　130
第九章　返回纽约　145
第十章　揭　露　160

第十一章　换　挡　　　　　　　　　179
第十二章　明确行动　　　　　　　198

第三部分

第十三章　"煎锅"酒吧　　　　　210
第十四章　顿　悟　　　　　　　　228
第十五章　反　面　　　　　　　　239
第十六章　日　食　　　　　　　　250
第十七章　转　折　　　　　　　　261
第十八章　康复之路　　　　　　　276
第十九章　重新平衡　　　　　　　289

结　语　　　　　　　　　　　　　318

致　谢　　　　　　　　　　　　　321
后　记　假新闻，真犯罪，下一步是什么？　323

献给我的父母

并

悼念我的祖父母

露丝·德洛奇·汤普森和弗莱彻·D. 汤普森

序　言

　　你是来读安娜·德尔维的故事的，我完全理解。当初我们还是朋友的时候，我也觉得她很迷人。最佳反派常常是那种恶毒之余却让你忍不住欣赏的人：这就是安娜的本事。我太喜欢她了，花了六个月的时间才醒悟，我亲爱的朋友是一个骗子，而真相就藏在我眼皮底下。

　　从表面上看，人们可能认为他们已经了解我和安娜的友谊，似乎可以轻而易举地根据新闻报道来推测我的动机或指责我，但我和安娜一起经历的一切都不简单。在这里详细地讲述我的故事之后，我希望人们能更好地领悟那段经历给我带来的真实感受。

　　归根结底，我觉得自己想要信任别人是很自然的事，所以我对此并不感到遗憾。怀着这种信任别人的冲动并不会让一个人显得愚蠢或幼稚，反而会凸显他的人性。在我看来，不具备那种伴随所谓街头智慧而来的玩世不恭的态度，反而是幸运的标志。如果你在我遇到安娜之前问我，我不会觉得自己缺乏这类常识。我对陌生人持怀疑态度，对新朋友心存疑虑。然而，我从未想过会碰上像安娜这样的人，她规避了我的筛选标准。你在书中读到过这样的人，你在电影中看到过这样的人，但你无法想象在现实生活中遇到他们。你会觉得这种事情永远不会发生在你身上。

如果你还没有类似的经历，我可以告诉你：当你发现你对你关心的人自以为了解得很透彻，实际上那只是一个错觉时，你会深感不安。这种经历会扰乱你的思绪，你会一次次回想那些场景、那些话语、那些言外之意，你把它们挑出来，拆解剖析每一个小细节，想知道谎言里面隐藏着的所有真实。

后悔是一种无益的情绪。过去的事已经无法改变，我们每个人能做的只是选择如何应对每一个受骗时刻，根据我们曾经的经验决定前进的方向。我并不后悔，但我能明白这是怎么发生的，我们可以从中学到一些东西。"一些东西"是很模糊的形容，因为我学到的东西似乎随着时间的推移在不断地演变和发展。我在私下和公开场合一波一波消化这场磨难，回顾不同的阶段，我感到自己已经发生了翻天覆地的变化，与过去的我大相径庭。

这就是我的故事。

第一部分

1

第一章　求救信号

健身教练凯西、摄像师杰西和当时是安娜朋友的我,我们三个人应安娜的邀请来到马拉喀什①。她表示愿意支付我们的机票、拉玛穆尼亚酒店的豪华私人里屋②(配有三间卧室、一名管家和一个泳池)的费用及我们的其他开销。听起来像一场梦,但我在摩洛哥的最后一天——2017年5月18日,周四——一开始就不太顺利。

一觉醒来,我看到手机上有三条新信息。第一条是凯西发来

---

① 马拉喀什:位于摩洛哥西南部的一处旅游胜地。
② 里屋:摩洛哥和西班牙安达卢西亚地区的传统内部花园或庭院,现在在摩洛哥经常指拥有公共区域和私人房间的酒店或宾馆式的民宿,通常位于经过修复的传统豪宅内。

的，她得了胃病，想回家——"瑞秋，早。我觉得我今天需要提前回去。"另外两条来自杰西，他去网球场拍摄安娜上私人课程的场景，他到达时，却发现安娜不在。安娜此刻正在我们一起住的房间里，睡在我身边。

"安娜，"我低声说，"你不是要去上网球课吗？"

"呃——不，我推迟了。"她昏昏沉沉地说，然后转过身去，又睡着了。

"听安娜说她推迟了网球课。"我给杰西发了一条短信。杰西显然完全不知情，语气有点儿恼火，回复道："好吧。反正我去了网球场，教练在那里，安娜不在。还有一位酒店经理来找过她。"

"要一起吃早餐吗？"我问。

"嗯，"他回复，"给我五分钟。我去客厅找你。"

与此同时，我的注意力回到凯西身上。她告诉我，她没有精力做任何旅行安排。我用手机查了一下，给她发了一张12点40分起飞的航班截图，虽然现在已经10点多了，但看起来应该赶得上。

"如果你能帮我收拾行李，我应该能赶上。"凯西回复。

我还没来得及回复，就收到了杰西的短信。"好了。"他说。

"你先开始收拾，"我告诉凯西，"我给礼宾部打电话叫车——你订好机票了吗？我觉得你需要在十五分钟内出发才来得及！我正在给礼宾部打电话，问问他们觉得你能不能赶得上。"

我用的是床边的座机。安娜被我的声音吵醒，坐起来去拿手机。她迅速眨了眨眼睛，然后用指甲分开右眼外眼角的长睫毛。

"凯西要走了，"我说着挂断电话，"我得去帮她收拾行李。"

"为什么?"安娜问,"你又不是她的女仆,她不应该要求你做这种事。"

"没错,但她病了。"我提醒她。

杰西在等我,凯西要赶时间,我很着急,迅速换下睡衣,穿上一条棉质连衣裙。当我拿起床头柜上的手机时,发现安娜又睡着了。

我在客厅见到了杰西。"嘿,你先去吃早餐吧,不用管我,"我说,"我一会儿去那儿找你。"自助早餐就设在泳池旁边,从我们的里屋走过去只要五分钟。杰西似乎因为一大早的诸多不顺而有些不满——先是在网球场等安娜,现在又在这儿等我。当时我太着急了,没有顾及他的状态。

"好吧。"他在离开前粗声说。

凯西和我的房间分别在里屋的两头,我走进她的房间时,空气中弥漫着一股淡淡的椰子味。她躺在床上——过去两天,她几乎一直都在床上。我站在她身边,用手机打开一个旅游网站。凯西慢慢起身,找到她的钱包后,把她的信用卡递给我,我用它给她买好机票。我注意到接她的车还没有到达,便打电话向礼宾部询问最新进展。"她真的需要离开。"我恳求道。同时,我疯狂地帮凯西收拾行李。

凯西的状态很差,她在卧室里踱来踱去,拿起衣服和鞋子,动作有些吃力。帮了大约十分钟的忙后,我停下来去看接她的车到没到。但我刚踏进客厅,就看到两个穿着立领印花丝绸外套的男人站在那里。他们告诉我,他们是酒店的管理层。

"德尔维小姐在哪里?"高个子用严厉的语气问道。这两个人有点面熟——前一天晚上他们也和安娜说过话，他们看起来并不友好。

安娜给酒店用来支付我们住宿费用的借记卡出了问题，在酒店管理人员礼貌而坚定地施压两天后，她还没有解决这个问题。安娜向来反感制度性的权威，似乎把不遵守规章制度当作自己的原则。酒店明确要求登记一张有效的银行卡，但安娜以居高临下的姿态和愤怒的神情来回应他们的要求。他们竟敢用这种不愉快的纠缠来打断她的假期！安娜一直以为自己因为有钱就能得到特殊待遇，但这次她的行为太过分了。尽管在来摩洛哥之前就有过类似的经历，我依然很喜欢她，但从来没有像现在这样受到如此直接和强烈的影响。现在，我们在马拉喀什，与我们友谊诞生之地的曼哈顿远隔重洋，我对安娜的冷漠态度却在此时有了新的认识——这让我感到不安。

"她在睡觉。"我简短地回答。我们放纵的假期突然走向了不好的方向，我很沮丧，但不知道该对安娜还是酒店员工发火。这两个男人突然闯进我们的私人空间，让我觉得很有侵略性，所以我暂时把矛头对准他们——虽然他们不会注意到。我迅速搁置情绪，进入行动模式，毕竟我整个上午一直是这个状态。由于我在《名利场》杂志负责组织复杂的拍摄工作，如何化解压力已经成为我的第二天性，虽然这很费心思，但我很擅长。我大步穿过房间，来到长长的走廊，决心叫醒我们的"主人"。

"安娜，"我催促道，"安娜，酒店那些人来了。你能看看他们需要什么吗？"

"唉。"她咕哝了一声。

"他们在客厅。"

我匆匆离开去找凯西,向经理们保证安娜马上就来。这时我意识到,我匆忙地打电话给礼宾部紧急叫一辆车去机场反而拉响了警报,他们以为我们要逃跑。我的心怦怦直跳,凯西的病、安娜的欠款、各种混乱——一周以来愈演愈烈的麻烦之风,现在正呼啸着成为一场完美的风暴。

我拿起凯西卧室旁边的电话。"嗨,我问一下,那辆车来了吗?"对面一阵沉默。我的下一句话是一口气说出来的:"行吧,请司机快点儿!我们不会全部离开——经理在这里——有一位生病的游客需要去机场。"

此时,凯西终于起床了,她准备好要离开,她的注意力完全集中在回家的事情上。我推着她的行李箱,和她一起从经理他们身边走过。凯西既匆忙又萎靡,我不确定她是否注意到了他们。不过,他们警惕地盯着我们。安娜还没有露面,但凯西的车终于到了。我把她的行李箱递给司机,当司机把箱子放进后备厢时,我和凯西互相告别。

"帮我和安娜说一声再见,好吗?"她说。

"当然。"我回答。凯西坐进后座,关上车门。她正在去机场的路上,一定能赶上飞机,这让我松了一口气。但当我的思绪回到安娜身上时,我体会到一种越来越强烈的恐惧感。我回到房间。

"我去看看她。"在他们开口之前,我先说。

她为什么要花这么长时间?我沿着通往主卧的幽暗走廊小跑过去,发现安娜穿着浴袍,表情严肃地踱来踱去,她正在用德语通电话。她的目光向下,眼神左右移动,似乎在处理信息或等待答案。她专心地听着,没说几句话。

"安娜,"我打断她,"你得过来一下。"她头也不抬地点点头,过一会儿走出了房间。我留在了房间。我明白为什么安娜前一天晚上联系不上她的银行——经理在大厅通知她时已经很晚了。现在是早上,我相信她可以联系到她需要联系的人,她很快就会控制住局面。

很高兴能独处一会儿,我上网查了一下我的行程。和其他人不同,我在从纽约出发前就订好了离开摩洛哥的机票。我会从马拉喀什飞往法国,独自旅行几天,然后在阿尔勒与同事们会合,参加安妮·莱博维茨[①]展览的开幕式。我飞往尼斯的航班(在卡萨布兰卡转机)是第二天早上10:05,现在离登机不到二十四小时,所以我在网上办理好登机手续。为了避免凯西刚刚的经历重演,我打电话给礼宾部,安排了早上7:30去机场的车。处理好这些事后,我开始考虑我们今天的行程。

我们计划参观绿洲别墅,这是皮埃尔·贝尔热[②]和伊夫·圣罗兰[③]的私人住宅,与这对情侣心爱的马若雷勒花园毗邻——我

---

① 安妮·莱博维茨:美国肖像摄影师,曾为《滚石》杂志工作,并为约翰·列侬和小野洋子拍摄过经典照片。
② 皮埃尔·贝尔热:法国时装设计师、艺术品收藏家,曾是伊夫·圣罗兰的伴侣,也是圣罗兰品牌的创办人之一。
③ 伊夫·圣罗兰:法国时尚设计师,被认为是20世纪法国最伟大的设计师之一。1955年成为时装设计师克里斯汀·迪奥的助手。1957年,圣罗兰接掌迪奥的业务。1961年创立YSL圣罗兰品牌时装,成就一代传奇。

们周二已经参观过花园，那里游客众多。绿洲别墅本身不对公众开放，经过特别要求才能参观，而且必须向马若雷勒花园基金会捐赠1600美元。通常情况下，我会认为这是不予考虑的，但因为是安娜付钱，所以一切都是她说了算。我们原计划在上午11点离开酒店，现在只差十五分钟了，我有些担心，匆忙收拾好今天要带的东西：富士X-Pro1相机和放有护照、信用卡及收据的米色皮包。

我觉得已经来不及吃早餐了，但如果没有摄入咖啡因，我可能会头痛。于是我给杰西发了一条短信："你能帮我点杯咖啡外带吗？"

没等他回复，我穿过客厅的用餐区回到客厅，看到安娜仍然只穿着浴袍，坐在房间对面一张金色的长绒沙发上。她双手手腕交叉，轻轻地放在大腿上。两位经理站在我们之间的瓷砖地板上——在同一个地方已经站了将近一个小时。没人说话。

安娜的手机静静地放在她面前的咖啡桌上。我觉得奇怪，这些男人还在这里，她竟然没有继续打电话——她甚至完全没看手机。我不顾一切地想弄明白现在的情况，扭头望向她的脸，试着寻找线索。她看起来既不担心，也不是特别平静，如果说有什么话能够形容，那就是她更像是对此完全无所谓——这才是最可怕的。很明显，这些男人在等着她做点什么。她还在等什么？

"怎么回事？"我问她，"事情解决了吗？"

她懒洋洋地指了指手机。"我留言了，"她说，"他们应该会给我回电话。"

"需要多久？"

"我不知道,但他们答应我会解决这个问题。"

"你不能打给其他人吗?你的银行应该开门了吧?"

"我已经给他们打过电话了,他们会处理好的。"

安娜冷漠的态度让我震惊,也让我愤怒。房间里的紧张气氛已经变得难以忍受——她难道觉得这事还能一直拖下去?我略微考虑了一下,觉得她可能出于怨恨才拖拖拉拉的。我知道她一直对酒店经理不屑一顾。例如,在安娜长住的霍华德11号酒店,当他们坚持要求她支付预订费用时,她总是大发雷霆。但此时此刻,安娜似乎一点儿也不生气。

我又想到另一个问题:如果安娜每月都会收到信托基金的付款(我有充分的理由相信如此),也许她5月的津贴已经超支了。在我们来摩洛哥的前一个周末,也就是这个月初,安娜包了一架从纽约到奥马哈往返的私人飞机,参加伯克希尔·哈撒韦公司①的年度股东大会。我以前也因为拍摄照片预订过包机,虽然次数不多,但足以让我了解包机的费用是多少。如果安娜之前没有就获取更多的旅行经费做出安排,也许就能解释为什么她现在似乎被烦琐的手续困住了。

在纽约的时候,偶尔发生这样的意外似乎不算什么问题。安娜犯得起错误,不管是财务还是其他方面的错误。我记得3月底的一个晚上,我和她去了曼哈顿一家名为"船"的航海主题的鸡尾酒吧。那里离霍华德11号酒店不到一个街区,我们以前从未去

---

① 伯克希尔·哈撒韦公司:由沃伦·巴菲特于1956年创建,是世界著名的保险和多元化投资集团,总部在美国内布拉斯加州奥马哈。

过"船",这次是和几个下班的酒店员工一起去的。

"我请每个人喝一杯!"安娜喊道。霍华德11号酒店的员工们高兴地接受了她的酒,欢呼着"安娜·D请大家喝酒"。她陶醉在别人的喜悦中,这表现在:她的脸颊变得红润,她的眼睛闪烁起来,她的嘴角挤出了酒窝。酒保记下了我们点的酒,把酒分出去,然后要了一张卡,用来记130美元的账单。结果安娜只带了酒店钥匙,其他什么都没带。"你先结账,我之后还给你,行吗?"她小心翼翼地问我。我结了账。因为她总是那么大方,所以我没再提起过这笔账单。

★★★★★★★★

拉玛穆尼亚酒店的经理们听着我们的对话,明显失去了耐心。他们不仅一整个上午都站在我们的里屋,昨天晚上还经历了和安娜同样的煎熬。昨天晚饭后,当我们经过大厅时,他们拦住安娜,并跟着她回到里屋,等着她打电话。我当时想最好给她一点私人空间,就借口要去睡觉。当我离开房间时,那两个男人就站在他们现在站的地方——客厅边缘通往门厅的台阶旁,以便有效地挡住我们通往正门的路。

"那你就坐在这儿等吗?"我问安娜。

"我没有别的事可做。我告诉他们了,但他们不想离开,所以……"

我瞥了一眼经理们。"不是吧,安娜。"我想。两个男人稳稳地站在那里,双手紧握,一个人背对着我们,另一个面朝我们,他们哪儿也不会去。

高个子经理转过身来,怒视着我。这一幕仿佛在火车撞上我之前,我就已经看到火车开过来,但我不知道如何逃离铁轨。

"你有信用卡吗?"他问。

我看着安娜,抑制住想吐的冲动。"跳吧,"她似乎在说,"我会接住你的。"刹那间,她的神态从倔强变得和缓,她的表情,特别是眼睛周围的表情也变得柔和。"我们能暂时先用她的卡吗?"她劝诱道。

肾上腺素在我体内飙升,我坚决地看着经理们,希望能有一点儿回旋的余地。"只是临时预授权,"高个子说,"账单出来之后才会结算。"

"我会收到回电的。"安娜拿起手机,补充道。

在别无选择的情况下,我迫于压力,拉开米色皮包的拉链,取出我的个人信用卡。一位经理上前接过它。"我们只会暂时冻结一笔资金。"他再次向我保证。

虽然这段小插曲不超过十五分钟,但我觉得像熬过了漫长的几个世纪。等那些人(带着我的信用卡)离开后,我难以置信地转向安娜。

"你告诉你父母你要来摩洛哥了吗?"我问。

她摇了摇头。

"但是你会解决这个问题的,对吧?"

这与其说是一个问句,不如说是一个陈述句。我不需要提醒安娜她已经知道的事情——她已经把我逼到了极其不愉快的境地。

"是的,我正在处理。非常感谢你出手帮忙。"安娜兴高采烈地说。

我试图将情况合理化,但这并没有让我觉得释然。不过僵局一结束,空气清新起来,我说服自己一切都会好转的。经理们说,对我账户的冻结只是暂时的,安娜将在退房时结清账单。我很高兴比她先离开。

但过了一会儿,安娜正在换衣服,而我准备离开去找杰西的时候,那位高个子经理又回到客厅。他就是拿走我信用卡的那位经理,所以我以为他是来还卡的。他递给我的东西可能是签字板,也可能是一个托盘——我已经记不清了——里面有一张看起来像收据的纸条,他要求我在上面签名。我心里一沉,纸条上写着一串数字——日期、时间和一些难以理解的代码——再往下,用稍大的字体写着"30000.00摩洛哥迪拉姆①"。

我愣住了。"收据通常是在收费之后才会给我,而不是在收费之前。"我想,"这是怎么了?"

"我以为我的卡不会被扣款。"我说。

他指着纸条上一个大写的单词"PREAUTORISATION②",这是法语,我学过这门语言,但在这种情况下,我不敢确定这个单词的确切含义。

"资金冻结需要您签名。"他说。

天哪,我真希望我当时说不,断然拒绝并转身走开。

事情在一瞬间就结束了。我潦草地签下的甚至不是我的全

---

① 摩洛哥迪拉姆:摩洛哥货币。30000摩洛哥迪拉姆约等于2900美元。
② PREAUTORISATION:即"预授权"。

名：如果你不熟悉，你会以为我签的是"耑"①。

★★★★★★★★

已经过了我们原定前往绿洲别墅的出发时间，但安娜才刚准备开始收拾。我把她留在里屋，自己沿着穿过拉玛穆尼亚酒店大花园的宽阔的中央大道向酒店的主楼走去。我感觉自己头晕目眩，发信息给杰西："杰西，帮我点咖啡了吗？"之后，我瞥了一眼手机，查看他的回复。

他的第一条信息是："我去问问。"

第二条是："你为什么不去找管家？"

我叹了一口气。"我不在别墅，"我回答，"没事了。"

在去找杰西的路上，我决定顺便去前台告诉礼宾部我们要迟到了。但是，考虑到工作人员在为凯西派车这件事上是多么犹豫，我开始怀疑这次外出是否已经安排妥当。

礼宾员听了我的问题，把身体重心前移到脚掌上，又移到脚跟上，然后他点了点头，拿起电话。简短地通话后，他转身对我说："你们的车马上就到。"

"泳池亭"餐厅恰如其名，毗邻酒店那个湖泊大小的游泳池。餐厅提供丰盛的自助早餐，除了肉类、奶酪和按要求现场烹饪的鸡蛋外，还有大量新鲜水果、酸奶和糕点。餐桌在户外，我在那里找到了杰西。

我们坐在一把白色的遮阳伞下，遮阳伞遮住了刺眼的阳光。

---

① 耑："瑞秋"的"瑞"的半边。

我的不适感相继出现，胃部的钝痛在向下拉扯，而胸口正在以隐约的颤动来警告我：我把忧虑埋藏在故意装出来的欢快外表下。

等安娜出现的时候，我的咖啡已经凉了，她飘然走过铺着瓷砖的露台来到我们的身边。她穿着一条我的裙子——蓝色条纹、白色底的棉质短款连衣裙，是我最近在一次样品特卖会中买的，还没有穿过。我最后一次看到它挂在属于我的衣柜里的时候，标签还在。安娜都没有费心问我一句她能不能借走这条裙子。

我感到一阵愤怒。如果小时候我妹妹做了类似的事情，肯定会惹得我大发脾气。但我现在是个成年人了，我提醒自己：安娜不是我妹妹；那只是一条裙子。再说，再过一天我就离开这里了。

"裙子很适合你。"我承认，但我担心她的身材是否会破坏这条裙子的版型。

安娜微笑着摆了一个可爱的姿势。"是的，我觉得穿着它拍照会很好看。"她解释说。

★★★★★★★★

经过一个气氛紧张的早上后，我们终于可以离开酒店去伊夫·圣罗兰别墅游览。我松了一口气。出去走走也不错，这一周的大部分时间，我们都在酒店周围闲逛。远赴摩洛哥，花了这么多钱，却没有真正看到什么，我感觉我们很傻。

我们和司机一起出发，十五分钟后抵达了马若雷勒花园的入口。出来迎接我们的导游是一位头发花白的英俊男子，他戴着厚框眼镜，穿着牛仔衬衫，圆滚滚的肚子耷在驼色的腰带和绿色的卡其裤上。我们跟着他穿过花园的入口，经过游客区，来到隐蔽的第二道门，那里有一条尘土飞扬的小路，路两旁有高大的棕榈树和顽强的花朵，一直通向绿洲别墅的私人庭院。

花园里种满了柑橘类植物和奇形怪状的仙人掌，就像出自苏斯博士①故事的野外景观。别墅坐落在尖尖的绿叶后面，墙壁是点缀着绿松石色和群青的桃色调。沿途，我们不时停下来拍照。

安娜总是确保她会出现在照片中，而且懂得如何摆姿势。与她不同，我在镜头前很害羞，很不自在。在别墅正门处的喷泉前，我们难得地拍了一张合影。喷泉用五彩的瓷砖砌成八芒星形状。安娜巧妙地交叉双腿，突出她的女性魅力。她的一只手放在胯上，凸显她的身材；大大的墨镜遮住了她的脸，只露出一丝沉着的微笑。相比之下，我蜷缩在她身后直接对着镜头，宽松的连衣裙，脸颊圆润，眼睛眯成一条缝，在明亮的阳光下咧嘴笑着。

在我们进入别墅之前，导游提醒我们，别墅内禁止摄像和摄影。这让我们有点儿失望，尤其是杰西。安娜似乎并没有太生气，尽管她曾说过，她想利用这次摩洛哥之行的机会拍摄一部小电影——部分原因是为了证明这次旅行的巨大开销是合理的。在纽约，她一直在筹建安娜·德尔维基金会，这是她正在开发的一家视觉艺术中心，其中将包含画廊空间、餐厅、会员休息室等。她正在考虑制作一部关于这家视觉艺术中心是如何创立的纪录片，也想知道有人拿着摄像机在她身边是什么感觉。在我看来，

---

① 苏斯博士：美国著名作家及漫画家，以儿童绘本最出名。

比起杰西拍摄的内容，安娜似乎更在意的是有杰西在场——他的存在更多是为了给她带来一种感觉：她做的事情足够有趣，值得拍摄下来。杰西来摩洛哥是为了工作，而且他很认真地对待这件事。他坚持认为，这部电影要想成功，就不能仅仅是安娜在拉玛穆尼亚酒店闲逛镜头的拼接。考虑到绿洲别墅不能拍摄的要求，他决定把我们在此游览期间的谈话进行录音，以尽可能地收集各种不同的素材。所以，当我们穿过由雪松组成的前门时，他一直开着手持麦克风。

别墅明亮的外墙和昏暗的门厅形成惊人的对比。质感和色彩的盛宴包围了我们，整个空间充斥着令人叹为观止的复杂装饰：马赛克瓷砖、手工雕刻的石膏像、精致的绘画。我们停了一会儿，以便让自己的眼睛适应，然后像参观博物馆一样绕着整个空间转了一圈。在导游的注视下，我们每个人按照自己的速度和方向游览。宽敞的入口大厅、高高的天花板和大理石地板给我留下了深刻的印象，再加上房间中央的瓷砖喷泉，使这里更像一个做礼拜的场所，而不是一个家。

其他房间面积小，但仍然很奢华，也更舒适，饱满的枕头上铺着纹样丰富的手工编织布料，家具摆放得非常适合心意，房间里设有很多壁龛。没有一件东西看起来像从商店买来的，至少我去过的商店不会卖这样的东西。它们看起来都是手工制作、绘制和挑选的。显然，这里的陈设和物品是多年来悉心设计的结果。

我对这座别墅的神秘感和辉煌感肃然起敬，但安娜的出现让我不得不压制住探索的冲动。让她看到我太在意任何事情都会使我觉得自己很脆弱。我在别墅里走来走去，用眼睛做着记录，仿佛我在考察这个地方，也许以后有一天，当我能用自己的时间，和不同的人一起好好欣赏的时候，我还会再来这里一次。

我们一边游览，一边在允许拍照的楼顶露台和庭院等地方拍下美丽的瞬间。在一间阳光明媚的蓝色客厅里，我们结束了行程，并花了一点儿时间欣赏一张方桌，桌子中央放着一个棋盘。安娜对国际象棋特别感兴趣。她曾告诉我，她弟弟是国际象棋的专业选手，参加过锦标赛等竞技比赛。谈起她弟弟，似乎会暴露安娜的一个软肋，一个通向更温暖、更人性的地方的入口，一种我可以体会到的亲情。因此，和她在一起时，我只要看到任何与象棋有关的东西，都会特意指出来。她弟弟一定很热爱象棋，她似乎也同样着迷。

参观结束后，我们四个人围坐在庄园室外凉亭中一张有银色雕饰的桌旁的矮凳上。我们喝着新鲜的橙汁，品尝着蓝色花边盘里月牙形的饼干，这种饼干叫"kaab el ghazal"，也就是"羊角饼"。

随后，我们跟着导游走向出口，从门口回到公共花园。他领着我们沿着小路绕过一座亮蓝色的建筑——柏柏尔博物馆，这是我们还没有参观的地方。博物馆书店前门的木质百叶窗上镶嵌着金属铆钉，在建筑外观鲜艳的钴蓝色的映衬下显得格外苍白。导游带我们进了书店，来到收银台前，停了下来。——旅程到此结束了吗？在礼品店出口告别？

"你们想用什么方式捐款？"他问。

我们看向安娜。"哦，我以为酒店已经处理好了，"她回答，"我以为这可以通过我们在拉玛穆尼亚酒店的预订来结算。"

但很明显，必须在书店当场付款。安娜和杰西转向我，导游和收银员——一个穿着深色制服、身材修长的男人——也跟着把目光投向我。我瞬间涨红了脸，拉开皮包的拉链，在收据中翻找我的信用卡。但它不在包里。我又翻了一遍，心里一阵恐慌。我在预授权单上签完字后，经理把卡还给我了吧？我疯狂地回想自那之后我都做了什么。我把它落在里屋了吗？落在礼宾部柜台上了？难道是我带着它去吃早餐时不小心忘在那儿了？

当我第三次翻看皮包里的东西时，我不得不承认，我绝对没带信用卡——只有借记卡，它被我谨慎地放在护照旁边。我觉得自己陷入了困境。我心情沉重，把借记卡交给收银员，要知道我的账户里只有410.03美元，会透支的。

一次、两次，收银员一次又一次地试着刷我的卡——但交易一再被拒绝。因为在此之前，我没有在摩洛哥用过借记卡，也没有通知银行我要来这里旅行，所以这些不正常的消费都被拦截了。

付款无望，我们陷入了窘境，我羞愧难当。现在该怎么办？

导游坚持要我们回酒店取一张卡付款，并表示他将陪同我们一起回去——确保我们不会消失。

在我认识安娜的一年多里，我注意到她是多么渴望被人认真对待。跟着导游离开收银台时，我感觉我们从客人变成了潜在的罪犯。突然间，我发现自己在受到质疑时是多么痛苦。我觉得自己被误解了，就好像我们在餐馆吃完饭，却发现忘了带钱包（纯属无心之过），而工作人员不相信我们是真的打算付钱。

我们从花园的正门渐次来到街上，司机正在车里等待。我们四个人坐进后座。导游沉默寡言，面色越来越阴沉。在参观过程中，我了解到他实际上是马若雷勒花园基金会的负责人，也是贝尔热和圣罗兰的终生好友。然而，他坐在拥挤的后座上，在开往酒店的路上颠簸着，一切显得那么格格不入，这让我觉得尴尬和不妥。我一再为占用了他的时间而道歉，毕竟他有比处理我们的付款更重要的事情要忙，尤其是基金会当时正在筹备圣罗兰博物馆，该博物馆将于当年晚些时候开放。

我们的汽车开到离别墅最近的车道上，停在拉玛穆尼亚酒店的一侧围墙边。我的朋友们留在车里，我跳下车，小跑出去。在这一刻，因为一个又一个问题，安娜给我带来的愤怒和挫败感正在不断累积，然而由于我一直在拼命维持我们关系的稳定，这些感觉都被淹没了。我忙着堵漏洞，没有时间为它们不断出现的原因而生气。

我们的管家阿迪德看到我来，打开了前门。我找遍别墅，就是找不到我的信用卡。我在客厅、床头柜和书桌上找了一遍又一遍，甚至扫视了地板，或许它掉在地上了。我把它放进行李箱了吗？我打开箱子，检查保管其他卡片的夹层，依然没有信用卡的踪影。无奈之下，我拿起康泰纳仕（《名利场》杂志的母公司）给我的美国运通公司卡塞进我的皮包，沿着柔软的砾石路跑回酒店主楼。我心跳加速，大厅里空调的凉意扑面而来。

我向前台后面的经理示意："你们还留着我的信用卡吗？"

他缓缓点头回应。他还留着！卡在这里。我如释重负，想到大家都还在车里等着我，我哽着嗓子说："我要用它。"

但我失望地听到他的拒绝。他告诉我，我们的住宿费用问题还没有得到解决，因此我的银行卡被扣押了，除非安娜付清这笔欠款。

我向他恳求，解释说我需要这张卡给花园付款，这张卡是我们唯一有效的付款方式，基金会的那个人在车里等着我们。他对我绝望的话语无动于衷。

我飞快地想了想，拉开皮包拉链，取出公司的美国运通信用卡。

"给你，"我轻声说，"把我的私人卡还给我，我不在的时候你可以留着这个。"

他伸手来拿公司卡，但在他拿走之前，我坚定地说："你可以留着它，但不能用来收费。"他点点头。

"德尔维小姐在哪里？"他问。

"她在车里等着呢。"

"我们需要和她谈谈。"

他的语气令人不寒而栗，我知道事态越来越严重了。我快步穿过院子，回到车道上。

我在路上与杰西擦肩而过，他看起来很生气。"我回别墅去了，"他说，"这太荒唐了。"

安娜和导游还在车里。后侧的推拉门开着。

"安娜，前台找你。"我说。

她的冷笑让我觉得自己像一位任性少年那疲惫的母亲。她没有多说什么，下车走了，留下我一个人和导游在一起。

在某些地方，商家可以记下银行卡的详细信息或使用设备远程刷卡,但这里不行,我们得回书店去。在回马若雷勒花园的路上,负责人和我坐在车后面的长座上,尴尬得面面相觑。我试着和他攀谈,但看得出来,他明显不感兴趣。

"我再次为这样占用你的时间感到抱歉。"我说。在随后的沉默中,我不敢直视他的眼睛。

****

一到收银台,负责人就站在我身边,让店员刷我的美国运通信用卡。

卡被拒了。

他又试了一次。

卡依旧被拒了。

我再也没有其他卡了。收银台后面的店员试着拨打信用卡背面的电话号码,但电话没有接通。他们会让我离开吗?我们可以稍后再付款吗?

店员和负责人一挥手,我就被领出收银台,离开这个有着木雕书架和拱形瓷砖天花板的美丽书店,一个本不应发生任何坏事的地方。他们把我带进后面一条狭窄的走廊,里面摆满了寻常的办公用品,一边是低矮的柜台。

我站在这两个人中间,手开始冒汗并抖个不停,但我竭力保持镇定。

"你建议我们如何解决这个情况?"一个人问道。

我盯着面前的墙壁,上面贴满了用法语写的教学文件、员工公告,以及条例和图表。我不记得上面具体写了什么,只记得当时我在想：我的正常生活似乎离我那么遥远。我感到孤立无援。

"我需要打一个国际电话。"我说。

店员拿起座机电话的听筒，再次拨打我美国运通信用卡背面的号码。当电话依然没有接通后，他转过身来对我说号码是错的。我要求自己试一试，试了几次不同的国家代码之后，我听到"咔嗒"一声，然后是提示音，接着是机器人单调的声音："美国运通。请简短地告诉我，我能帮上什么忙——"

"客服代表。"我打断它。机器人继续说下去。"客服代表。"我再次打断。我重复着这个词，直到我接通一位真人客服。他声音低沉，带着南方口音，听起来让人有家乡的熟悉感。

店员和基金负责人就站在我的两侧，我尽量保持冷静地向客服解释了情况，同时也表达了我的苦恼——为什么这张卡用不了。他告诉我，由于拉玛穆尼亚酒店一笔30865.79美元的消费记录，"负责任贷款"①监测到我的账户有异常消费活动。

我身体的重要器官都停止运转了，灼热的感觉飘到我的胸口上方。

"不，不，"我向他保证，"那只是冻结的资金——它不会从我的账户扣掉。"

他一定从我的声音中听出了我被胁迫的感觉，并没有追问细节，而是问我需要多少钱才能安全离开摩洛哥。如果可能的话，

---

① 负责任贷款：指金融机构在向借款人提供贷款产品或信贷服务时，遵循一系列负责任的准则和做法，以确保借款人的利益得到保护，并降低金融风险。

我真想隔着电话拥抱他。他提高了我的消费限额,然后我挂了电话。

离开走廊时,我强忍着泪水,使劲儿咽着口水来抑制自己的情绪。我一个人被带到那里,被置于那种境地,还要收拾安娜的烂摊子,我气极了。

再次走进书店,我惊讶地看到安娜和杰西正朝着收银台走来。肯定是酒店的另一辆车把他们送来的。找到我之后,他们看起来松了一口气,但似乎并不太在意发生的事情,甚至没有表示歉意。不管怎样,已经太迟了,伤害已经造成——博物馆员工又一次刷了我的信用卡。这次交易成功了。

我们三个人默默地走回车上。我没有发火真是个奇迹。

★★★★★★★★

这一切都发生在我们吃午饭之前。我不记得接下来的对话,不记得我们是怎么决定去老城的,也不记得是谁推荐了那家餐厅,更不记得我们怎么去的那家餐厅。司机在迷宫般的老城边缘让我们下车,并同意等待。

这是我们第一次在没有导游的情况下来到露天市场。我很烦躁,没有耐心。我们绕过狭窄的小巷,躲避着飞驰的摩托车和咄咄逼人的小贩的吆喝,寻找"香料广场"。

当我们到达"诺玛德"(一家俯瞰香料广场的屋顶餐厅)时,已经是下午晚些时候了。来吃午餐的人群已经散去,餐厅里几乎空无一人。我们坐在户外,比往常更加安静。我被吓坏了,无法谈论刚刚发生的事情。我几乎要哭出来了,虽然我并不饿,但还是点了蒸粗麦粉配蔬菜。此刻我只想回到酒店,把信用卡上的费用算清楚。

在回去找车的路上,我们迷路了。我们绕着圈子,一次又一次地经过同样的景色。安娜和杰西轮流选择走哪条路。我跟在他们身后,勉强支撑着,随时准备陷入绝望之中。

就在我几乎要陷入恐慌时,问题迎刃而解。安娜设法打通了司机的电话,司机在一条繁华的街道边找到了我们,我们最后一次一同回酒店。

在拉玛穆尼亚酒店的前门,保安照例用长杆上的镜子检查车的底盘,确保没有出现任何问题的迹象。那天下午,他们的行动似乎都是慢动作。我们一下车,我就大步走到前台,拿回我的公司卡,并问他们:"为什么根据美国运通信用卡的记录,我个人卡上的冻结款变成了实际扣款,而不是临时预授权?酒店不是说不会从我的卡上扣款吗?'冻结'到底是什么意思?这是暂时收费的委婉说法吗?"

前台服务员解释说,同样数额的扣款会出现在我的账户上,这只是一个预授权,一种形式,是暂时的。我不明白他的逻辑,也不明白他为什么用这么模糊的措辞来解释。绕着圈子聊了几分钟后,我身心俱疲,带着两张信用卡回到我们的别墅。

安娜点了一瓶桃红葡萄酒,在我们的私人泳池边踱来踱去,展示着她新定制的一件礼服——裙子的白色亚麻布料是透明的,透出她的黑色丁字裤。她一手拿着酒杯,一手拿着烟。我从她身边走过,径直走回我们的房间。

我盘腿坐在床上,专注地看着笔记本电脑。我做了一张表格,列出与这次旅行有关的费用,从四张单程航班的机票开始。我们原定从纽约出发的那天早上,安娜一直在开会,而我们的机票还没有订好。她求我帮忙订票,并承诺一周内把钱汇给我。所以我买了机票。(她说,为了最大限度地提高行程的灵活性,只用买单程票,不用买往返票。)然后是餐厅、露天集市买衣服以及我们参观绿洲别墅的费用。我没有考虑酒店费用,因为那个冻结显然只是临时的。

我按照安娜的要求,截图了明细,并给她发了一封邮件,附上我的银行账户信息,以便她能电汇报销:

嗨,安娜!
一共是9424.52美元。
如果你还需要什么信息,告诉我。

我稍稍犹豫了一下,才写下:

非常感谢。

我深吸了一口气。发送这封电子邮件让我稍稍松了口气:我已经做完我该做的事情了。现在,安娜已经掌握了给我汇款所需的信息,而我也几乎受够这趟旅程了。我感受到一股能量在积聚着马上要爆发,就像一夜未眠或经历一件紧张的事情后的那种焦躁感。我去泳池边找安娜和杰西,我告诉安娜,我已经给她发了一封电子邮件,列出了她欠我的所有款项。她笑了笑,眼睛都没眨一下。

"我周一会给你电汇1万美元，"她保证道，"确保所有费用都给你报销。"

我的心情略有好转。当安娜递给我一杯桃红葡萄酒时，我感激地接过来。喝完这瓶酒，我换了一条裙子——和安娜的一样，不过是黑色的。我们前往酒店的摩洛哥餐厅，享受了在马拉喀什的最后一顿晚餐。

这家里屋风格的餐厅位于酒店主楼附近的花园中。我们坐在露台上，旁边是荷花池，周围点着烛光灯笼，坐的正好是我们旅途第一晚吃饭的那张桌子。让人感觉这像是个恰当的结束一段旅程的方式。我们等待上菜的时候，安娜一直在戳弄她的手机。她看上去很高兴，几乎到了得意忘形的地步，整个人容光焕发。安达卢西亚音乐在空气中飘荡，三位音乐家在桌子间走动，像献上醉人的美酒般献上他们的歌。这次旅行可以说是一波三折，但当我们三个人坐在那里度过最后一晚时，气氛是愉快而平静的。我们讨论着安娜和杰西第二天出发去卡斯巴塔马多特酒店的计划，那是理查德·布兰森爵士[①]在高阿特拉斯山脉开的酒店，我们前一天一起在那里吃过午饭。

晚饭后，我收拾行李，安娜在院子里抽了一支烟，杰西回了他的房间。收拾行李让我感到宁静——寻找，折叠，堆放，这个过程让我重新建立了一种控制感。

"这些都应该给你，"安娜说，她回到房间，抱着一堆衣服

---

① 理查德·布兰森爵士：英国亿万富豪和企业家，维珍集团董事长。

出来,"我想我不会再穿它们了。"她把她在老城挑的所有衣服都递给我,包括一件红色连体衣和几条黑色薄纱连衣裙,只有两条她定制的裙子没给我。我把它们揉成一团放进行李箱。我不喜欢,也不想要这些裙子,但安娜眼睛里的某种神情让我无法拒绝。我感谢她送我礼物,她满脸笑容。

我的出发时间是第二天清晨,但在我心里,我已经离开了。行李箱已打包,闹钟已定好,车已预订。我梳理脑海中的清单,像捻念珠一样,逐个勾掉每项任务。我感觉自己越有条理,就会睡得越好,只是安娜的存在威胁到了我的效率。最后,我换了睡衣,洗了脸,刷了牙。我掀开我这边的被子时,安娜背对着我。我轻轻拿起一个长枕头,放在我们的特大号床的中间作为屏障。我希望在她醒来之前离开。

第二章　纽约，纽约

马拉喀什离美国田纳西州的诺克斯维尔很远，我在那里长大，是三个孩子中的老大。我的父母都不是本州人，他们在诺克斯维尔读完研究生后，被这座城市的宜居性和靠近我母亲娘家的地理位置吸引——我母亲的父母就住在山那边的南卡罗来纳州斯帕坦堡，在诺克斯维尔组建了家庭。

我和我的弟弟妹妹从小就被教导善良的重要性，这是表现对他人的关心和尊重的基本方式。善良就是对他人的尊重，无论对象是自己的亲戚还是在朗氏杂货店做奶昔的女士都一样。

父母希望我们努力工作，追寻自己的激情，也为我们提供了实现梦想的工具。他们积极支持我们的追求，同时也给了我们寻找自己道路的空间。他们似乎并不太在乎我们犯错误，因为他们希望我们能够振奋地应对艰巨的挑战，而不是害怕失败。现在我知道,我很幸运,我被赋予了追求梦想的力量和信心,我也相信每个人身上至少都有善良的一面。

✱✱✱✱✱✱✱✱

通过父亲讲的故事,纽约在我的脑海中留下了深刻的印象。父亲的布鲁克林①出身决定了他的性格。我想象着这座城市的样子,就像他在那里生活时拍摄的黑白照片一样,街上有乞丐和流浪汉,也有朋友和陌生人。在某种程度上,这让我父亲觉得自己是另类——何况他有犹太人的身份。在我家,除了我们能在光明节和圣诞节收到礼物外,这个身份并没有多大意义。但对周围的社会来说,这似乎是一个值得注意的区别。如果我说的一个词带有东田纳西州的口音,父亲就会开玩笑地罚我25美分。[每次我都会因为说"电影原"(电影院)被罚钱。]他玩世不恭,声音洪亮,喜欢开怀大笑,我觉得他的处世方式就有他布鲁克林人的特征。

我的祖母玛丽莲住在纽约,我们一年左右会去看望她一次。我们会在光明节去看她,那时北方寒冷刺骨,我根据天气情况穿了一件颜色过于鲜艳的蓬松夹克,戴着耳罩和手套。我想让街上的人明白,我属于这里。我害羞地偷瞄着每个路过的陌生人,当我们的目光交会时,我就会微笑,像我们在南方时那样。过了很久,我才知道纽约人表现得酷多了。

在凯尼恩学院读完大一的那个暑假,我在纽约的美国计划生

---

① 布鲁克林:纽约市的一个区,是黑人等少数族群的聚居区。

育联合会找到一份实习工作。我搬进了祖母玛丽莲公寓的空卧室,把我的新"工作服"放进她为我腾出的衣柜和抽屉里,开始了我在这座城市的职业生活。

我离开诺克斯维尔的第一个夏天,去计划生育联合会实习是一个大胆的选择。在我就读的东田纳西州高中,有一门关于青少年育儿的职业课程,甚至还设有一家托儿所,供青少年父母上学时把孩子留在那里——年轻的父母并不是特例,终身健康课上基于禁欲的"性教育"清楚地表明了这一点。

"如果你是处女,请举手。"课堂上的一位老师说。她来自校外的一家基督教组织,被学校请来教授这门健康课程。"好的。如果你是'二次处女',请举手。""二次处女"意味着你已经失去童贞,但在认识到你的错误之后,已经悔改并重新申明要保持贞洁,一直要坚持到结婚。我们环顾四周,不自在地在座位上摇晃。一些女孩交换了会意的眼神,其他人则扬起眉毛,在椅子上坐得更直了,也许她们认为良好的姿势是纯洁的证明。为期两天的课程包括图文并茂的幻灯片演示和几个互动练习,让我们了解婚前性行为会导致不可避免的心碎、不可逆转的生理伤害和人类价值的贬低。禁欲的重点是把你的"钻石区"(从脖子开始,延伸到乳房和腹部,最后到胯部的无形区域)留给你未来的丈夫。你要一直保护你的钻石区,直到你有了钻石(婚戒)。

接受计划生育联合会的实习机会,在我看来是反抗禁欲性教育这类无效且狭隘的约束的大胆尝试。来到纽约,我得以一窥在一个比我的家乡大得多——无论是面积还是世界观——的城市是怎样生活的。

事实证明，那个夏天具有启示意义。我更加尊重那些不知疲倦地为资源不足的组织工作的人，这些组织的成功是根据还剩下多少工作需要完成来衡量的。公共卫生领域并不是我想从事的职业领域，但纽约是适合我的城市。

大二结束后的暑假，我在一家名为"艺术&商业"的创意公司找到了实习工作，这家公司最近刚刚被国际管理集团IMG①旗下的娱乐集团收购。

我在大学交的男友杰里米想在纽约的餐饮业找份工作，于是我和他搬进一套公寓，同住的还有他的两个好朋友——马特和科里。这套公寓是联合广场北边的单间公寓，这里已经被改造成两居室。在一家繁忙的餐厅的厨房工作一周后，我的男友改变了主意，离开了这座城市，与家人一起去克罗地亚度假，然后回到洛杉矶的家中。我只能与马特和科里住在一起。他们很有魅力，而且非常善于交际。白天，马特在"柯南·奥布莱恩深夜秀"实习，科里则是在爱芙趣（Abercrombie & Fitch）商店迎宾的半裸模特。到了深夜，他们去为夜店做宣传。那几个月，我像个小妹妹一样跟在他们后面，我后来把这个夏天叫作"模特和酒瓶之夏"。

和男生出去玩的时候，我觉得每个人都比我高，比我成熟。我没有高档的服装供我外出时穿着。在俄亥俄州上大学时，我穿的是美国服饰公司（American Apparel）卖的根本不搭的衣服：

---

① IMG：总部位于美国纽约的一个从事全球性运动、赛事及体育经纪、娱乐经纪业务的公司。

超大号的背心、靴子和法兰绒裤子。那年夏天，我穿的大多是旧货店淘来的复古的衣服，还有一条我用棕色佩斯利布缝的短裙。我尽量不让这些因素动摇我的自信心，但我知道，如果我们被夜店拒之门外，我的娃娃脸和非名牌鞋就是罪魁祸首。

尽管我想融入其中，但有时晚上的外出也会很乏味。有时候，我会做个自娱自乐的实验。比如，我会用夸张的南方口音跟陌生人说话，观察他们的反应。如果我说话节奏很慢，人们会格外注意我每个字的发音，这让笑话变得更有趣，故事变得更精彩。唯一的麻烦是，当我恢复惯常的说话方式时，人们会感到失望，甚至对我不再感兴趣。我想，在寻找自我的道路上，我们在大学时期都会不同程度地尝试不同的身份。

我在"艺术&商业"的实习让我大开眼界。除了为安妮·莱博维茨和史蒂文·梅塞尔等业界传奇人物的摄影代理经纪人提供支持外，我还帮助公司内部的制作团队协调照片的拍摄工作。我在拍摄中的职责大多是琐碎的——整理联系人名单、采购用品、买咖啡——但我的幕后工作可以创造出那些从我记事起就欣赏的那类杂志照片。在这个过程中，我发现自己对照片制作充满热情，并爱上了这个快节奏、充满魅力的摄影世界。

★★★★★★★★

大三的春季学期，我在巴黎学习。到达巴黎的那个月，我刚好满21岁。这是我第一次独自出国。由于我的朋友都选择去其他地方学习，比如阿姆斯特丹、布宜诺斯艾利斯、开普敦和斋浦尔，所以我需要找室友。通过一系列联系，我安排好自己和一个朋友的朋友住在一起,她和我在凯尼恩学院的室友凯特是洛杉矶哈佛西湖学校的高中同学。我们住在塞纳河左岸的拉丁区,与巴黎圣母院近在咫尺。在我们的小公寓里,客厅兼作我的卧室,抽拉式沙发是我的床。我一边学习摄影、高级时装史、绘画和法语,一边了解从冬季到春季的巴黎。这个过程简直太神奇了。

留学生活即将结束时,我开始考虑暑假计划。我一心想在一家杂志的摄影部实习,去《名利场》工作是我的梦想。

在巴黎的公寓里,我浏览杂志的版权页,发现一位女士的名字被列为高级摄影制作人。然后,我上网查看了康泰纳仕公司电子邮件的地址:名_姓@condenast.com。这值得一试。

"亲爱的麦克劳德女士。"我在邮件里这样开头。我描述了我在"艺术&商业"的实习经历,表达了我对《名利场》的狂热期盼,最后写道:"如果能在摄影部工作,我愿意放弃一切!但我也愿意尝试全新的领域!"

几小时后,凯瑟琳·麦克劳德回复了我的邮件。"嗨,谢谢你的邮件,"她写道,"我很喜欢你的邮件,我会帮你问一下……我不参与《名利场》的实习生筛选,但我会看看是谁负责,然后推荐你——我保证不会让你放弃一切。"

当时,我觉得这是发生在我身上最神奇的事情。能收到回复已经让我喜出望外,几天后我又获得了电话面试的机会。凯瑟琳的助理莱斯利给我打电话时,我正上完早课走在回去的路上,并路过蓬皮杜艺术中心。这个电话让我猝不及防,我便停在一个广场边,坐在地上现代艺术博物馆庞大的阴影中。

莱斯利解释,说很不巧,全职实习职位已经招满了。虽然我很失望，但也一直知道去《名利场》实习机会渺茫，我很高兴自己能走这么远。最终，我成功得到了《时尚芭莎》摄影部的实习机会。

在大学的最后一个学期，我参加了凯尼恩学院院长举办的家庭晚宴。学院的董事会主席就坐在我右边。他早些时候在学院的画廊里看过我的毕业艺术展，因此问起我毕业后的打算。我介绍了自己过去在纽约的实习经历，并告诉他我想找一份同样的工作。

"如果你能为任何出版物工作，你希望会是哪一家？"他问。

"《名利场》。"我毫不犹豫地回答。

"哦，格雷顿是我的朋友，"他说，"我很乐意帮你联系。"格雷顿·卡特是该杂志的主编，这个提议好得令人难以置信。"在你搬到纽约的前一周给我发封邮件，"他接着说，"我会帮你联系，安排一次面试。"

我没想到这件事真的发生了。我搬进了祖母玛丽莲的公寓的空卧室中，并约好了面试，但在见面的前一天，我有了一个不愉快的念头：我在格雷顿·卡特面前绝对一句话也说不出来。我突然害怕起那种发生在面试中的尴尬场面——当被问到"你有什么问题要问吗"的时候，大脑一片空白。问题，我想，我需要一些问题。所以我准备了一个详尽的清单。

当天晚上，我收到了卡特先生的助理大卫发来的邮件。

亲爱的威廉姆斯女士：

很遗憾，格雷顿的日程表已经排满了他必须参加的会议，明天和这周剩下的时间都被排满了。因此，他想问你明天是否愿意与《名利场》杂志的总编辑克里丝·加勒特女士会面。这封邮件抄送了加勒特女士的助理马克·圭杜奇。他期待明天下午4点面试之前能在杂志社欢迎你的到来。如果格雷顿在这个时间段或前后有任何空闲时间，我仍然会联系你，让你和格雷顿开个简短的会。

……希望你能理解。如果有任何疑问，请与我联系。

非常感谢！

大卫

第二天，马克如约在二十二楼等我。他完全符合我对《名利场》助理的想象——光鲜亮丽，魅力四射。从大厅出来，我跟着他穿过几扇玻璃门，走进铺着地毯的走廊。墙上的相框里挂着老杂志的照片。

"克里丝，瑞秋来见你了。"马克探头向一间办公室里面说。一位优雅的，像鸟一样轻盈的女性站起来迎接我。

"告诉我，你为什么来这里？"我们坐下来时，她开始询问。她的问题带着优美的节奏，像20世纪50年代英国电影明星的语调。我先是微微一笑，然后发现她是认真问的，于是严肃地解释道："因为在所有杂志中，《名利场》完美地融合了我对写作和摄影的热情，而且我母亲总是说'要获得品位，而不是事物'，这正是我追求的目标。"听着听着，她的脸色缓和下来，然后露出淡淡的微笑。

"我希望你能考虑在杂志社实习。"我听到她说。听到这里，我的心落了下去。

"谢谢您，但我已经做过很多实习了，"我对她说，"我希望找到一份全职工作。"

"人们一般不会从《名利场》离职。"她解释说，"现在没有空缺的职位。"

接下来的两周，我给加勒特女士寄去一封手写的感谢信，同时也联系了人力资源部。就在我几乎放弃希望的时候，一天下午，我的收件箱里收到了两封邮件。第一封是凯瑟琳·麦克劳德发来的，就是我去年从版权页看到并通过邮件联系过的那位麦克劳德女士。第二封来自克里丝·加勒特。凯瑟琳的助理职位突然出现了空缺。克里丝·加勒特并不知道我之前联系过凯瑟琳，但她想到了我，并把我的简历发给了凯瑟琳。凯瑟琳收到了推荐信，想起我们之前的通信。第二天我去面试，当天下午就收到了工作邀请。

★★★★★★★★

"威廉姆斯！很高兴看到你回来，亲爱的。这是不是说明你得到了这份工作？"亚当在安检台后面问我，我们是在他帮我登记面试时认识的。我点点头，微笑着。"恭喜你。"他说着，伸手跟我击掌，然后给了我一份临时证件——在我的正式证件准备好之前使用。

电梯在二十二楼打开，面前是一条长长的门厅，两端被几扇紧闭的玻璃门挡住。我脑海中的声音提出建议:"表现得像你以前来过这里一样。"这是我的足球教练在球队进球或赢球时经常说的话。我的兴奋之情溢于言表,但最好还是保持冷静,记住我来这里的路,并专注于接下来要做的事情。

在接下来的几个月里,我学到的东西多得超出我的想象,不过其中的许多过程都很曲折。事实上,我现在坚信,你应该用一些非常具体的原则来对待你的第一份正式工作,尤其如果你还是刚刚毕业的文科生的时候。我的建议如下:

1.不要为自己辩解。

2.如果你做得还可以,或者做得很好,都不要期望得到反馈。没有消息就是最好的消息。

3.把你的自负留在门外。

4.不要抱侥幸心理。检查,再检查。

5.电子邮件通信不要啰唆,要开门见山。

6.了解你做某件事的原因。

7.提前做好准备。

8.最让老板生气的事情,莫过于收到一封以皱眉表情结尾的坏消息邮件。

9.不要在任何专业的邮件往来中使用表情符号。

10.生日、节日或特殊场合,送一张贺卡即可。

★★★★★★★★

一年后,我搬出了祖母的空卧室,和朋友一起住进了西村克里斯托弗街一间价格不菲的两居室小房子。

我的床放在房间的角落，靠窗户下方，而窗户的下半部分紧靠着空调机。有一段时期，我的胳膊和大腿上会莫名其妙出现神秘的蜘蛛咬痕，每次一个。一开始是一圈红色的咬痕，很痛，之后变成肿块。我去了门诊，服用了抗生素，清洗了被褥、衣物和房间，但都无济于事。我被蜘蛛咬了整整一年后，终于决定重新开始。我搬进了附近的单间公寓，房租更便宜，空间更大，而且是我一个人住。

那时我有一份很棒的工作，自己住，有了新男友尼克，还收养了一只叫"小布"的流浪猫——它是我从西村的街道上捡来的受惊的小猫，当时只有三个月大，躲在一辆汽车下面：我的纽约梦终于都实现了。接下来的四年，一切都很顺利。

在此期间，我从助理晋升为初级编辑，接着又晋升为摄影编辑。凯瑟琳不再是我的直属上司（我不做助理后，她已经换了好几个助理），但她仍然坐在我旁边，我们就像一个团队。我的每一天都被为《名利场》安排拍摄活动的各种细节填满——从确定拍摄地点、为顶级摄影师和电影明星订餐，到清理片场垃圾和处理后勤事宜。这项工作极具挑战性，也没有那么光彩照人，但能在顶尖领域扮演一个小角色，为我们这个时代最著名的文化影响者打造经典形象做出一点贡献，就已经足够非同寻常。我从办公室前往纽约各地以及洛杉矶、巴黎、贝尔法斯特和哈瓦那等地拍摄照片。日程安排往往要到最后一刻才能确定，因此我学会了灵活应变的能力。我充满动力，快乐、忙碌而充实。

就在那时，我遇到了安娜。

第三章　基础工作

她出现时，我已经在《名利场》工作六年了。从一开始，她身上就有一种值得关注的东西，一种令人着迷的另类气质。一天晚上，我和朋友出去玩，遇到了她。事后回想起来，这样一个平淡无奇的夜晚所产生的影响还真是有趣。虽然安娜给我的印象有点儿古怪，但如果不是她引发的一连串事件永远改变了我们俩的生活，我很可能会忘记遇到过她。

那是2016年2月的一个周三，在我28岁生日的几周后。我刚刚从一场严重的感冒中恢复过来，这让我在家里看了好几天的"英国烘焙大赛"，一部我最近才发现并迷恋上的电视真人秀节目。《名利场》杂志的年度好莱坞特刊已经上架，封面人物有13位女性，包括詹妮弗·劳伦斯、凯特·布兰切特、简·方达和维奥拉·戴维斯。

像往常一样，我来到《名利场》的总部上班，它位于世贸中心1号楼——美国最高建筑——的四层，康泰纳仕公司两年前搬进了这里。这一天，我花了一上午的时间整理开销记录：先是整理我的信用卡在拍摄前和拍摄期间的消费收据。我贴好每一张收据，仔细把详细信息输入在线平台，然后填写项目代码，将每笔费用与相应的项目绑定。午饭后，我完成报告，录入收据，点击提交。几周内，康德纳仕公司就会核准这些项目，并将款项直接支付给美国运通公司。这一天接下来的时间过得比较慢，我主要在来回收发邮件，讨论未来的拍摄日期。到了下午五点半，一天的文书工作让我焦躁不安，也让我很想去社交。我给同事凯特发了一封邮件，问她是否想一起吃晚饭。她已经有安排了，但建议我们快速去喝一杯酒。我们去了位于布鲁克菲尔德广场的P.J.克拉克餐厅，这里离我们的办公室很近。她在四十五分钟后离开，而我坐下来点了餐。

　　也许是因为那杯酒，也许是因为工作日的缓慢节奏，也许是因为我生病后情绪高涨，或者是因为我特别喜欢自己今天穿的衣服。不管是什么原因，在那个特别的夜晚，我精力充沛，渴望找点乐子。凯特离开后，我滑看手机，计划下一步行动。

　　我给朋友阿什利发了一条短信，她是一个乐观的金发女生，很会搭配口红，心地善良，我从搬到纽约的第一个夏天起就认识她了。那时，她和我大学里的一位好朋友一起在《采访》杂志工作。此后，阿什利在时尚编辑界闯出了一片天，成为一名自由撰稿人。她会参加各种派对、活动和时装秀，然后为《时尚》《别册》《W》和《V》等杂志撰写相关文章。和她在一起总是很有趣，而且现在是时装周，所以她很有可能已经在外面，并且愿意"冒险"。

"嗨！我刚看完最后一场时装秀！"她很快回复，"想喝一杯吗？"

这正是我想要的。我们制订好计划：我吃完晚饭，她写完时装周的一些报道，晚上八点，我们在字母城的一家鸡尾酒吧"黑市"见面。

她准时到达，给我们找了张桌子。我回了一趟公寓（放下工作包，换上鞋跟更高的靴子），所以迟到了十五分钟，因此见面的时候我满怀歉意。我们两人一边喝着鸡尾酒，一边愉快地聊天。几天后，阿什利将前往伦敦参加伦敦时装周活动，然后去哈瓦那，之后在巴黎参加为期一周的时装秀。

酒足饭饱后，我们聊了聊彼此获知的新闻，接着决定和阿什利等一些时尚界的朋友一起聚会。我们走了二十分钟，在下东区一个叫"快乐结局"的地方与他们见面。"快乐结局"在下东区很受欢迎，一楼是餐厅，往下走一层，经过一群保安，就是一家热门夜店。

我们到的时候，他们挤在后面的一个包厢里，即将吃完晚饭。马里耶拉也在，她是澳大利亚人，留着棕色短发，天生活泼的气质被她的口音进一步亲切地表现出来。我最近通过阿什利认识了她。她为奢侈品牌做公关工作。那里还有几个我不太熟悉的女孩：一位是《赫斯特》杂志社的时尚编辑，另一位是在一家时尚品牌内部工作的公关人员。

和这群人在一起，我感觉自己置身于一个特别的地方。他们对时尚和对名人逸事的了解都比我多，但我懂他们的语言，也能听懂他们的笑话。他们是公关、模特、音乐家和设计师的朋友，无论走到哪里，他们都认识门口的保安——那个决定你是否足够高端、足够有钱或足够有吸引力到可以入内的人；如果他心情好，你又认识合适的人，说了合适的话，或者穿着合适的鞋子，他就可能放你进去。"仅限特定顾客"——真是个有趣的想法。为什么酒吧的限制性很吸引人？因为我们都希望被允许入内，渴望得到朋友和陌生人的认可。如果你当时反驳我的想法，我肯定会辩解几句。我可能会说："哦，有这么一道门槛当然很傻，但进去之后，你会比在其他酒吧玩得更开心。"我这么说没什么问题。但事后回想，在这天晚上，门槛政策能更谨慎一点就好了。

餐桌被清理干净后，汤米来到我们的桌边。"汤米"这个名字我听人提起过很多次，他在40到45岁之间，先是在德国，后来在法国巴黎与各种企业合作，为他们的品牌、市场营销和活动提供创意指导。据我所知，他是那种为时装周举办独家派对的人——总是出现在各种热门场所（从蒙托克的"冲浪小屋"这样的热门酒店，到唐人街曾经有趣、现已倒闭的"勒巴隆"这样热闹的夜店）。如果你想在人群中找他，只需随便问问任何一位陌生人。"哦，汤米？他一分钟前还在这儿。"会是你可能听到的答案。他总是——我是说随时随地——戴着帽子。

多亏了他，我们才在楼下更高级的酒吧订到位置。我们走进去时，这里刚开始营业，并不空旷，但也不拥挤。年轻的男男女女一边用黑色塑料吸管喝着伏特加苏打，一边在机器喷出的雾气中跑来跑去，寻找行动和落脚的地方。我们向右走了过去，之后又回来，这里雾气更浓，人更多，音乐也更响。我们挤在一张矮圆桌两侧的长沙发和小凳子上，桌面是红色的。

我不记得先出现的是什么：是我们点的一桶冰块、一瓶灰雁伏特加和一摞玻璃杯，还是"安娜·德尔维"。她对我来说还是陌生人，但我也不是完全不认识她。一个月前，我第一次注意到她，当时我在"照片墙（Instagram）"上看到她和阿什利以及其他我认识的女孩一起拍的照片。出于对这张陌生面孔的好奇，我点击了她图片上的标签，发现@annadelvey（后来改为@theannadelvey）有超过4万名粉丝。在浏览了她旅行、艺术的照片和几张嘟着嘴的自拍照后，我猜想她是位社交名媛。她在照片中面带微笑，和我们的朋友相处得很融洽，就像一个放松的新成员。我很期待见到她。

安娜身着黑色紧身连衣裙，穿着脚踝处带有金色竹节装饰的黑色古驰T字带平底凉鞋，坐到了马里耶拉另一侧的长沙发上，马里耶拉坐在我左边。马里耶拉介绍我们时，她认真地捋了捋她那长长的赤褐色头发，把它们散在肩上。安娜有张天真无邪的脸、大大的蓝眼睛和嘟起的嘴唇。她用难以辨认的口音向我打招呼，声音出乎意料地高亢。

一番客套之后，大家开始讨论安娜最初是如何认识我们这群朋友的。她曾在巴黎的《紫色》杂志实习过，和汤米成了朋友，那时汤米也住在巴黎。这是在纽约初次见面时最典型的对话——打招呼，寒暄，"你是怎么认识某某的？""你是做什么工作的？"

"我在《名利场》工作。"我告诉她。接下来是老生常谈——"在摄影部门""是的，我很喜欢""我已经在那里工作六年了"。安娜细心、投入，也很大方，她又点了一瓶灰雁，并付了账。看得出她喜欢我，我很高兴又认识了一个新朋友。

那晚之后没过多久，马里耶拉邀请我和安娜同她一起去"哈利"餐厅吃饭，这是位于市中心一家离我办公室不远的牛排餐厅。这是马里耶拉第一次直接联系我，我很开心。在那之前，我们只在我和阿什利出去的时候见过面，这群人中我只和阿什利最熟。

哈利餐厅的氛围阳光而高档，配有皮革座椅和木板墙。我到的时候安娜已经到了，几分钟后马里耶拉也来了。马里耶拉的穿着无可挑剔，她刚从一个工作活动现场赶回来。我们被领到座位上，坐了下来，脱下外套，把包放在一边。这些女孩真酷，我心想。我有点儿紧张，只想喝杯鸡尾酒。安娜告诉我们，她正在为朋友测试一款应用程序。她用它为我们预订了晚餐，也会用它来付款。我并不饿，因为那天下午我们在办公室吃了比萨，但安娜为我们这桌人点了开胃菜、主菜，以及几道配菜和一轮浓咖啡马提尼。

聊天进行得很顺利，鸡尾酒也一杯杯端上来。那天晚上有一种纽约特有的魅力——在牛排馆里喝着马提尼，聊着我们的工作。

马里耶拉先介绍了她在晚餐前刚刚成功办完的公关活动，然后我向她和安娜讲述了自己今天的工作。相比之下，我的一天平淡无奇。最后，我们的焦点转向安娜，她说她一整天都在与律师开会。

"为了什么?"我问。

安娜脸色一亮,解释说,她正在努力筹建自己的基金会——一家致力于当代艺术的视觉艺术中心,并含糊地提到了家族信托。她计划租下位于公园大道南段和二十二街交会处历史悠久的教堂——传教所[①],将其改建成酒廊、酒吧、艺术画廊、画室空间、餐厅和会员制俱乐部。她每天都在与律师和银行家会面,努力把租约敲定下来。

安娜和马里耶拉展现出我所钦佩并希望效仿的专业能力水平,这给我留下了深刻的印象。安娜的野心尤其令人瞩目——她的计划规模宏大,理论上前景广阔,令人着迷,有过之而无不及的是她那令人着迷的举止。她古灵精怪的样子惹人喜爱,没那么精致,也没那么端庄,头发乱糟糟的,没有化妆,双手不停地摆动。她与我年轻时认识的那些受过沙龙舞训练的名媛形象相去甚远,正因为如此,我才更喜欢她。

夜幕降临,更多的食物送上来,最后到了结账的时候,安娜把她的手机递给服务员,服务员殷勤地研究着手机屏幕。

"我觉得这个好像用不了。"服务员说。

"你确定吗?"安娜问,"你能再试一次吗?"

服务员把她的手机拿到房间对面的一台电脑前,手动输入数字,一分钟后回来找我们。"很抱歉,还是提示出错。"他说着,把手机还给了安娜。

[①] 传教所:纽约的地标建筑,20世纪的大部分时间里,这里是圣公会国内和外国传教士协会的总部。

马里耶拉和我用我们的信用卡缓解了安娜明显沮丧的情绪。这是一个与新朋友共度的美好夜晚，虽然我只吃了几个生蚝，但还是很高兴能分担三分之一的账单，与其说是为了食物，不如说是为了享受与朋友共度时光的乐趣，所以我没有多想。

每隔几个周末，我就会和阿什利、安娜和马里耶拉聚一次。我们的友谊包括在苏豪区玩到深夜的欢乐时光，也包括偶尔下班后的小聚。有一次，我们去参加马里耶拉的活动——在上东城的奥斯卡·德拉伦塔旗舰店举行的一场新书发布会时，还遇到了房地产开发商阿比·罗森，他的公司"RFR房地产"正好拥有安娜打算租下来的那栋楼。安娜看到他后，兴奋地走过去打招呼。我在房间的另一头看着她，惊叹于一位自信的年轻女性在与这样一位杰出的商人交谈时，竟然表现得如此游刃有余。

一起出去的晚上，我和阿什利先会约好一起喝酒。我们喝完后，会有一群人加入我们。他们一个接一个地到来：马里耶拉、安娜，有时还有其他人。我们有一种"人越多越热闹"的心态，那些纽约之夜的流程是：我们从一家餐馆开始，之后在酒吧停留一会儿，最后去一两家舞厅跳舞。我们常去的大多数地方后来都关门了，名字也被人遗忘。无论它们的主题如何，它们都是同一核心理念的迭代——吸引当下的时尚群体。

★★★★★★★★

几个月后，安娜开始直接与我联系，没把其他人囊括进来。被她挑出来这件事让我受宠若惊，我们开始偶尔聚在一起，只有我们两个人。从那时起，我们的友谊开始得到巩固。尼克和我还在一起，但作为安妮·莱博维茨的摄影助理，他不停地出差。我的大学朋友大多住在其他地方，而那些在纽约的朋友则住在布鲁克林，忙于各种耗费精力的工作。所以，当我没和阿什利还有其他人一起出去时，我经常一个人待着。

据我所知，安娜单身，但浪漫的关系和感情从来不是她最关心的问题。她会顺口提起以前的恋情，但仅此而已。这让我很难看出她对男人的品位，而我又很好奇。她对约会毫无兴趣，这更增添了她的神秘感。她似乎故意选择一个人生活，而且独立是她的特点之一。

一天下午，我在去市中心的出租车上收到了安娜的短信，她让我去找她。那时，她住在纽约高线公园设计酒店，离我的公寓不远。设计酒店总会让我联想到三件事：派对——这要归功于酒店顶层的两家夜店；暴露——每间客房的一面墙都是一扇大落地窗，向楼下的米特帕金区展示着住客们未经审查的活动；以及酒店老板安德烈·巴拉日。当时我毫不知情，安娜只对这些因素之一感兴趣——她有机会遇到这位酒店业大亨，一位亿万富翁。

我到达时，太阳正在落山，酒店门前的休息区被柔和的深红色光芒笼罩着。我在那里找到了安娜，她坐在一张造型别致的弧形长椅上，白色底座上铺着红色的坐垫。她旁边是一位我之前没见过的人，那人穿着一身黑衣，看上去30岁出头。我不记得安娜是否告诉过我会有客人出现，或许我只是自以为会和她单独见面。不管怎样，当我走近时，她站起来向我问好，然后介绍了我以前听她提到过的人——亨特。

亨特·李硕是一位科技企业家，是韩裔美国人。我之后听说他被称为"未来主义者"——当时我没理会这是什么意思。我不知道他们当时是否"在一起"了，她后来称他为她的前男友，但他们的关系并不是那么明朗。他们的举止并没有过分亲热，但安娜告诉我他们住在同一间酒店里，所以我以为他们睡在一起。亨特刚从迪拜回来，他之前在纽约生活，后来搬去了迪拜。一开始，他显得有点儿冷漠，令人难以捉摸，斜靠在一边，看我和安娜闲聊。慢慢地，他开始和我交谈，问了一些关于我是谁、在哪里工作的老问题。他介绍自己的背景后，我们意识到我们的共同点是"艺术&商业"。他说他曾做过此类的顾问工作。

随着时间的推移，亨特变得越来越健谈。一旦他热情起来，我就发现他很有趣，谈吐风趣，似乎对很多事情都懂一点儿。

过了一会儿，我们决定转移到酒店楼上的豪华鸡尾酒吧"嘭嘭厅"。这里比我以前来的时候更安静，因为我只在派对和周末时来过。我们坐在后面的一张桌子旁，旁边是可以俯瞰曼哈顿的玻璃墙。

亨特向我介绍了他在迪拜未来基金会的工作，说他的工作是策划该国的文化项目和艺术项目。他的任务听起来很艰巨，甚至有点儿夸张。他接着说，当年他在美国的时候，开发了一个名为"影子"的应用程序，旨在组建一个"做梦者社区"。这个程序的功能就像一个闹钟，但唤醒声很温柔，这样你就可以更好地记住自己的梦，并在醒来时把梦记录下来。然后，该应用程序将使用算法从用户的记录中提取关键词。这些关键词将匿名上传到全球梦想数据库，以便用户浏览世界各地其他做梦者分享的内容。

亨特在众筹网（Kickstarter）上发起了众筹活动，为该项目筹集资金。我很崇拜他的创造性。

总之，亨特不仅帮助塑造一个国家的文化未来，还开发了一款应用程序。后来我用谷歌搜索他，发现《纽约客》《连线》《大西洋月刊》《福布斯》《快公司》《商业内幕》和《副刊》都报道过他的"影子"概念，他甚至还发表过TED演讲。

在我看来，无论安娜和亨特是否在一起，他们都具备成为国际强势情侣的所有条件。看着他们，我能看到他们在一起度过时光的痕迹。他们的大部分交流都是非语言的：通过不经意的眼神、点头和傻笑来交换秘密信息。他们拥有一段共同的历史，他们难以理解的充满活力的关系正依赖于此——一段我所知甚少的历史。

我很快了解到，安娜的很多熟人都是通过亨特介绍的，其中包括一位时装设计师、视频托管平台"藤蔓（Vine）"的创始人之一，以及马里耶拉。显然，亨特在某些圈子里人脉很广。我们见面后不久，他就回迪拜了，但安娜与他们共同的熟人保持着联系。这些人中，有一位名叫米拉的慈善家，她50多岁，离过婚，前夫是一家知名金融服务公司的前副董事长。

6月的一个周六，我和安娜打算从城里乘大都会北方铁路去见米拉，她住在哈得孙河畔的海德公园附近。她要举办一场午宴，安娜受到了邀请，安娜又邀请了我。

那天早上，我早早地来到中央车站。安娜迟到了，为了方便起见，我排队为我俩买了往返的火车票。

发车前五分钟，我焦急地站在我们预定的列车旁的站台上。

安娜发消息说自己已经到车站了，但她还没有出现。最后，在离发车只剩下几秒钟的时候，我终于发现了她。她向我跑来，穿着黑色紧身连衣裙，戴着太阳镜，拿着一件黑色皮夹克和"巴黎世家"手提包，还提着一个装满八卦杂志的购物袋，准备在旅途中阅读。上车后，我们找到两个并排的空座位。

近两个小时后，我们抵达波基普西火车站。我们坐出租车抵达米拉在海德公园的住址，一座雅致的老式豪宅。米拉应了门，热情地欢迎我们，与我们贴面飞吻。

"非常感谢你邀请我们。"安娜开心地说着，随即迈步进去。我们跟着主人走进厨房，家政人员正忙着准备午餐。米拉嘱咐了几句，然后把我和安娜带向旁边的客厅。"来见见其他人。"她说，并在前面带路。这个客厅是乡村风格的开放式空间，横梁横跨拱形的木质天花板。客厅外有一个户外露台，可一览庄园的庭院、网球场，以及远处的卡茨基尔山和哈得孙河的美景。

一群穿着随意的年轻人坐在长毛绒沙发上聊天，他们的年龄与我和安娜差不多。我们进去时，他们不再聊天，而是转过身来张望。我注意到他们更关注安娜而不是我，这并不罕见——她出现在任何一个房间里，总会有这种影响力。

米拉介绍了我们。"这是安娜·德尔维，"她宣布，"一位才华横溢的年轻女性，正在筹建自己的艺术基金会。"有些人挑起眉毛，有些人赞许地点点头。我被介绍为安娜的好朋友，以及《名利场》的摄影编辑。我觉得自己像个跟班，从本质上说，这的确是我当时的角色。

通过断断续续的对话，我推测这次聚会是与联合世界书院①有关的同学聚会，并猜测安娜并不是这所学校的校友，但仍受米拉邀请而来。我环顾房间，有点儿不安，意识到每个人似乎都已经很了解彼此。我记得当时我在想：尽管我会觉得紧张，但还是应该努力与新朋友聊聊天。这样做是出于礼貌（我从小就学到了这一点），甚至可能很有趣。

食物是自助式的，鼓励人们互相交流。我自己动手拿了意大利面、沙拉和烤蔬菜，然后等着安娜，这样我们就可以和其他客人一起聊天了。但很快我就发现，安娜另有打算。除了主人和我之外，她没有和任何人交流的兴趣。她把我领到餐桌的一角，我们放下盘子，然后回到厨房拿酒水。

"你们有桃红葡萄酒吗？"安娜问服务员，"我要一杯。"我冲动地跟她点了一样的。我们回到餐桌边。我们冷淡的态度让我觉得不太自在，担心有点儿失礼，但还是和安娜坐在一起，因为我是她的客人，而她不认识其他人。当主人来到我们身边坐下时，我才松了一口气。

米拉与安娜聊天，询问她艺术基金会的情况。和往常一样，这个话题让安娜格外兴奋。那时，我已经习惯听她重复她进展中的要点：从公园大道南的历史建筑（"完美的位置"）到她为了敲定租约而不停地与银行家和律师会面的事。她们俩说话时，我

---

① 联合世界书院（United World Colleges）：一个国际学校组织，目前在世界各地设有18间分校，提供两年制国际文凭大学预科课程。每间联合世界书院接收200~300名来自约90个国家的学生。

基本上是隐形的,但这个安静的旁观者的角色非常适合我。

吃完饭后,我们在客厅与其他人短暂地待了一会儿,然后安娜建议我们去游泳池看看。她给自己的酒杯添满酒,我们沿着一条小路向外走,走向长方形的白色围栏门。泳池区还有一个女人在看着她年幼的女儿游泳。她用关切和愉悦的视线监督着女儿,小女孩正在翻跟头,脚先出水,脚趾绷起指向天空,倒立起来,腿摇摇晃晃的。看着她,我感受到了能量的对比,意识到自己在她的天真无邪和安娜的狂野之间自发地起到了某种缓冲作用。

在泳池旁,安娜一边喝酒一边玩色拉布(Snapchat),她用一只手举着手机,换着不同的滤镜欣赏自己的自拍。我也加入她的行列,在她身边微笑,看着她手机屏幕上的我们,有粉红色的鼻子和可爱的小狗耳朵。随后,其余的人也来到了泳池区,在主人的带领下参观整个庄园。在我的建议下,我们放弃了拍照,加入其中。只有安娜还拿着酒杯,她喝酒的样子似乎很显眼,但也许只有我这么觉得。是我太敏感了吗?我关心别人对我——我们——的看法:我知道自己有这个问题。看到安娜随时随地想做什么就做什么的样子,我觉得自己应该像她一样更自在,或者至少试着不要有那么多顾虑。

参观结束后,大家准备离开。有一群人从纽约租车来的,他们礼貌地提出要送我和安娜回去。我们接受了,同意放弃返程火车票。三个人挤在后座,安娜坐在中间。

开车没多久,安娜问他们有没有音频数据线,这样她就可以插上手机播放音乐。我讶异于她提出这样一个要求的胆量(或者是自信心?),安娜在这之前几乎没有和他们说过几句话。她放了一张专辑,里面的歌感觉与路过的风景和一车陌生人格格不入,但这是碧昂斯的专辑,所以没人反对。谈话声渐渐平息,我们绕道回到市里,除了安娜播放的音乐,车里大部分时间都寂静无声。

那是我在2016年与安娜共度的最后几天之一。整个夏天,我都忙于旅行。我参加了在佐治亚州、马里兰州、宾夕法尼亚州和新罕布什尔州举办的婚礼。我和家人一起去了南卡罗来纳州,和尼克一起去了蒙托克,周末还去看望了大学时的好朋友。工作方面,我去巴黎参加了布鲁斯·斯普林斯汀的照片拍摄,去洛杉矶拍了更多照片,还去了多伦多,为多伦多电影节的摄影棚提供帮助。

秋天开始的时候,我的日程安排缓和下来,但安娜已经离开了。她说,她是持ESTA签证[①]来纽约的,这种签证一次只能签三个月。当签证到期时,她回到了德国科隆,她解释说,那是她的家乡。

那年10月,《名利场》在旧金山举办了一年一度的"新企业峰会",安娜也计划参加这场会议。我甚至帮她联系了杂志负责特别活动的副总监,让她买一张票,价格是6000美元。她知道价格,似乎也没有什么意见。但在活动前几天,安娜发来短信说,她家里的一位朋友去世了,应妈妈的要求,她将留在德国参加葬

---

① ESTA 签证:旅游认证电子系统。允许持有者在美国逗留最多90天,并且可以在此期间前往墨西哥、加拿大和加勒比地区旅游。

礼。我当时正专注于工作，所以她不能来参加的事对我的心情和计划影响不大。

在接下来的几个月里，我多数时间都与大学同学一起玩，与阿什利和马里耶拉相处的时间相对较少。我几乎没有想到过安娜。我见不到她，也没想起她。直到近半年后的一天，她回来了，重新回到了我的生活中。

第四章　迅速升温的友谊

2017年2月，也就是我第一次见到安娜的一年后，她回到了纽约。在她离开期间，我只收到过几次她的消息，她偶尔会从一个国际号码发来信息，说她很想回来，很期待能和我叙叙旧。她回来的那天是一个周日，她住进离我公寓不远的霍华德11号酒店，并邀请我当天共进午餐。

她选择了"布谷鸟"餐厅，这家高档的法国餐厅最近刚刚开业，好评如潮，就在她下榻酒店的同一栋楼里。那是一个能被人看到的地方，安娜知道我一直很想去。我很清楚地告诉她，现在是不可能订到位置的，要提前几个月预订才行。作为霍华德11号酒店的客人，她以为礼宾部可以帮她临时预订，但并没有成功，我一点儿也不觉得意外。

我们决定改在西百老汇的意大利餐厅"玛莫"见面。虽然我很期待见到安娜,但我不确定会发生什么。其实我和她并不熟,而且我已经很久没有见过她,甚至没有和她说过话了,感觉我们就像第一次见面似的。我也有点儿不明白,为什么她会在落地后这么快就把我选为她想见到的人。尽管如此,我还是把她的邀请当作恭维,离开公寓时我还很乐观。在《名利场》工作,已经让我很擅长给陌生人打电话和见面,但新友谊总有一段磨合期,我需要一段时间才能真正放松下来。拉开餐厅的前门时,我心里七上八下的。

尽管严格来说我们是在苏豪区,但这里的装潢给人一种普罗旺斯开了家肉类加工厂的感觉。餐厅里摆放着小餐椅,铺着白色桌布,左侧还有一张玫瑰色的长椅。一排镜子横亘在长方形房间的长墙上,下面是用黑色画框裱起来的复古的意大利电影海报。

安娜已经坐在最靠近门口的L型包间里。她的头顶上挂着一张利诺·文图拉和让-保罗·贝尔蒙多的海报,两人都拿着枪,飘浮在黑暗的城市景观之上。"ASFALTO CHE SCOTTA",上面用大写的意大利语写着,是这部名为《冒一切风险的阶级》的电影的意大利语片名。

安娜面带微笑,脸颊绯红,站起来拥抱我。她穿着合身的黑色休闲装,肩上披着一件羽毛般的皮草大衣,触感柔软。她的圆脸上出人意料地没有化妆,甚至连睫毛膏都没有涂,赤褐色的长发披散下来,刚刚吹蓬松。她把自己的东西重新摆放在左边的长椅上,一边坐下一边把一个大购物袋放稳。

"你等了多久?"我问,之后在她对面坐下。她解释说,她刚从苹果专卖店直接来这里,她买了一台笔记本电脑和两部苹果手机———一部用她的国际号码，另一部用新的本地号码。

当侍者———一个眼神无辜的年轻意大利人———走过来时，安娜点了一杯贝利尼酒，我也跟着点了一杯。她准备好喝一杯了，她告诉我，她的父母并不嗜酒，如果她一个人喝酒，"他们会认为我有什么问题"。据安娜说，她这次回家是整理自我和排毒的好时机。

她告诉我，她在家里的这段时间，喜欢长时间徒步。我热情地回答："我在大雾山附近长大，也喜欢徒步。"一个多月后，我才意识到，我把"徒步"理解为在山路上艰苦跋涉，而安娜是把"徒步"和"散步"混着用的。不管怎样，她似乎也很高兴我们有相同的爱好——我们都喜欢散步，这是一种联系。

安娜说，在家里她要去徒步时，会戴上耳机，听着音乐，探索乡村，让自己放空一下头脑。

"听起来真不错。"我说。在纽约生活时，我最渴望的奢侈体验就是大自然和开阔的空间，可纽约只有无穷无尽的水泥路和无法逃离的人群。但是，我的评论并没有引起我期望中的反应。

"太无聊了。"她不屑地说。

我感到惊讶，也有些失望，但我还是努力为安娜的无聊感受找理由，把她漠不关心的态度当作年轻和特权的表现。毕竟，在某些人群中，一个人必须表现得觉得事事都无聊才能显得"酷"，而热情往往是乡巴佬的标志。

年轻的侍者回来了。我连菜单都还没来得及看，但他显然想为我们点餐。菜单上的选择太多，我难以决定。

"给公主来一份奶油培根天使发丝面？"他建议道。

"听起来不错。"我回答。

"哦，我们应该喝瓶葡萄酒。"安娜一边说一边浏览着菜单。

"我本来计划今天整理公寓，而且我真的应该完成一些工作，"我说，主要是为了向自己大声说出这些事实，"但听起来确实不错……"

"每个人只喝两杯就行，不需要喝完一瓶。"

"管它呢，我们点一瓶吧。"我同意了。

我喜欢有人以这种方式推动我做出选择。安娜让我觉得，选择放纵并不是一个非此即彼、非黑即白的决定，而是一步一步发生的。她甚至说得合情合理。她的逻辑有时与我的截然不同——就像她选择住在酒店而不是公寓一样——但这让她的世界观更加迷人。

纽约吸引着各式各样的人：艺术家和银行家、移民和过客、新旧富豪、等待被发现的人和永远不想被发现的人。每个人都有自己的故事——有些人的故事比其他人的更精彩。但这些人无一例外都有自己的气质，气质就是个性，个性就是魅力。

安娜是个有个性的人——我早就知道这一点，却已经忘记是什么让她如此与众不同：她说话的方式充满异国情调，带着泛欧洲口音；她随意地选择拥有任何她想要的一切，说她想要说的，做她想要做的；她想要菜单上碳水化合物最多、奶油最多、松露最多的意大利面，她直接点了这道菜，不用找任何借口，也没有一丝愧疚。而我却完全相反。

这会是一顿漫长的午餐。喝得微醺让我有了勇气，决定提起安娜的家庭这个话题，她几乎从未主动提及过这方面。当我问她与父母的关系是否亲密时，她说他们的关系更多是基于生意而非亲情，这从各种角度都让我很难理解。生意？什么意思？难道他们对她这个人不感兴趣，只给她钱，对她没有感情？还是他们以金钱为筹码，要求她满足他们的期望？我不觉得她是上过寄宿学校的人（她的人际交往能力太——傲慢），所以我想象她住在科隆郊外的一座乡村庄园里——一栋通风良好的老房子，房间很多——可能好几天都见不到另一个人，在情感上备受冷落。我推断，这可以解释她特立独行的性格，也让我为她遗憾。

安娜说，她的父亲从事太阳能行业，但家里的钱都来自安娜的外公——他在安娜母亲年幼时就去世了。她继续说，她的父母不理解她的世界和抱负心，但他们相信她有能力自己做决定。撇开生意不谈，他们之间似乎也没有什么其他可以促进关系的话题："我是说，我们能聊些什么呢？他们不明白我在做什么。"安娜看不出这种交流有什么意义。当她暗示她的母亲对她们之间的距离表达了一些悲伤时，我从安娜的语气中感受到了一丝转瞬即逝的思念。

"那你的兄弟姐妹呢？"我问道，试图将话题引向更愉快的方向。她说，她弟弟比她小12岁，因此她本质上是像独生女一样长大的。她解释说，母亲一直小心翼翼地让他们保持距离，以免给安娜带来不便，或者惹她嫉妒。

安娜说这话时，好像这很正常，仿佛她妈妈在处理姐弟关系方面做得特别好，也许她确实做得很好，也许安娜的性格不适合与人相处。然而，这让我觉得安娜的生活并不容易。她让我想起了我在小学时认识的一个女孩,我们叫她"莎拉·珍"。莎拉·珍的生活相当艰辛,她妈妈负责管理我所在的女生唱诗班,至少在其他家长发现她难以控制自己的情绪之前是这样。在圣诞节期间的一次演出中,她当着观众的面对我们大喊大叫:"脸上露出微笑!这件事应该很开心!"这时,大家才知道她有情绪问题。

莎拉·珍很难与其他女孩打成一片。她衣着邋遢,又咄咄逼人。她渴望得到关注,她的行为让其他女孩觉得不安。不巧的是,她还是我们中第一个进入青春期的人,因此她首先经历了我们其他人尚未经历过的尴尬阶段。

我目睹了我妈妈对莎拉·珍积极的关心。我妈妈格外地关注她,倾听她的看法,待她特别亲切和温暖。我妈妈鼓励我也这样对待她。多年后,当我问我妈妈为什么要那样做时,她说她"可以看到那个小女孩显露出的她受过的伤害"。

"需要全村之力[①]?"

"需要愿意照顾她的人们,"她说,"女孩需要特别的关怀。"

安娜身上有着莎拉·珍的影子,这种相似性拉近了我们的距离,否则我可能会退后一步。我感觉自己能以一种别人无法做到的方式陪伴她。安娜可能过于自信,但我开始将此看作她坚韧不拔的证明。我没有信托基金,甚至没有多少积蓄,但家人给了我世界上所有的爱和鼓励——尽管如此,追逐梦想仍是一项无止境

[①] 需要全村之力:指一句英文谚语"要养育一个孩子需要全村之力"。

而坎坷的事业。现在我知道了，安娜比我小3岁，而她已经有打造自己的艺术基金会那么宏大的梦想，并且正在独自努力实现它，我觉得不可思议极了。

一盘天使发丝面被端到我的面前，上面撒着帕尔马干酪碎屑，热气腾腾。我吃了一口，放下叉子。没有表现得更坚决是我的错：我有乳糖不耐症，而我的饭上全是奶酪。按理说，叫来我们的侍者，简单地解释一下这个误会就可以了，但我没有这么做。我不想大惊小怪，决定快速跑到最近的药店买一盒乳糖酶药片——瞧，简单的解决方案。当我告诉她我的计划时，安娜翻了个白眼，笑了笑。我借故溜出餐厅的门。

十五分钟后（我在两家药店都没有找到这种药），我来到中央街一家别致的当地药店。在去胀气胶囊和抗胃酸咀嚼片之间，终于找到了我的目标——乳糖不耐受缓解片！还剩最后一盒。我匆忙付了钱，迅速跑回玛莫餐厅，不知道安娜和侍者会怎么想。

我回到餐厅时，安娜正在拆封她的新手机。我坐下后，她借口去洗手间，而侍者端着一盘菜走了过来。我不在的时候，安娜自作主张替我解释了我的问题，而厨房重新准备了一盘不含奶制品的意大利面。显然，我在城里到处乱跑，让我的食物放冷，并不是最明智的做法。我很感谢安娜主动为我说话。

我们吃完后，侍者端来一碗甜点，是切好的草莓，上面撒了糖粉，还有一张小纸条上写着他的电话号码。"他想知道你是不是单身，"安娜说，"我让他自己问你。"虽然我不感兴趣，但尼克和我确实正经历着一段艰难的时期。在我生日那天，我们吵了一架，没过多久——他已经离开了为安妮·莱博维茨工作的岗位——他去哥斯达黎加游玩了一个月，之后再也没有联系我。这是一段我们既没有完全在一起，也没有完全分手的中间时期。所以，我不能和侍者约会，但我特别高兴安娜回了纽约。

就在我需要转移注意力的时候，结账时，安娜拿出了她的卡，把我的推开。因为是她邀请我的，所以她坚持付钱。我争辩了几句，还是让步了，并诚恳地向她道谢。

我们离开餐厅时已经快五点了。我们向安娜的酒店走去，她邀请我去喝一杯。我们穿过酒店现代化的大堂，直奔左侧的钢制螺旋楼梯，它绕着一根粗大的柱子旋转两圈，一直升到上面一层。在二层，我们来到"图书馆"，这是一家时尚的鸡尾酒吧，就像"索赫馆"酒店（为创意行业人士服务的私人会员俱乐部）的前哨站——只是更好一些，因为它给人一种私密空间的感觉，这里只有我们两人。

房间的设计带有明显的斯堪的纳维亚色彩。从家具到灯具，每一个装饰元素都是一件艺术品。进门左手边是礼宾服务台，两名员工坐在笔记本电脑前接电话。其余的空间被划分为若干座位区：一张雕塑般的沙发和休闲椅环绕着一张北欧风格的咖啡桌；房间右侧是简约的双人桌，点缀在座位宽大的椅子之间；中间靠窗的位置摆放着一张六人圆桌，被高高的花枝布置淹没；后面是一张木制长餐桌，摆在看起来像鹿角球玩具一样的水晶吊灯下。

我扫视了一圈现场的布置，目光最后停在挂在礼宾服务台对面相框里的一张照片上，那是一张黑白照片，拍摄的是空荡荡的影院，是日本摄影师杉本博司的系列作品之一。光线从看似空白的长方形电影银幕中射出，从构图的中心投射到空荡荡的舞台、座位和影院。杉本使用的是大画幅摄影机,将电影中的数千帧静止图像捕捉到一个画面中,其效果堪称超凡脱俗。看他的作品总让我想起莎士比亚的一部戏中戏,它捕捉到了动态,预示着绚烂的情感和光线,并因此生机勃勃。观赏体验是颠覆而倒置的:我成了观众,看着空荡荡的影院,看着空白的银幕——一切皆有可能,或许它已经发生了。也许这一切早已存在。

★★★★★★★★

刚回到纽约的安娜有一个计划:她想建立一套自己的个人健身日程。最近,为了省钱,我取消了健身房会员资格(反正我也很少去),感觉身材走样了。安娜听说过一款可以按需预订私教课程的应用程序,所以我们决定一起试试。我们把第一次健身课安排在那一周的周三。

周三早上,我比往常起得更早。我穿上运动衫,蹦蹦跳跳地走下大楼的四层楼梯,感觉精力充沛、热情高涨。慢跑十分钟后,我到了安娜住的酒店,给她发了一条短信,告诉她我到了。我一边等她的回复,一边打量着霍华德11号的大堂。在清晨的光线下,我觉得它很冰冷,到处都是坚硬的,显得小巧而现代——远不如周日晚上看起来那么诱人。安娜没有回复,所以我又给她发了一条信息,终于得到了她的回应,她让我去她的房间。

九楼的走廊光线昏暗,地毯吸收了所有的声音。当我敲响916房间的门时,安娜打开门。她的脸看起来有点儿浮肿,穿着刚从颇特(Net-a-Porter)买来的高性能纹理潜水服,比我工作时穿的衣服还漂亮。我穿着我的旧足球短裤和大号T恤站在那里，意识到我可能误会了着装要求。

"进来吧。"她说。

一进门，我就发现左手边是一间卫生间。我看到大理石台面水槽被高档美容用品摆得满满当当。她的卧室本身很小，也堆满了东西。硬壳行李箱被推到靠近左侧的角落里，放在一张椭圆形的桌子后面，桌子下面堆满了文件以及来自苏博瑞（Supreme）和艾克妮工作室（AcneStudios）的购物袋。房间的另一侧，在床和窗户之间的小缝隙里，安娜塞进了一个金属滚动衣架，上面挂着她周日穿过的皮草大衣和其他黑色衣服。原来这就是长期住酒店的样子，我想。在她电视机下面的控制台上，我注意到颇特和亚马逊的空盒子，以及装在透明塑料袋里的健身器材——一根嵌有LED灯的跳绳和一个我曾经用来练习足球步法的那种敏捷梯——显然是她在网上买的。我不禁感叹，很明显，安娜只需要按一下按钮，就可以叫客房服务，订购名牌服装、高档运动装备和其他任何她想要的东西。

安娜拿起水瓶。里面的东西是浑浊的，我猜想可能是某种美容灵药。然后她拿起房卡，我们离开了，沉重的门在我们身后"咔嗒"一声关上。那天早上的锻炼只是我们未来一系列锻炼的开始。在酒店用作多功能空间的空房间里，教练指导我们做了一系列俯卧撑、弓步、深蹲和仰卧起坐。在我们练习的过程中，安娜不是特别认真，虽然她在一定程度上遵循着教练的指示，但更注重速度而不是动作的准确性，她还总是盯着自己用来放音乐的手机。就在那时，我发现了安娜对阿姆（Eminem）的热情，我从没想过我们有这个共同点，这种巧合让我开怀大笑。2002年的电影《8英里》中的那首歌《迷失自我》被以最大音量播放着。

对我来说，这首歌是一段回忆；对安娜来说，这是一首颂歌。

应安娜的邀请，训练结束后，我们和教练一起去"布谷鸟"吃早餐。她显然铁了心要尝尝这家餐厅，幸好在这个时间点我们顺利地找到了一张桌子。我们在这奢华的地方开始了一天：用瓷杯喝咖啡的时候，自然光从高高的窗户射进来，洒在我们的白色桌布上。穿着汗湿的衣服坐在如此华丽、配着天鹅绒软垫的索耐特牌椅子上，我确实感到有些自卑。由于担心不能准时去上班，我在安娜离开餐桌前就先走了。后来我给她发短信，问她我能不能分摊85美元的健身费用。"不用！"她回复，和我预料的一样，尽管我也同样乐意付钱，但我还是很感激她的慷慨。

★★★★★★★★

那天，《名利场》的办公室里非常安静。当时我们正在给四月刊收尾，大部分员工已经飞往洛杉矶参加将于周日举行的奥斯卡年度派对。我的航班是这周晚些时候。我想在出差前做个脚趾美甲，不知道安娜是否愿意和我一起去。有个不按正常办公时间上班、住在市中心的朋友真的很方便。我发短信问她是否有空。

"我要去苏豪区看公寓，"她回答，"要一起去吗？"

"我需要做脚部美甲。"

她补充说："我们可以之后去做。"

默瑟街二十二号的前门在打开时发出嗡嗡声，我经过门卫，乘电梯上了一层楼。2D号公寓很好找，门口是一位西装革履、风度翩翩的房地产经纪人，他的一切都是对称的——嘴巴、耳朵、眼睛、头发,就像工厂制造出来的器械。他领着我穿过一条长长的走廊,里面摆满了白色的架子和五颜六色的物品,我不信任地看着他。我们经过主卧敞开的门——柔和的窗帘和镶有纽扣的床头板给人一种女性化的感觉——然后沿着走廊继续往前走,看到一扇大窗户,透过窗户可以看到外面的小庭院,那里更具装饰性,而不是功能性,庭院中央有一个巨大的红苹果雕塑。因为拍摄工作、晚宴、和朋友们一起探亲的缘故,我以前也去过这么奢华的公寓——甚至比这奢华得多——但从来没有与和我同样年纪、想给自己买一套的朋友一起来看过这类公寓。安娜想要我的陪伴,甚至可能是参谋,来帮她做出这样一个重要的个人决定,我觉得非常荣幸。

我和房地产经纪人走进阁楼的开放式厨房,只见安娜站在长长的台面的另一侧,旁边是整面墙的白色烤漆橱柜。她神情专注,自如地打量着周围的环境。她一如既往地穿着一身黑,左臂弯处挂着一个大皮包。此刻,我注意到旁边的下沉式客厅里还有一对夫妇在和另一位经纪人交谈。

"那是弗雷德里克·埃克伦德[①]。"房地产经纪人低声介绍。我不知道那是谁,但我假装知道,点了点头。

安娜一边招呼我,一边打开了厨房的橱柜。我们一起往里面看了看,发现里面摆满了陶瓷罐,间距一致,每个罐子上都根据

[①] 弗雷德里克·埃克伦德(Fredrik Eklund):瑞典房地产经纪人、前IT企业家、真人秀明星和作家。他以主演真人秀节目《百万美元豪宅》(Million Dollar Listing New York)的全部九季而闻名。

里面装的东西贴着标签。

"这套公寓是刻意布置成这样的吗?"我问房地产经纪人。

"不,这里住着一位著名的女演员。"他回答。

这里感觉就像电影布景。灰尘在哪里,混乱在哪里,一切看起来都焕然一新,甚至有点无菌空间的感觉。由于不了解安娜的品位,我憋着自己的意见没说出口。毕竟,如果她住惯酒店,也许她更在乎的是设施而不是品质。(我后来才知道,这套公寓的主人是《纽约娇妻》中的贝瑟妮·弗兰克尔,院子里的苹果雕塑是向这部电视剧片头的标志致敬。我还了解到,埃克伦德是一位真人秀明星,曾与弗兰克尔在"精彩电视台"的一个节目中合作过。)

我们继续参观,并没有说话,安娜的房地产经纪人则殷勤地打开每一扇房门,用抓人的叙述指出重要的有市场价值的细节:拱形窗户、进口大理石、内置储藏室、步入式衣橱。安娜面无表情地审视着每一个细节。

十分钟后,我察觉到安娜已经感到很无聊了,她的注意力似乎正急剧下降。房地产经纪人仿佛也感觉到了这一点,在我们回到一楼之前,他让我们快速浏览了一下大楼地下室的健身房。安娜叫了一辆优步,车停稳后,我们一行三人挤了进去,向下一个地点出发。

"你有数据线吗?"安娜问司机。司机把数据线递给她,让她可以插上手机播放音乐。柯达·布莱克的《隧道视野》响起,安娜把音量调高到不适合交谈的程度。

安娜对大琼斯巷1号的一套公寓也表现出浓厚的兴趣,不过这栋楼实际上还没有建成,所以我们只能看到建筑模型、效果图和附近售楼处的样板间。

参观结束后,回到人行道上,房地产经纪人递给安娜一个塑料袋,里面装着各种价值数百万美元房产信息的精美宣传册。她勉为其难地接过来,并答应和房地产经纪人保持联系。房地产经纪人一走到听不到我们说话的地方,安娜就开始抱怨自己现在不得不拎着一袋垃圾到处走。确实很讨厌,我同意,还以为这段对话这样就结束了。但安娜继续说:"哎,我为什么需要这些东西?太烦人了!"她解释说,她讨厌没必要的东西,这种态度与她的生活方式有关,她住在酒店里,地方只够放必需品。

我想着她堆满东西的房间,对两者明显的矛盾感到困惑。

安娜继续说下去。在她更年轻的时候,她非常在乎拥有新的东西,并痴迷地把它们整理好,但在某个时刻,她做了一个决定——为什么要让物品控制她?"反正这一切都不重要,"她意识到,"事物,比如金钱,都可能在一瞬间失去。"

我非常高兴听到安娜这么说。这让我觉得,她并不在乎她的财富带来的物质享受。"都是身外之物。"我表示同意。

✷✷✷✷✷✷✷✷

我已经和安娜一起健了身,吃了早餐,还参观了公寓。在三天半的时间里,我和她相处的时间比我一个月里和大多数好朋友一起度过的时间还要多。不过,我们这一天马拉松式的行程还没有结束。拎着没用的宣传册,我们在去美甲沙龙前吃了点儿东西。在沙利文街的"蓝带"寿司店,我们坐在吧台前。我们眼前一扇弧形的窗户里陈列着五颜六色的切片海鲜,我盯着盘子里一只孤零零的章鱼触手,欣赏着它那排壮观的小吸盘。我既厌恶又兴奋,用苹果手机拍了张照片记录下来。

"我喜欢寿司,但这对我来说有点儿新奇,"我坦白道,"我妈妈不喜欢吃鱼,所以我们从小到大都没吃过鱼。"对我来说,那只章鱼触手就像一条被切下来的怪物的舌头,根本勾不起我的食欲。

安娜说她经常和亨特一起吃寿司,所以我让她来点餐。通常情况下,我会选择一些"安全"的食物,比如加利福尼亚卷或岩虾天妇罗,但我很高兴有借口尝试新东西(只要它没有触手)。她像专家一样背出我听起来很陌生的菜名:鰤鱼、辣扇贝手卷、海胆、红鱼子酱,以及两杯白葡萄酒。

安娜经常让我了解到新的流行文化。比如在吃这顿饭时,她惊讶地发现我对丹妮尔·布雷戈利一无所知,这位年轻少女最近因为在《菲尔博士》节目中说了"怎么着?出去打一架?"这句口头禅而声名大噪。安娜给我播放了这段视频,标题是"我想与我那偷车、持刀、跳电臀舞的13岁女儿断绝关系,而她试图诬陷我犯了罪"。在我们等食物上来的时候,她继续让我看YouTube上的视频,视频中的布雷戈利有着娃娃脸,拉直了头发,戴着巨大的耳环。布雷戈利在描述自己的恶劣行径时丝毫没有悔改之意,当她注意到脱口秀的观众们嘲笑她时,自以为是地称他们为"荡妇",并挑衅他们要出去打一架。当菲尔医生问她这是什么意思时,布雷戈利的母亲插嘴澄清道:"这意味着她会出去,做她该做的事情。"

我想，是布雷戈利张扬的个性和她自称"街头"的谈吐让这一幕变得好笑。我看视频的时候，安娜一直在笑。我试图和她一样看到其中的幽默，但布雷戈利让我想起了我的中学同学——那些来自糟糕社区、不幸家庭的孩子，他们在课堂上表现出格，是因为他们非常渴望得到关注，所以会想方设法引起关注，这让我很难过。安娜注意到我的复杂反应，很快指出了布雷戈利因此而成名，并以她的"照片墙"账户为证，但这个信息只会让我感觉更糟。节目的目的是让这个女孩明白她的不良行为会带来负面后果，结果这让她"在网上出名"了。

我意识到自己的不赞同，担心这会让我显得过于保守，所以我努力去摒弃这种感觉。为什么我必须对每件事都那么认真呢？这真的有那么重要吗？我就不能跟着"笑话"一起笑吗？

我和安娜友谊的互动模式开始固定下来。她挑战着我，让我不那么紧张、不那么轻易下判断，而是放得开、玩得开心。同时，她还邀请我进入她的世界：带我去酒店、餐厅，也去参加不寻常的活动。我既是她的观众，也是她的伙伴。我想，我心里有一部分开始渴望自己更像她。

****

我付了午饭的钱，在前往美甲店的路上，我们在优步的后座上敷衍地评估着各自的手指甲。安娜的指甲看起来像南瓜籽，涂着沙子色调的裸色，并被挫钝了。"我想出来的，我觉得这样更好，"她指的是她指甲的形状，"我把它们挫成这样，它们就不容易折断。"安娜有个标志性的小动作，每当她心不在焉时都会表现出来,就像刚刚在车上一样:她会用一只手的手指去捏另一只手的指甲,仿佛在让两个皮影亲嘴似的。

"这总让我父亲抓狂。"她说,意识到我在盯着她的动作看。她解释道,她父亲认为她这个习惯会给人一种她有问题的印象。她的脸上绽放出笑容,大声问:"他的看法是对的吗?"

安娜的右手腕内侧有一个黑色的文身,是一条带卡通图案的丝带蝴蝶结,我以前见过,但从未问过它的意义。"你那个文身文了多久?"我问。

安娜告诉我,这是她年轻时文的,这是玛丽·安托瓦内特的颂歌。她在学校写过一篇关于这位命运多舛的王后的文章,自此对她产生了浓厚的兴趣。我无法想象为什么她会仰望一个传说听到百姓挨饿时会说"让他们吃蛋糕吧"的女人,所以我想象安娜15岁的样子,她看着索菲亚·科波拉执导的电影《绝代艳后》,把克里斯滕·邓斯特理想化。她崇拜的玛丽·安托瓦内特肯定是那个样子的。

"我已经文了太久了,几乎都忘了它的存在。"她告诉我。她的语气突然变得不屑一顾,暗示她对这个人的钦佩之情已经消退。

我们来到了"金树"美甲与水疗中心,我之所以选择这里,是因为这里的员工一直都非常友善周到。我们走进来,大家纷纷和我们打招呼,然后我们走向摆满五颜六色指甲油的架子。我选择了波尔多红色,不过我不记得安娜选的颜色了。我们并排坐在按摩椅上,低头看着手机,技师们则在我们脚边的水盆里注水、测试温度、准备工具。安娜总能把日常活动变成一场冒险,她宣布自己想喝一点葡萄酒。

"喝吧。"我同意和她一起喝一杯。午餐时喝了一杯酒,已经让我有点儿头晕,但我还是像往常一样同意了她的计划。安娜通过手机应用程序订了一瓶白葡萄酒,安排直接送到美甲沙龙。我们静静地坐着,脚被护理着,自动按摩椅为我们按摩着背部。

安娜打破了沉默。"我们应该体验一下红外线桑拿。"她建议道。她以前提到过这个。据我所知,红外线桑拿就像一个微波炉,利用红外线从内部加热人体。我不太明白这意味着什么。

"好啊。"我说,并愿意做任何事。

安娜左手拿着手机,右手的指甲敲击着屏幕。"他们今晚有空位。"她说,她预约了一家名为"高剂量"的红外线水疗中心。

"太好了。"我回答。

当我和安娜坐在烘干台前时,一名女士拿着黑色塑料袋走进美甲沙龙,安娜挥手吸引她的注意力。"外卖?"那位女士询问。

"是的。"安娜说。这时,我们正赶着去做预约好的红外线桑拿,所以没有打开酒。我付了足疗费,然后匆忙离开。在我们出去的路上,安娜从饮水机旁边的一叠塑料杯里拿了两个塑料杯,然后在我们的优步后座插上数据线,播放说唱音乐,再拧开酒瓶盖子,给我俩各倒了一杯。在车里喝酒让我很不舒服,但我什么也没说。

****

到达东一街时,我们喝完了杯中的酒。红外线水疗中心位于一家名为"炼金术士厨房"的店内，看起来已经关门了。但我们发现前门没有上锁，进门后是一个无人看管的汤力酒酒吧。再往里走，货架上是草药大杂烩：酊剂、药膏、秘鲁圣木和鼠尾草。店里只有我和安娜，我们直接来到房间后面的楼梯，发现楼下设有"高剂量"服务台。

柜台旁有一位长得很像演员谢琳·伍德蕾的女士。"这是你们第一次来吗？"她问，她的声音沙哑而成熟。

"有没有人说过你长得像谢琳·伍德蕾？"我有点儿醉了，脱口而出。

"有，"她笑着说，"这种事经常发生，不过我叫贝卡。"

她开始介绍我们在桑拿房里会遇到的情况。"如果你注意到毛巾上有黑色印记，别担心，"她说，"高温非常适合排毒，你出汗时可能会排出重金属。"她边说边从壁橱架子上取下毛巾，然后把我们带进一个独立的房间。

方形的房间内部幽暗而安静，中央是一个木制隔间。房间一角的桌子上摆放着假蜡烛、饮水机和玻璃水杯，还有一个小碗，贝卡从碗里拿出一个遥控器。"你们可以用这个调节隔间的颜色。"她告诉我们，之后按下一个键。接着，她拿起一本过塑的色疗指南，里面概述了每种颜色产生的振动能量。例如，蓝色有助于放松和缓解疼痛，而红色能增强脉搏，促进血液循环。我对此持怀疑态度，但很感兴趣，不断向她提问以了解更多。安娜似乎对这一切毫不在意。贝卡接着从碗里拿起一小根数据线，告诉我们如何用它来播放音乐，安娜听进了这一部分。

最后，她让我们单独开始治疗。我走到桑拿房的另一侧，避开人脱掉衣服,然后用白毛巾裹住自己。安娜站在隔间对面,也做了同样的事情。接着,她从"巴黎世家"手提包中取出葡萄酒,倒入桌上的两个玻璃杯中。我摆弄着一个喷雾瓶,透过玫瑰水的雾气,接过她递给我的杯子。

打开隔间的玻璃门时,磁性闭合件弹开时发出的声音就像打开花洒似的。在里面,我们两个人坐在一张木凳子上,肩膀之间只隔着一只手的距离。"你想选歌吗?"我问安娜。像往常一样,她放起了音乐。不过这一次,她的歌单比以前更多元化,不再只以阿姆为中心。

四十五分钟的疗程刚开始十分钟,我们就浑身是汗。此时如果有人走进来,就会看到两个红着脸的女孩围着白毛巾,浑身大汗,头发扎成发髻,在一个每隔几分钟就会变色的灯箱里,一边喝着酒,一边咯咯地笑着听歌。我知道这听起来很傻,但我们真的很开心。

偶尔,安娜会跟着哼唱一首歌,有些是我没想到她会喜欢的,比如鲍勃·迪伦的《都结束了,忧伤的年轻人》。这些歌让安娜想起了奥利维尔·扎姆,她说,他是《紫色》杂志的主编,她以前在那家杂志社实习。她告诉我,他们一起坐车的时候,他就放这样的歌。我没有问他们开车去了哪里——我猜可能是在巴黎附近,或者是去《紫色》的印刷厂,安娜说过那里离她在德国的家乡不远。

安娜分享给我的生活故事远比我分享给她的多,这对我来说无所谓,我从小就很注重隐私,很乐意做一个倾听者。

在桑拿房里喝酒是个坏主意,安娜和我之前就此开玩笑说,这种组合会让我们达到平衡——一边吸收毒素，一边排出毒素——但实际上，脱水让我们昏昏欲睡。我先认输了，改为喝水。疗程结束后，即使没再喝酒，我们也已经晕头转向。我们从桑拿浴室出来时，脚在地板上留下了一摊摊汗渍。洗完澡，我们坐下来凉快了一会儿。之后，我们站在隔间的两端，打趣地说要把衣服穿回去有多难——湿着腿穿紧身牛仔裤。

等车的过程中，我们的身上还冒着热气，我们将暖意带入了寒夜的空气中。晚上，我们回到霍华德11号酒店，在"图书馆"喝了一杯，结束了这一天。我喝了一杯绿色蔬果汁，安娜喝了一杯葡萄酒。多么奇异而充实的一个周三啊！如果没有安娜，这一天本来会相当平凡。我对她知之甚少，她也不太了解我，但我和安娜已经找到了我们的节奏，在一天的时间里，我们确定了未来几个月我们的核心活动和场所。

第五章　洪水灭世

在第23届奥斯卡金像奖的《名利场》派对上,我的任务是协助杂志的摄影师贾斯汀工作。多亏时装部的同事们,我才穿上了借来的"华伦天奴(Valentino)"海军蓝天鹅绒A字裙,领口垂坠,细肩带在背部交错。活动当天,也就是周日上午,我正在洛杉矶,坐在贝弗利山蒙太奇酒店的水疗中心,收到了安娜的消息。

"今天早上一个人去蒸了桑拿,"她写道,指的是我们一起去过的那家红外线水疗中心,"天哪,我刚刚查了一下,你可以花1000美元买到整个桑拿小屋。"她发了一个网站的链接作为证明。

"太神奇了,"我热情地回复,"我现在正好在酒店的桑拿房!"

我并没有把安娜的发现当真——她住在酒店,哪儿有地方放桑拿房?然后,她的下一条短信来了:"我要看看能不能把它放在我住的酒店里,买个自己的桑拿房多合适啊。"我边摇头边笑出声来,看了两遍她的信息后才回复。(她之前是怎么说不需要没必要的东西的?)

"哈哈,不知道他们会不会让你放在酒店里。"我回复。

"我先买,到时候再说'噢,我不知道这个东西有这么大'。"

寻求原谅,而不是许可——我知道她的套路。但是,把价值1000美元的红外线桑拿房送到她的酒店?我不确定她是不是在开玩笑。随着时间的推移,我发现安娜经常有一些听起来很像笑话的想法。她也会自嘲,但之后会推动它们,看看它们能发展到何种地步。(在这个例子中,她的想法最终彻底实现了。四个月后,在她的建议下,霍华德11号在酒店内开设了一家"高剂量"分店。)安娜的傲慢虽然有时令人困惑,但往往对她自己有利。

我继续我的一天。我走到一家发廊,把头发编成一根松散的辫子,垂在右肩上。回到酒店后,我和几位同事一起请专业化妆师为我们化了妆。我一个人在房间里做最后的修饰,挤进塑身衣,穿上漆皮的"玛尼(Marni)"防水台凉鞋(12.7厘米高的粗跟),最后套上礼服。接下来是棘手的部分:我一边尽力吸气,一边扭动身体,试图拉上拉链。拉链拉到一半时卡住了。我挣扎了几分钟,但我已经迟到了,不得不放弃。

《名利场》的派对在与沃利斯·安嫩伯格表演艺术中心相连的展馆内举行。我在四点半到达,尽量避开同事,不让他们看到我的后背。瑞安是我看到的第一个朋友。"救命！"我喊道，然后转过身，吸了口气，收紧胳膊肘。他使劲一拉，就把拉链拉上去了。我穿戴整齐，准备就绪，终于见到了贾斯汀，开始我们的工作。

这一届奥斯卡颁奖典礼以一场巨大的混乱结束，因为一个信封被弄混，导致费·唐纳薇错误地宣布《爱乐之城》而非《月光男孩》获得了今年的最佳影片。颁奖出错让获奖感言被打断，并迅速反转，令3000多万电视观众瞠目结舌。

当宾客们来到《名利场》派对时，由于他们刚刚目睹了一场闹剧，肾上腺素飙升，所以已经准备好喝一杯了。穿着白色外套的服务员手捧托盘，上面摆满唐·培里侬香槟，在门口迎接他们。电影明星、时尚偶像、政治家、音乐家、运动员和商业大亨们很快就挤满了会场，杂志页面上的人物活生生地出现在我的眼前。

我的工作是现实版的好莱坞"沃尔多在哪里？找到奥斯卡奖杯"。它们在艾玛·斯通、卡西·阿弗莱克、维奥拉·戴维斯和马赫沙拉·阿里等人的手里。我在会场里转了一圈，扫视着每个人的脸，看到需要拍摄的情景就向贾斯汀示意。这里是由名人构成的梦幻场景：米克·贾格尔、斯嘉丽·约翰逊、马特·达蒙、玛丽·J.布莱吉、汤姆·福特、埃隆·马斯克、成龙——他们中的许多人都以意想不到的组合聚在一起，比如：艾米·亚当斯和范·迪塞尔，法瑞尔·威廉姆斯和查理兹·塞隆，萨尔玛·海耶克、乔尼·艾夫和凯蒂·佩里。

到了凌晨两点，派对逐渐进入尾声——仍有一些人攥着奥斯卡奖杯流连忘返，乘着一夜胜利的喜悦浪潮一直玩到清晨。当场地内几乎没有人的时候，我脱下鞋子，光着脚走到汽车服务站的队伍中。回到酒店，我立刻倒在床上，几个小时后，我在发夹和假睫毛的混乱中醒来。

✱✱✱✱✱✱✱✱

安娜没有问我派对的事。除了我们关于桑拿房的对话外，她只发短信询问了一些普通的问题，比如"洛杉矶怎么样"或"你最近怎么样"。我喜欢她不会强迫我透露我偶尔光鲜亮丽的工作生活中的任何八卦细节，相反，她专注于制订我回去后的计划。"我下周周一、周二、周五早上6:30会去跟着凯西健身，"她写道，"欢迎你一起来。"

为了提升自己的健身水平，安娜做了一番研究，发现明星健身教练凯西·杜克曾帮达科塔·约翰逊为电影《五十度黑》塑造了完美的身材。安娜并没有被300美元一节课的私教费用困扰，在我出差的这段时间里，她已经开始跟着凯西健身。

"我知道你周一晚上才回来，"她说，"所以你可以周二或周五来。"

"太棒了，"我回答，"我周二可能还会觉得累，但我周五很想去！"

起初，我以为这是一次性的邀请，我可以和安娜参加一次她的课程，无论我去不去，反正她都要付费，也许我可以从中学一些动作，以后自己练习。

但回到纽约后，我和安娜的友谊更加深厚，我们几乎每天都见面，而且几乎每天都一起去上凯西的健身课。尼克还在外地，我们的关系很不稳定。而安娜在国外时，我与阿什利和马里耶拉也没有联系。没有什么特别的原因，也许只是因为冬天我不太想社交，更想待在家里，而不是出门。纽约的生活就是这样，充满不同的阶段。在这座不夜城里，你可以在任何时间享受到各种各样的体验——餐厅、酒吧、俱乐部、博物馆、剧院等等——有时你全身心投入其中，有时你会感觉有些疲惫。

周五早上六点，安娜发来短信，确认我已经醒了。我们的课程安排在6:30，计划是她在去凯西位于切尔西的健身房的路上接我。是安娜决定我们一大早就去锻炼的（部分原因是凯西这个时间段空着），虽然安娜不像我一样有份"办公室工作"，但她为如何开始自己的工作日设定了极高的目标。尽管如此，她还是经常迟到，而且随着时间的推移，我发现安娜迟到得实在过于频繁——即使她真的很想早起。

早晨的天气很冷，所以我没有在外面等她，而是在街区尽头我常去的一家咖啡店的窗口盯着。安娜发短信说她叫的第一辆车被取消时她已经迟到了，等她出现时，已经是七点差十分，我已经喝完了咖啡，吃完了一小碗燕麦。我们见到凯西时，已经迟到了四十五分钟。

凯西的私教课在她豪华公寓楼下的健身房进行。我和安娜跳下车，急忙跑了进去，安娜在前面带路。我们无视大楼的门卫，穿过宽敞的大堂，径直冲向电梯。门打开时，安娜走了进去，仿佛走出来的人并不存在。在楼下，通向健身房的双扇门需要凯西按指纹才能进入。我们被困在外面，看到一个人走了过来，这才松了一口气。当他拉开门时，安娜大摇大摆地走进去，看都没看他一眼。我跟在她身后，悄悄地道了歉，说了声谢谢才走进去。

尽管我们迟到了太久，凯西还是微笑着迎接了我们。她比安娜和我都大，已经50多岁，不过看起来很年轻，她的身材比我们俩都好。"来吧，姑娘们，该动起来了。"她说。这让我松了一口气，因为我以为我们来得太晚，会让她来不及在她的下一个客户到来之前安排我们的课程。凯西接受了我的道歉，立即让我们开始运动。我们先从手臂练习开始。打量我一番后，凯西递给我一套两磅重的哑铃，和她给安娜的重量一样。"她低估了我的力量。"我心想。我不知道的是，每只手拿这样一个哑铃，经过几轮简单的运动后，第二天我将几乎抬不起我的胳膊。

接下来，我们专注于腿部运动。凯西会示范一个动作（姿势无可挑剔），然后安娜做一组，我再做一组。我尽量不去看安娜的动作。她无精打采地匆匆做完，如果我们目光接触，我们俩都会笑起来。

早上的倒数第二项运动——"纽约提臀！"凯西咯咯地笑着，要求我们摆出弓步姿势，然后向前摆动，这样我们的臀部就会翘到空中。我做到一半，正逐渐掌握诀窍时，凯西打断了我。"瑞秋，"她开玩笑地嘲笑道，"你那可怕的肥内裤分散了我的注意力，我怎么可能看到你的屁股变翘呢？"安娜和我都笑出声来。

安娜与凯西预约了3月第二周的五节课。

"你应该一起来！"她坚持说。

"你确定吗？我是说，这是你的私教课。我不想占用凯西的注意力。这是你的时间。"

"我每节课要付300美元,所以这段时间我可以做我想做的事。凯西对此无所谓,我是说,她不介意。而且,如果我们一起健身会更有趣,我一个人做那些动作的话有点儿无聊。"

这真是个好提议,我高兴地接受了。我和她周二到周五以及周日一起健身。每天早上都会从安娜"你起床了吗"的短信开始。然后,我会走到街区的尽头,边等她,边给我们买咖啡。

安娜总是落后于计划,而且在叫车方面似乎总遇上问题。当司机被分配给她时,他们经常会取消。我把这归因于司机在旅程结束后给乘客的评分。那时,我已经足够了解安娜,能够理解并原谅她的缺点,但对司机来说,她经常迟到,还显得苛刻而粗鲁。(她从不说"您介意把音量调大点儿吗?"相反,她会说"把声音调大点儿"或者"大声点儿行吗?"直到扬声器爆音。最后她会猛地拔掉数据线,砰的一声摔上车门,连一句谢谢都不说。)

我们坐车去切尔西的时候,安娜会大声播放她常听的音乐,用未来小子的《卸下面具》或埃克森·布朗森的《举止疯狂》等歌曲来开始新的一天。音乐会在凯西的健身房继续播放,安娜把她的手机与蓝牙扬声器同步,并随身携带到每个健身器械上。凯西的其他客户也在使用健身房,当音量太大时,他们会恼怒地看着我们,所以凯西不得不控制音量。事实上,凯西是我和安娜作为一个整体的完美平衡点。在我们行为飘忽不定时,她会让我们脚踏实地。我们迟到时,她会耐心等待。当我们的注意力被分散时,她会鞭策我们坚持下去。

连续几天穿着同一条运动裤后,我升级了自己的衣柜。安娜给了我一条她从颇特买来但不喜欢的紧身裤。裤子的长度卡在她的小腿处,不够显瘦,但因为我矮一点,所以裤脚几乎到我的脚踝。有了这条裤子,再加上我从最喜欢的麦克斯折扣店淘来的衣服,我的新运动服储备足够让我每周只用去一次自助洗衣店。

★★★★★★★★

这时候,我和安娜已经形影不离了。当她在附近时,全世界都会被她迷住——普通的规则似乎对她并不适用。她的生活方式十分便利,而这种轻松的物质主义颇为诱人。我们经常在锻炼结束后去蒸红外线桑拿。我们从凯西的健身房匆匆赶去"高剂量",然后回到布谷鸟迅速吃一顿早餐,为安娜自己制订的健康生活公式画上圆满句号。我们轮流支付"高剂量"的费用——没有什么规定,谁用应用程序预订,谁就付钱——但安娜坚持为健身课和布谷鸟餐厅买单。"你为了赚钱付出的努力,我永远也比不上。"她对我说。

如果没有晚上的其他活动,早晨的这些健身可能会让我们的身材变得匀称。但安娜通常会在我下班前给我发短信:"你忙完后要不要来这里喝一杯?"整个三月,我每周有两三个晚上去找她。我们先在"图书馆"见面。大部分时候是安娜在说话。她和酒店的员工们打成一片,而我则是她最信任的顾问和最忠实的知己。像往常一样,她向我倾诉的比我向她倾诉的多,毕竟她的日常事务(比如数百万美元的投资谈判)比我的(为照片拍摄预约发型师和化妆师)更重要,这合情合理。我饶有兴趣地听她讲述她与酒店业相关人士的会面——比如里奇·诺塔尔("信"餐厅的股权合伙人）和安德烈·巴拉日。她还谈到了自己的金融交易，谈到了与峰堡投资集团的董事总经理斯宾塞·加菲尔德还有银行家丹尼斯·奥纳巴霍的会面。"我们需要安排一顿晚餐，这样你也能见见他们了。"她说。我觉得这有点儿不寻常，但也很贴心。据我所知，除了我之外，安娜在纽约几乎没有熟人，所以她想要分享她的成就和人脉也是情理之中的事。

在"图书馆"喝着白葡萄酒，吃着酸橘汁腌鲷鱼，安娜兴高采烈地宣布："峰堡已经完成了对我的KYC调查，我都通过了——那些认为我做的事不合法的人都应该看看。"安娜告诉我，"KYC"是"了解你的客户"的缩写，是金融机构在开展业务前对潜在客户进行评估的过程。如果安娜真像她说的那样通过了峰堡的客户审查，那就意味着公司已经核实了她的身份，评估了她的适合性，并对潜在风险进行了考察，确定她是可信的。

安娜对对冲基金行业的了解本身就足以让我印象深刻，更不用说她对这个行业的了解足以让她处理好文书工作，天知道她还要做些什么来满足潜在投资者的要求。至于她担心人们可能会质疑她的合法性，毕竟安娜是个26岁的古怪女孩，时髦又陌生（我的意思是她的个性，安娜有一种品质，让她显得另类、古怪，或者说奇怪），我完全理解人们为什么会产生疑虑。她就像是时尚女孩和金融精英的混合体，被困在波提切利①的画中。这会让人困惑，但产生的效果对她有利。

---

① 波提切利：欧洲文艺复兴早期的佛罗伦萨画派艺术家。《维纳斯的诞生》是他最著名的画作之一。

我们两个人在"图书馆"自得其乐。我们会把东西放在沙发上,然后坐在礼宾部桌前的椅子上和员工们闲聊。不是每个人都觉得安娜很有趣,但没人能否认她很有胆量。她的直率可能会让一些人反感,而她那种近乎滑稽的过度自信让我觉得既讨厌又有趣。她就像一个被宠坏、很少被管教的孩子,到处乱跑,但别人由此产生的反感会被她偶尔说的几句暗含深刻同情心的话所抵消,并且她倾向于与普通员工而不是与管理层交朋友。"让别人为你工作是一项很大的责任。人家要养家糊口,这可不是闹着玩的。"她曾经说过。听到安娜说这样的话会让我觉得欣慰,每当我感到难以理解她时,她通常都会适时地说出类似的话。

一天晚上,我看到她对着"图书馆"礼宾部桌旁的镜子给自己打气。"我漂亮又有钱。"她吹嘘道。当时我们已经喝了几杯酒,即便如此,我的下巴还是差点儿掉了下来。谁会说这种话?"你是在自言自语吗?"我问,"你刚才是不是说'我漂亮又有钱'?"

她转过身,朝我露出一个脆弱的微笑,然后注意到我绝望的样子,笑得直不起腰来。她以我的讶异为乐,仿佛一个小孩说了脏话后,欣喜地发现自己只是被当作淘气包似的。我也笑了,被她的古怪之处惊呆了。有时,我觉得她像是在表演:一个坠入凡间的女孩——高贵、聪明、独一无二,却显得格格不入。

她的行为常常处于真诚和玩笑之间的暧昧地带。记得有一天晚上,她叫一个人"乡巴佬"——要么是当着他的面,要么在他走开的时候说的,我不记得了——但她说这话时带着一种戏剧性的嘲笑意味,我吓坏了。"你刚才是不是叫别人'乡巴佬'?"我问她,不敢相信自己的耳朵。她再次被我震惊的样子逗笑,不过这一次，我没有跟着她一起笑。

"哦，这在德国并不会冒犯到人。"她解释说。

"嗯，但在这里会。"我说。

时不时地，我们会与酒店的其他客人闲聊几句。我对他们友好到了极点，有时会和他们聊很久，不过这似乎会惹安娜不高兴。她总能在短短几分钟内迅速评判一个人是否有价值——娱乐价值，她谈话有趣与否，等等。如果他们没什么价值，她就有可能不理睬他们。仔细想想，我想不起来安娜曾经假装喜欢她不感兴趣的人或事过。她的意见很直接，而且她有自己的看法。如果有人给她一些炸薯条或其他她不想要的东西，她可能会半开玩笑地说："带着那些垃圾走开。"她还喜欢把人和事称为"假新闻"。比如这样：

"安娜，不，太晚了！我要回家了。"

"不，不，回来！"安娜笑着叫服务员，"再来两杯，别听瑞秋的，她是'假新闻'！"

安娜清楚自己在所有事情上的立场，即使她没有发表自己的意见，也会说得言之凿凿。例如：如果你问安娜她的政治立场，她会告诉你她坚决不参与政治。她声称政治与权力关系不大，金钱才是世界上真正的统治力量。

即使我不同意她的观点，或者因为她的自以为是而感到难堪（她经常在别人面前插嘴），但安娜挑剔的品位仍然让我重视她的认可，并为能成为她的朋友而感到荣幸。只有我们两个人的时候，安娜会告诉我她开会的情况，以及她对教堂传教所拖延租约的沮丧。艺术基金会是安娜的梦想。她为实现这一目标而努力，但这一目标仍处于构想阶段,而我会在她头脑风暴时认真倾听。

安娜有一种描述这个世界及其制度和权力结构的特殊方式,因此似乎一切皆有可能。除了为基金会打造画廊、私人会员俱乐部、餐厅、鸡尾酒吧、果汁吧和德国面包店外,安娜还想策划融合艺术、美食和音乐的体验活动。她提到她想邀请的厨师(她在看过说唱歌手埃克森·布朗森的电视节目"去他的,真好吃"后,特别想请他)、她欣赏的艺术家以及当代艺术界名人。她精明强干,在银行家、律师和投资专家等男性主导的世界里,也毫不掩饰自己的雄心壮志。我喜欢她这一点。

在"图书馆"喝完酒后,我和安娜会走下旋转楼梯,从霍华德11号的大堂出来,走到街角的布谷鸟餐厅。我们在餐厅的第一站是吧台左边的一个角落,你会看到我们坐在橘色长毛绒沙发上,一边喝着酒,一边在酒保为其他正在等位的顾客调制鸡尾酒时偶尔分散他的注意力。我们周围的墙壁上是一幅手绘壁画,描绘了一片雾蒙蒙的林地。这忧郁的冷色调突显出吧台搁架的暖色调和房间里水晶吊灯的浪漫气息。

对大多数人来说,在这里用餐并不是一件小事,也不够日常。2016年是这家餐厅最热闹的时候,它成为人们庆祝特殊日子的必去之地,预订总是满的。但安娜是酒店的长期住户,就像永远住在广场饭店的艾萝依[①]一样,如果"图书馆"是安娜的客

---

① 艾萝依:《小姑娘艾萝依》是2003年的美国喜剧电影,改编自凯·汤普森和希拉里·奈特绘制和编写的《小姑娘艾萝依》系列儿童读物。影片中,不受约束的6岁女孩艾萝依一直住在纽约广场饭店的顶层公寓。

厅,"布谷鸟"餐厅就是她的厨房。这是她用餐、开商务会议和深夜狂欢的首选地。

因为她经常光顾,所以我们会受到优待。我们可以不预约就去餐厅,在吧台边喝一杯之后,知道我俩名字的领班就会把我们带去餐桌的位置。安娜经常穿着苏博瑞品牌的连帽衫、运动裤和运动鞋,从白色桌布旁滑到马海毛长椅上,体现出一种慵懒的奢华感。她随意的着装和举止向周围的人传递了一个信息:他们的盛大之夜对她来说只是日常的一夜,只不过她吃的不是比萨,而是以荞麦煎蒙托克鳗鱼作为开胃菜,然后是蒜味蛋黄鱼羹——这些是安娜的首选菜式。她与服务员、斟酒师,甚至主厨丹尼尔·罗斯都成了好朋友。在她的要求下,后者还特意为她烹饪过不在菜单上的法式杂鱼汤。她喝普伊芙美干白葡萄酒就像喝水一样,我也尽力跟上。

★★★★★★★★

我与安娜关系的权力制衡以一种我未察觉到的奇异方式发生了变化。在我们友谊之初,所有活动都是我负担得起的,比如红外线桑拿,还有我们最初通过应用程序预约的健身教练。那时,当我答应参加某项活动时,我就假定我会支付自己的那部分费用。安娜有时会坚持为我俩买单,但我偶尔也会还她人情。

唯一的问题是安娜的口味越来越高了。她仿佛从浅水区出发,飞速游了出去。她在外貌上投资,好像这属于商业开支一样。她去克里斯蒂安·萨莫拉做的全套睫毛嫁接要400美元,补接都要140美元。她去玛丽·罗宾逊沙龙花400美元染发,去莎莉·赫什伯格花200美元剪发。她什么都想尝试，冷冻疗法、微电流面部护理、静脉滴注美容等等。当涉及奢侈品时，安娜比较克制，但涉及放纵的体验，她永远无法得到满足。

正是这种偏好让安娜找到了凯西·杜克做教练，也让她不断到布谷鸟餐厅用餐。安娜喜欢有人做伴，所以她把我拉到了深水区，因为我熟悉水性（归功于我的工作和过去与大学中有钱朋友相处的经历），而她无法独自漂浮。安娜知道这一点，她想得到她想要的东西，于是她设定我们的航向，让我留在她的木筏上。我任由她这样做。

"今晚想吃什么？"布谷鸟餐厅的服务员问，他双手合十，微微弯腰。我和他都看向安娜，她点了葡萄酒和开胃菜。当我点主菜的时候，我的眼神从服务员移向安娜，让她帮我决定。这并不是说她要求我征得她的同意——她会告诉我想点什么就点什么——但我表现得非常礼貌，因为她会买单，所以我接受了讨好她的角色，并变得越来越习惯奉承。

我当时并没有察觉到，随着时间的推移，我们友谊的天平已经发生了不可逆转的变化。

第二部分

2

第六章　喧　嚣

度假是安娜的主意。她说，她需要在5月中旬前（大约一个月后）再次离开美国，以便重置她的ESTA签证。她提议我们去个温暖的地方旅行，她不想回到科隆的家中，在无聊的乡村散步。因为我已经很久没有去度假了，所以在权衡了她的建议后愉快地同意，认为我们会找到去多米尼加共和国或特克斯和凯科斯群岛的淡季机票。我已经决定在那个春天花一些时间旅行——我计划好要去法国，与同事们一起参加在阿尔勒举行的安妮·莱博维茨摄影展开幕式，我本就打算多加几天假期——因此再多度假一周似乎也是可行的。安娜在发了第一条关于度假短信的三十分钟后，又发了一条短信问："你们《名利场》有没有旅游部？"我回答说我们用的是一家旅行社。她回复："我给你打电话吧。"

在电话里，安娜解释说，她想在旅行期间拍一部纪录片，她会承担酒店的费用——作为业务开支的一部分。她说，她想让我帮忙研究一下可能的目的地，这样我们就能充分利用这次机会，因为无论如何她都需要离开美国。在短暂地来回考虑了其他地方之后，安娜建议去马拉喀什——她一直想去的地方——用她的话说，她知道那里是"热门的目的地"。她选择住拉玛穆尼亚酒店——世界上最好的五星级豪华度假酒店之一。在谷歌上搜索了一下之后，我也觉得它看起来不可思议。在宣布想要出游的四天后，安娜预订了每晚7500美元的私人里屋，并将确认邮件转发给我。当时我并没有觉得有什么异常，毕竟，无论是在希腊的岛上还是在曼哈顿市中心，安娜都住在一家又一家五星级酒店里。当时，我已经预期要自己支付机票和其他开销。

剩下要决定的就是邀请哪些人了。为这部纪录片找一名摄像师成了安娜的首要任务，这时妮法塔莉·戴维斯就派上了用场。作为霍华德11号酒店的礼宾员，妮法（妮法塔莉的昵称）和蔼又能干，总是带着灿烂的微笑，并热衷于聊八卦，正巧她还是一位有抱负的电影人。妮法值班时，安娜与我会和她聊天。有时她下班后会和我们一起去吃饭或喝酒。她比安娜小2岁，比我小5岁。她对才华、名声和金钱的兴趣已经到了无以复加的地步——如果她对某人，尤其是与电影制作有关的人产生了浓厚的兴趣，她会表现得非常明显，毫不掩饰自己的激动之情。不知道出于什么原因，她叫我"真瑞秋"——我并不介意。

作为摩洛哥之旅当仁不让的摄像师，妮法一开始就同意加入。在安娜选定拉玛穆尼亚酒店之前，她和安娜已经研究过酒店，我们三个人通过短信讨论了电影的计划，以及还有谁可以邀请。

安娜："我预订的套房有三间卧室，可以住下六个人——假如每张床都睡两个人的话。"
我："好，听起来不错，我们应该尽快见面讨论一下还有谁要去，对吗？"
安娜："给我推荐另外三个可以邀请的人吧！"
安娜："不一定要凑够六个人，但我们还有空位。"
安娜："我会问问为我工作的人，但他们大多数都结婚或有孩子了。"
妮法："我太期待了。"
妮法："我已经找好人替我值班了。"
安娜："酷。"
安娜："拍电影。"
安娜："🎥🎥🎥。"
安娜："还需要三个符合故事情节的道具。"
妮法："唉，我太激动了🎬🎬🎬。"

★★★★★★★★

根据纽约州法律，在酒店房间内连续居住30天或更长时间的住客，会被视为租客而非宾客，因此更难被驱逐。为避免出现这种情况，酒店通常会规定最长住宿时间，在此时间之后，客人必须至少退房一晚。

因此，每当安娜的住宿时间接近30天时，霍华德11号酒店都会要求她这样做。她讨厌这种麻烦，她天性不愿意遵守政策和程序，认为严格执行规章制度属于专制。因此，在4月中旬，当她在酒店住了将近40天时，安娜想出了一个解决方案。她以我的名义在霍华德11号酒店预订了一晚。我会办理入住手续并领取钥匙，但安娜的所有东西都会留在房间里。她会收拾好一包行李，搬到格林威治酒店住上二十四小时，我和她可以在那里共进晚餐，享受水疗之夜，她会负责所有的费用。

我看不出这个计划有什么问题，所以我按照指示，在4月11日周二下午5点左右去了霍华德11号酒店。我刚走进大厅，安娜就从我身边走过，没有停下来。她是没看见我吗？她怎么可能没看到我？这很奇怪，但当安娜的眼睛盯着一个目标时，世界上的其他事物仿佛都不存在似的。

"你要去哪儿？"我发短信给她，对她的突然离开感到困惑——我们预定的按摩就在一小时后。

"我得去拿点行李，"她回答，"二十分钟后回来。"

妮法帮我办了入住手续，整个过程没有花很长时间。她给了我一张门卡，但我没有理由去房间，就在大堂里等安娜，并打电话给水疗中心说我们要迟到了。

一个小时后（比我们预约的按摩时间晚了十分钟），安娜终于回到了霍华德11号酒店的大堂。她又一次从我身边飞速走过，只停下来从我伸出的手里接过酒店的门卡，然后把她巨大的日默瓦牌新行李箱放进电梯。因为是安娜预约的水疗中心，也是她来付钱，所以我非常平静地等着她上楼收拾行李。尽管如此，我还是被她古怪又有些神秘的行为吓了一跳，而且这已经不是第一次了。

格林威治酒店前台的工作人员加快了安娜办理入住手续的速度，我们飞快地穿过大堂，乘电梯下楼到水疗中心。因为我们迟到太久，水疗时间被缩短了一半。尽管如此，享受水疗仍然是一种奢侈，我很感激能来这里，尤其是最近我压力很大，因为我和尼克分分合合，关系一直很紧张，我也很担心我在南卡罗来纳州的祖母鲁思，90多岁的她得了肺炎。安娜并不知道这些，我把悲伤和焦虑藏在心里。

妮法下班后加入了我们。当她和安娜在蒸汽房边聊边笑时，我去健身房接了尼克的电话。当我在更衣室找到她们时，安娜和妮法看出来我哭过。她们没有问我任何细节，只是亲切地试图让我振作起来。妮法先告诉我，我很坚强，不应该为一个男人哭泣，我也很善良，不是犯错的一方。安娜也试图安慰我，但方式不同。"他一定很蠢。"她笑着说，从我们健身时经常听的一首歌——拉斯的《遭报应》中挑出了有"蠢"字的歌词。

我很少让别人看到我不开心的样子，现在当着安娜和妮法的面发生这种事，我觉得暴露了自己脆弱的一面。但她们的支持让我觉得与她们更亲近了，所以我并没有太过懊悔。

吃晚饭的时候，我感觉已经好多了。我们在"客厅"吃饭，这是专门为客人准备的舒适的小房间，我们聊了聊妮法和她的男朋友（她在华盛顿特区长大时认识的一个说唱歌手）、霍华德11号的其他员工，以及我们去摩洛哥的计划。出于对电影的兴趣，妮法研究了格林威治酒店的每一个细节，仿佛这都是酒店主人罗伯特·德尼罗亲手设计的。晚饭后，我回到家，对即将到来的假期感到兴奋，也很高兴拥有安娜和妮法这样的朋友。

★★★★★★★★

临近旅行，安娜决心邀请更多人。她让我推荐几个人，尤其是能和妮法一起帮忙拍摄这部电影的人。我觉得有点儿奇怪，安娜作为这一切的负责人，却想让我来挑选想要邀请谁，不过我确实在摄影行业工作，而她在摄影界的人脉似乎很有限。我随口问了几个朋友，他们都有可能请一周假去旅行，但我没有特别积极。我很犹豫，不确定是哪里不对劲。部分原因是安娜太古怪了，我不确定我的朋友们是否能理解她。我是在试着保护她，还是想保护我的朋友们？也许两者都有。安娜吸引了我内心的某个部分，但不一定是最好的部分。因为她，我经常迟到、酗酒，还忽视了其他朋友。我为安娜喜欢我而骄傲，但与此同时，我是否在潜意识里感到羞愧呢？

我觉得有必要与家人重新取得联系，于是去南卡罗来纳州斯帕坦堡的祖父母家度过了复活节周末。我和妈妈在祖母的花园里种了花，还摘了一些带给在康复中心的祖母鲁思，她已经渡过了肺炎的难关，仍在康复中；我和祖父弗莱彻一起度过了美好的时光，和爸爸一起去徒步旅行，又和我的弟弟妹妹在后门廊一起染复活节彩蛋：这是一个平静而简单的假期。被亲人包围的感觉真好。

我不在的时候，安娜会和妮法一起玩，这已经成了一种模式。尽管我感觉每天都能见到安娜，但实际上从3月到4月，我旅行了很多次——去巴尔的摩看望我的妹妹詹妮，周末去明尼苏达州的斯蒂尔沃特参加单身派对，还去华盛顿特区参加了订婚派对。我的大学室友凯特来纽约试婚纱时，也来看过我。

妮法后来告诉我，我不在的时候，安娜似乎很孤独。我注意到安娜似乎没有其他朋友，我知道她在2016年离开纽约之前，和马里耶拉（也包括阿什利）有过争吵。细节很模糊，似乎与安娜不够敏感有关——她打电话给马里耶拉说了一些令马里耶拉沮丧的消息，却把这些消息当作有趣的八卦来传达。尽管安娜与马里耶拉、阿什利的友谊以这样的方式结束让我有点儿担心，但我并没有为此感到惊讶，我仍然相信安娜没做错什么。是的，我知道她确实不够敏感，而且缺乏社交礼仪，但她的出发点是善意的。

我在斯帕坦堡期间，安娜和妮法在"格拉梅西"酒馆吃了晚饭，去"里克·欧文斯"购了物，还尝试了冷冻疗法——一种抗衰老美容疗法，需要在一间寒冷的房间里站两到三分钟。她们外出时，安娜买了一双新凉鞋，她给我发了一张照片，说："我觉得这双配着珍珠的凉鞋太适合你了。"

周末，安娜带着妮法去和凯西一起健身。其间，安娜邀请凯西一起参加摩洛哥之旅。当安娜告诉我凯西已经同意的时候，我很高兴，欣慰于有一位真正的成年人加入我们的行列。

"我们的冒险真让我兴奋。"我回复。

"是的，我们就认真拍电影和健身。"安娜说，她做了个鬼脸。

我飞回纽约的航班是周一清晨，一落地就收到了安娜的短信："邀请马克·塞利格去马拉喀什怎么样？"马克是一位著名的肖像摄影师，也是凯西的朋友和客户，我和他有工作上的交集。我告诉安娜，这对我来说太奇怪，也太尴尬了。我相信安娜对自己的电影项目是认真的，但要让马克——一个与我共事的年长男人——和四个女人一起去住摩洛哥的私人别墅？不可能。

"也算合理，因为他认识你和凯西，还拍电影。"安娜坚持。

"他是一位非常有名且忙碌的摄影师，"我回答，"我不觉得他会有空。"

我们换了话题，马克的名字没再被提及。我没有告诉任何人安娜提到过这个主意——这太离谱了。我清楚地意识到，安娜在邀请谁的问题上越来越犹豫，这也让她越来越心烦意乱，而原本很有趣的想法变成了一个很有压力的项目。

坏事连连，到4月底，安娜和妮法的友谊变得紧张。现在回想起来，我觉得鉴于她们之间关系的性质，这种情况必然会发生——安娜希望妮法既是她的员工，又是她的朋友。同时也很容易看出，妮法难以判断安娜请她拍电影的诚意。这个女孩总是走极端，生活中充斥着派对之夜和与有权势之人的午餐，还有大胆的宣言和自负的姿态。妮法应该把哪一面当真才好呢？

安娜告诉我，尽管妮法很热情，但一直没有回复她可以去旅行的日期——安娜需要这些信息来确认拉玛穆尼亚酒店的预订，而酒店的取消窗口期（在此之后，安娜的押金将无法被退还）快到了。安娜给了妮法一个明确的最后期限，安娜很生气，她必须跟进这件事并得到答复。

最后日期确定后，妮法发推特说："几周后，我要去摩洛哥执导一部电影。两年前，我还是星巴克的一名经理。谁说上帝不是真实存在的？"在评论区，妮法回复了一个人的祝贺信息，并问她是否愿意一起去摩洛哥。当那个女孩说愿意时，妮法说她会看看制片助理的岗位还有没有空缺。

安娜给我发了一张截图。

"这有点儿过了，不是吗？"安娜说。

我完全同意。我在参与照片拍摄时的工作之一就是确保每个人都遵守"封闭拍摄现场"政策——不允许使用社交媒体。这会损害我们为杂志内容做出贡献的集体使命。机票、拍摄布景、地点和演员没有定下来之前，摄影师（或其他任何人）不能分享场地细节或用手机拍摄照片，以免破坏独家性。这样的举动戳到了我的痛处，让我的反应变得不近人情，特别是看到妮法并没有我在封闭片场方面的经验的时候。

"我在酒店取消截止期限之后，还要去追问她到底什么时候有空。"安娜继续说。

"是啊，真烦人。"我说。

"这就是为什么我会对这些人有意见。"安娜抱怨。

我把她的发言理解为广泛抨击那些只说不做的人。

安娜还希望妮法能等真正开始制作这部电影后再发布相关信息。如果这次旅行没法成行，她会非常尴尬，她写道："她在完全知道自己没有资格邀请任何人的情况下，还在推特上邀请陌生人。虽然我在现实生活中挺喜欢她的，她看起来工作很努力，但这种炫耀的心理让我很反感。"

她接着说，她主动提出要支付妮法租赁设备的费用。据安娜说，妮法曾说过她会去照相机店挑镜头，但她根本就没去。"我现在该怎么办？"安娜生气地说，"我不是那个想成为电影制片人的人。另外，我还有更重要的事要做。我也不应该在你受邀免费度假时追着问你有没有空。从事任何创意工作都不能抱有这种态度。"

"你必须敢作敢为，聪明，有上进心。"我附和。

"我猜她是想以这样的形象示人，"安娜说，"但她的言行有太多的不一致，让人很难忽略。我明白，她做这份工作是为了赚钱，但没有人能轻松得到一份工作。"

★★★★★★★★

5月1日晚上，我和安娜在布谷鸟餐厅共进晚餐，凯西和她的朋友也和我们一起。凯西的朋友是一位瑞典流行歌星。这顿晚餐是安娜难得一次提前预订的。餐厅里弥漫着期待的气氛，服务员们在等待芝加哥詹姆斯－比尔德奖①的颁奖消息，早已兴奋不已。当他们接到电话，得知布谷鸟餐厅被评为年度最佳新餐厅时，厨房里响起了热烈的欢呼声。员工们互相拥抱，围成一圈鼓掌，打开顶级的酒水，举杯庆祝。夜晚结束时，餐厅里只剩下我和安娜两位客人，我们已非正式地成为这个大家庭的成员。这是我难得的一次仿佛从上方俯瞰的体验，我在这短暂的欢宴中头晕目眩。我当时就知道这是一次特别的经历，与这些人偶然聚在一

---

① 芝加哥詹姆斯－比尔德奖：旨在表彰美国的厨师、餐厅老板、作家和记者。

起，享受这一刻。

我想起不到两周之后，安娜和我就会身处摩洛哥。那晚在布谷鸟餐厅的经历提醒我，尽管我有很多疑虑，但安娜有一种神奇的"能力"，她仿佛能看清未来，窥测人们的潜力，并准确地知道何时该出现在哪里。

★★★★★★★★

安娜并没有沉浸在对妮法的不满中，妮法在收到要求后立即删除了不当的推文。就在出发前一周，妮法还是改变了计划。那是安娜前往奥马哈参加伯克希尔·哈撒韦公司年度股东大会的前一天。安娜本来邀请我周末和她一起去，但我周五要与杂志社摄影部和美术部的同事一起参加第53届美国出版设计师协会年度颁奖晚会，周六还要参加一场订婚派对。

这时，妮法给安娜发了一条短信，安娜转发给了我。妮法在短信中说，如果去摩洛哥，她只能从周五待到下周三，而不能像其他人一样待上整整一周，因为她需要和男朋友一起去洛杉矶拍摄视频。由于知道妮法的感情生活正在经历一段困难时期，所以我想对她宽容一点儿。安娜起初也这么想，但随着安娜给我发的短信越多，她看上去就越生气。安娜告诉妮法，如果那样，她一起去似乎没什么意义，因为我们周六下午才抵达摩洛哥，只待到下周三似乎不值得花那么多钱。妮法没有道歉就直接说她不去了，这让安娜很生气。

整件事结束得很奇怪。由于安娜正忙着要租一架私人飞机去奥马哈，所以她让我和妮法谈谈，去向妮法解释她的感受（或者是自尊心？）。"如果你明天能给她打个电话就太好了，"安娜发短信说，"我觉得她不明白这种感觉有多难受。"

撒开这次旅行不谈，我知道安娜不太可能优雅地处理类似的谈话。不过，这种"三角"关系还是很尴尬。我周一早上联系了妮法。虽然我很同情她的处境，但还是照安娜的吩咐打了这通电话。我解释说，对安娜来说，这次旅行是件大事，虽然安娜看起来毫不在意，但实际上很不高兴。我还说，安娜比她看起来更敏感。

妮法很善解人意。她完全明白并答应之后会与安娜联系，表达自己的感激和歉意。这场谈话本身其实很正常，我想我是唯一因为被推到朋友之间的紧张关系中而感到不舒服的人。（对我来说，这感觉就像《贱女孩》里的场景——安娜是蕾吉娜·乔治，而我是她的棋子。）

但在这种情况下，我还是觉得不对劲。挂断妮法的电话后，我静下心来想了想。安娜就是这样，即使在生气的时候，她也会对妮法表现出中立立场。安娜把她们交流的短信内容转发给了我，意在表明她很恼火。

> 安娜："你只去三天似乎没什么意义……"
> 妮法："你说得有道理。"
> 安娜："所以你不去了？"
> 妮法："嗯，是的。"
> 安娜："好的，祝你拍摄顺利。"

安娜和我分享这段对话，是希望我能得知她给妮法发的信息措辞明显很气愤。但我觉得并不是这样，如果我是妮法，在不知道安娜不开心的情况下看到这些信息，是不会猜到这一点的。安娜的措辞太含蓄了，并没有反映出她生气的程度。

安娜从奥马哈给我发来消息，包括她在参加股东大会的一些商人的陪伴下醉醺醺地参观亨利多利动物园和水族馆的视频。她旅行回来后，我们通了电话。还有几天我们就要启程前往摩洛哥了。现在妮法退出了，安娜正在努力寻找一名替代妮法的摄像师。似乎找到任何一个懂得使用摄像机的人她就满足了，只要能凑齐人数就行。安娜提出了邀请尼克的想法。我问过尼克，但他拒绝了，表面上是因为他是一名摄影师，不拍视频——这的确是事实，其实他是对我和安娜的友谊感到不舒服。上次我邀请他和安娜一起吃晚饭时，他问："去哪儿吃？"

"布谷鸟餐厅。"我告诉他。

"我们去别的地方吧，比如奥迪昂餐厅。"他建议道。

"我觉得安娜不会愿意的。"

"为什么，她从来不会离开她的酒店吗？"

"也不是。"

"你不觉得奇怪吗？她选择餐厅。她选择一切。"

那时我已经接受了这个概念：因为安娜几乎支付了所有的费用，所以她可以做出所有的选择。我开始为自己辩护，我以为有些友谊就是这样构建起来的。我驳斥他的担忧，坚称我与安娜的友谊是真实的，把他视为奇怪的任何表现都归咎于安娜那难以解释的性格的无害副产品。

那天晚上，安娜约我一起喝酒，继续讨论还应该邀请谁去摩洛哥。我本来之后要和一位在市里的朋友杰西吃晚饭，但当我要离开的时候，安娜突然变得很黏人。"我很想邀请你一起去，但我很久没和我朋友见面了。"我解释说。杰西在当摄影助理并住在布鲁克林时，我们成了朋友。随后，他买了一辆沃伦贝格房车，开着它横穿美国去了洛杉矶，过去几年一直住在那里。我们已经很久没有见面了。

安娜是不接受拒绝的，所以几分钟后我给杰西发去短信："我顺路过来时跟我住在霍华德11号酒店的朋友安娜打了个招呼……她问，她是否可以过去和我们一起吃点东西，我觉得拒绝她会很尴尬……我告诉她，我真的很想和你叙旧，因为我们已经好久没见面了。她应该明白我的暗示，不会久留。不过你会喜欢她的，她有点儿疯疯癫癫的，但其实非常可爱有趣。"

"我喜欢疯疯癫癫的人，没事。"杰西回复。

我们在诺利塔街区一家叫"塔科姆比"的墨西哥卷饼店见面。安娜并没有像她承诺的"吃点儿东西"就离开，而是整顿饭都和我们待在一起，我不好意思赶她走。她和杰西相处得很融洽，在我付账之前，安娜没问我就直接邀请他去摩洛哥。杰西当场表示接受，并基于安娜与我的关系而信任她。显然，我的意见对任何人来说都不重要。所有人都认为我的意见要么无关紧要，要么是会默许。这让我很心烦，但我想不出解决的办法。我不想阻碍杰西免费旅行的机会（我很高兴有他陪我），我也不想抱怨安娜为何这么包容。我只能顺其自然。

****

在邀请了凯西和杰西之后,安娜问我,他们会希望她支付哪些费用——除了酒店之外,据安娜说,这已经订好了。

"嗯,"我解释说,"因为你基本上是雇用他们来工作的,他们会期望你支付他们的机票和工作相关的开销。"

安娜静静地思考着这些信息,然后慷慨地说:"我也会为你的机票和开销买单的。"——看上去这一直是她的计划。

"啊……"我回答,"谢谢你,安娜。你真的不需要这么做,这份礼物太慷慨了。"

"我很乐意负责这部分。"她说。

但在出发的前一天,安娜还没有为我们订机票。她的拖延症并没有让我觉得惊讶,我见过安娜一次又一次地把事情留到最后一刻才处理。飞往马拉喀什的航班并没有售罄,安娜也不在乎票价是否合理。这是安娜的旅行,安娜来定规矩。如果她不担心,我为什么要担心?

她表示想在傍晚出发,因为在离开之前,她还有很多事情要处理。我觉得这样安排很不错,因为我也有很多事情要做。马拉喀什之行结束后,我将独自去法国南部,这是我一直想做的事。留学时,我曾计划在暮春时节去普罗旺斯,但到暮春时又不想离开巴黎,于是把这件事推迟了,现在终于有合适的时机了。

我需要为离开办公室两周做准备,忙得不可开交。对安娜来说可能更是如此,因为她的许多会议似乎都是她亲自去开的。这周早些时候她还没订机票时,我还装得很淡定,但到了预定好出发的那天,我该去催促一下了。

我不是唯一一个焦虑的人。那天早上，凯西和杰西都给我发了短信。杰西白天要去片场协助拍摄，需要提前到达机场，把他的房车停在长期停车场。我是安娜的传话人，无意中也成了中间人。由于知道她一贯的冷漠态度，大家都发短信给我，而不是发给她。

早上8点，我给安娜发了一条短信："如果今天出发时间太紧张，我们可以明天再走。我觉得大家有点儿焦虑，想了解出行计划，并想知道机票已经订好。"

为了让订票这个过程对她来说尽可能简单，我查了不同的航班。预订机票是我工作的重要部分之一，由于安娜不擅长处理杂事，我很乐意承担这个任务。我截图后给她发了两趟可行的航班，一趟是当晚的，一趟是第二天的。

接下来发生的事情令人费解：安娜的行动迅速而流畅，她和我来来回回发短信，询问各种航班的问题，并告诉我她觉得有可能成行的航班。然后，她找到了完美的选项：晚上11点25分从肯尼迪机场起飞的葡萄牙航空公司的航班。出发时间很晚，每个人都有时间做准备：凯西可以收拾行李，杰西可以把他的房车停好。尽管这趟航班在里斯本的中转时间很久，但这又有什么关系呢？我们终于可以出发了！

"我觉得不错！"我发短信给她，还配了几个跳舞的女孩的表情符号。

"需要改一下机场接机服务的时间。"她回答，并确认她会处理好。

"幸好你想起来了。我实在太兴奋了。"我说。

五分钟后，我又收到一条短信。

"忙吗？"安娜问。

"有空。"我回复。

"我总是被打断，马上还要去开会。你能帮我们订好机票吗？只需要给每个人买一张单程经济舱。"

"用哪张卡？"我问。

她发来两张图：一张署名"安娜·索罗金-德尔维"的摩根大通借记卡的正反面。

"没问题，我很乐意帮忙，只要把凯西和你的信息转发给我就行，我有杰西的。"

她发来凯西的护照的照片，然后又发来她自己的护照的扫描件。

"他们在我的签证上漏了'德尔维'几个字，所以买票的时候也不用写。账单地址是纽约10013霍华德街11号。"

她的护照是德国杜伦签发的，上面写的名字是"安娜·索罗金-德尔维"，不过我还是按照她的要求做了。

"明白，正在订票。"我告诉她。她的账单地址竟然是她一直居住的那家酒店。"这很有意思。"我想。不过还能是哪里呢？我猜这就是她的生活方式，总是住在酒店里，所以账单地址也应该如此。

"谢谢，我打开网站总是会在一分钟后闪退。"她说。

就在我用安娜的卡预订好单程机票后，我接到一通电话。旅行社的工作人员告诉我，安娜的卡被拒了。这倒情有可原，我们一行人的机票总额约为4000美元，所以我猜安娜可能需要打电话给银行授权。旅行社的工作人员要求我在安娜授权交易后给他回电话,于是我记下他的电话号码,并给安娜发了信息。

"嗨,安娜,卡被拒了。你可以给银行打个电话授权扣款吗?"

"没问题。"她回答。

"弄好之后给我发个短信。抱歉,给你添麻烦了。"我告诉她。

"我正在与银行联系,"她回复,"他们说一解除冻结就会给我回电。我需要提高我的银行卡限额,因为拉玛穆尼亚酒店今天也扣掉了预授权款。"

对话进行到这里时,正好是下午1:45。我们从一大早就开始发短信讨论旅行的事情,我很不耐烦,准备把这些事情处理好,然后继续我一天的工作。话虽如此,事后我仍很难理解我为什么相信了安娜的下一条短信,但我确实相信了。

"航空公司的人给我打电话,说他们十分钟后要下班。"安娜告诉我。

我不太确定该如何理解这个信息,但我感觉到了紧迫性。

"要不然我先刷卡,然后你把钱还我?"我问。

这就是一切的开始,走向终结的开始。

第七章 马拉喀什

旅行很能说明一个人的性格：不同的人打包和制订计划的方式不同，提前多久去机场也有所区别。由于工作关系，我经常出差，已经养成一套屡试不爽的出行习惯。我是"早早提前"俱乐部的骄傲成员，我会给自己留很多时间。过预先安检①（不用脱鞋），戴上耳机，在"哈德逊新闻"商店买些零食和一瓶水，然后悠闲地逛一会儿——也许我会在等待登机的时候读一本书。另一种选择会给我带来压力：匆忙赶来，被疾驰的出租车晃得晕

---

① 预先安检（TSA Pre Check）：即预先安检计划。是由美国运输安全管理局负责管理及营运的加快安检的计划，符合资格的旅客从美国机场出发时，可享快速通过安检的服务，在检查时无须脱去鞋子、腰带、轻便外套或将笔记本电脑、液体取出受检，以缩短排队安检的时间。全美有200多个机场提供这项服务。

车,插队,再跑几公里到登机口。不,谢谢。那种压力让我在机场更容易受到陌生人粗鲁的行为和负面情绪的影响——在机场,人们可能会变得神经质——压力会带来有趣的反应。于是,我躲在自己的小泡泡里,以自己的习惯去机场。

那个周五晚上,我想独自前往肯尼迪机场。安娜的习惯性迟到超出了我的承受能力。我听她说过太多次,如果打车来不及的话,她最后可以坐六分钟的直升机到机场。我不喜欢这种压力,也不喜欢不必要的开销(不过,如安娜所说,有一天她的时间会变得非常宝贵,乘坐700美元一趟的直升机比在交通堵塞中浪费一个小时更划算)。就我而言,我宁可早早出门去坐地铁,也不愿赶着去坐直升机。

"我可能会很早去机场,这样,我到机场就能完成一些工作。"我告诉安娜。

"好的,我们一起出发吧。"她回答。

无论如何,至少我试过说出自己的计划了。

我回家收拾好行李,告诉安娜我会在7点左右去接她,我以为如果我订好了车,我们就更有可能按时抵达。

事情当然不会这么简单。安娜和霍华德11号酒店的管理层已经争执了好几天。他们要求安娜提前支付预订的费用,她对这种不正常的待遇感到愤怒。"其他人没有被要求这样做。"她抱怨道。为此她采取了两个行动来报复:首先,她取消了之后的预订;然后,她记下了经理们的名字,自豪地宣布她已经买下他们名字的互联网域名。

下午5点左右,她给我发了一条短信。"该死的混蛋。"她抱怨道——由于安娜没有预订房间,霍华德11号酒店现在拒绝寄存她的物品。

"美世酒店可以让你寄存吗?"我问。

"可以,"她说,"在美世酒店预订一个月。去他的!"

我们会收拾好安娜所有的东西,然后在前往机场的途中把东西送到美世酒店。我们约好晚上7点左右在霍华德11号见面,但此时,安娜正忙着做头发。反正我需要多花半个小时来收拾自己的行李,所以这对我来说没什么影响。

在我打开的行李箱和乱七八糟的衣服下面,几乎看不到我的床。我边叠衣服边盘点:睡衣、搭配泳衣的衣服、短裤、长裤、上衣和连衣裙。我把大行李箱装满后,又忙着整理随身行李。当我正从拥挤的衣橱深处拖出一个迷你滚轮包时,又收到了安娜的短信。

"我要不要给酒店经理发邮件说我买了他们名字的域名?"她问。

"换成是我,我不会那么做。"我回复。我一开始就试图说服安娜不要购买这些域名。房地产开发商阿比·罗森拥有霍华德11号酒店,也拥有安娜希望为她的基金会租用的那栋大楼。如果经理们把安娜恃强凌弱的手段告诉他,场面可就不好看了。但安娜坚持认为,阿比·罗森会宽容她的行为,甚至可能为她鼓掌。她对我的意见并不会真正感兴趣,而是完全凭自己的意愿行事。

"为什么不呢?"她问。

"这有点儿过了,他们不是和美世酒店也有关系吗?我只是不想让他们在你还没租下那栋大楼，在你没和别人开会之前就说你坏话。"她的恶意太过分了。我试图通过指出潜在的后果来说服她。

"不，美世是安德烈·巴拉日的酒店，"她争辩说，"我也没有什么坏话让他们说。我什么都没做过。"

"我只是说你买了他们名字的域名有点儿过分。"我解释说。

"购买任何人名的域名都不违法，我还没有在上面发布任何信息。"

争论毫无意义。

"你要怎么告诉他们？"我问。

"把域名所有权的截图发给他们每个人。我永远不会用这些域名做什么，我只是喜欢让他们知道我可能会做点儿什么。"

★★★★★★★★

当我的车停在霍华德11号酒店的时候，安娜还没回来，所以我在优步车里等着。

"我会叫一辆大车，你下车吧，我们把所有东西都放到我叫的车里。"她说。

"我叫的车挺大的，要不就坐这辆？是辆越野车。"我回复，同时意识到时间问题。

"好吧，如果你不介意绕一圈的话，"她说，"可以把费用加到给我的发票上。"

三十分钟后，还是不见安娜的踪影。每过一分钟，我的焦虑感就增加一分。安娜让我找行李员帮她装行李,我很乐意这样做,因为这样可以加快速度。我下了车,按照她的要求收拾行李。两个金色行李箱和颇特买来的包是她要带的,滑动衣架和一个大纸箱要留在酒店。当我完成这一切后,安娜沿着霍华德街匆匆赶来,脚步比散步快,但比慢跑慢,她刚吹好的头发随着她的动作飘扬起来。

越野车很快就行驶在克罗斯比街的鹅卵石路上。美世酒店的行李员帮我们卸下安娜的行李,并将其寄存,直到她回来。任务完成后,我们回到车上,出发去肯尼迪机场。这感觉就像一个小小的奇迹——我克服了安娜收拾行李的困难,把她接上了车。虽然没有像我希望的那么早,但也足以准时到达。我一直认为,走出门,远离我们繁忙的曼哈顿生活会是最困难的部分,现在我们已经做到了。剩下的就是享受旅程,而且我们已经准备好了。

此时离航班起飞还有两个小时,我们马上就要到马拉喀什了。

★★★★★★★★

凯西先抵达机场,自己过了安检。杰西在五号航站楼入口处等着安娜和我。我给了他一个拥抱。我们三个人一起排队办理登机手续,一边闲聊,一边开着玩笑。到了服务台,我先去办登机手续。工作人员微笑着接过我的护照,她敲击键盘时,和我闲聊了几句。我惊喜地意识到她无视了我托运的行李超重的问题,让我省了一笔巨额罚款。我向她表示感谢,然后去找安娜和杰西,他们正在另一位工作人员那里办理登机手续。

杰西是一位经验丰富的自由摄影师，从一开始就预期安娜能支付他的开销，包括托运他设备的费用。但在这个过程中出现了一个小插曲，虽然安娜手里拿着护照，但她误将装有信用卡的黑色手包托运了。她转向我，问我是否介意暂时支付200美元的托运费，因为她已经欠我钱了。既然这趟旅程都是她出钱，我当然不介意，这是一个相对很小的要求。直到安娜重新拿回手包之前，这种模式还会继续：我在肯尼迪机场花了120美元买寿司，在里斯本转机时花了80美元买午餐。

★★★★★★★★

我们降落在摩洛哥。那是5月13日，周六。马拉喀什-迈纳拉机场人山人海，但拉玛穆尼亚酒店安排了机场贵宾协助服务。两名身着咖啡棕色制服的男子在入境口迎接我们，并带领我们办理快速入境手续。随后，他们把我们留在行李领取区，我们四个人找到托运的行李，然后前往海关。队伍太长了，我们站了一会儿，试图寻找它的尽头。

这时，安娜做了一件奇怪的事。她脱离了我们，兀自向前走去，仿佛她是一个人来摩洛哥的。她轻快地走到队伍最前面，然后悄悄溜了过去，把我们留在后面。当我们意识到被落下时，就叫着她的名字朝前追去，不知为什么，警卫只注意到我们，而不是她，于是挡住了去路，把我们带回队伍的末尾。

安娜回头看了一眼，好像没意识到发生了什么，脸上露出了笑容。考虑到我们几个要排很长的队，我理解她为什么决定试试运气——但这也从某个角度说明,安娜并没有"人人为我,我为人人"的心态,她只关心自己。她在纽约时也是这样吗?的确如此,但现在离家这么远,我的感受就不一样了。

我们在海关的另一侧会合,那里的航站楼巨大的白墙和天花板让我想起运输葡萄酒瓶子或水果用的格子的泡沫套。一位司机来接我们,我们跟着他走进外面干燥温暖的空气中,两辆路虎越野车等在那里。安娜和我坐一辆车,凯西和杰西坐另一辆。行驶了十分钟后,我们来到一个宫殿般的院子前,随后从大门进入。在大门口,一大群头戴菲斯帽、身着摩洛哥传统服装的人欢迎我们的到来。我们终于来到了富丽堂皇的目的地。我们直接入住,不需要钥匙,也不需要办理入住手续,因为这里的别墅配备了专职管家,而且据安娜说,所有账单都已提前结清。

我们的私人里屋有一栋小房子那么大,管家阿迪德在大门口迎接我们。我们穿过门厅,走下三级台阶,来到一间优雅的客厅的中央,客厅的地板铺着泽利格瓷砖①。左边是休息区,放着一张沙发、两把椅子和两个铺着带有藏红花花纹的金色天鹅绒锦缎的脚凳。右边是用餐区,有一张深色木制圆桌,上面为我们摆放着白玫瑰、冰镇葡萄酒,以及各种水果和糕点。

私人里屋的两间卧室就在客厅外面。凯西选择了休息区门口左边的房间,杰西选择了用餐区一扇门右边的房间。

用餐区右侧还有一扇门,通向一条幽暗的长廊,墙壁是深红

---

① 泽利格瓷砖:摩洛哥建筑中典型的马赛克瓷砖,由几何图案马赛克组成,用于装饰墙壁、天花板、喷泉、地板、泳池和桌子等。

色的,天花板是雪松雕刻的。从走廊向左拐,经过杰西的房间就是客厅后面的主卧套房,这里有私人客厅、壁炉和书桌,以及里屋最大的一间卧室。我和安娜同住这间套房。三间卧室的门都直接通向露台,在那里,我们可以在别墅的私人泳池中畅游,在躺椅上享受日光浴,或者穿过一扇华丽的大铁门,走进度假村田园诗般的花园。

酒店有四家餐厅:法式餐厅、摩洛哥餐厅、意大利餐厅和"泳池亭"餐厅。在马拉喀什的第一晚,我们选择了摩洛哥餐厅。我们坐在露天餐桌旁,喝了一轮阿佩罗开胃鸡尾酒和一瓶干白葡萄酒,拉开了这一晚和整个假期的序幕。我们四个人脸上洋溢着刚刚抵达的游客会有的满足感。

我们每个人都给团队带来了不同的元素。度假模式的凯西穿着彩色印花裤和白色丝绸衬衫,脸上洋溢着充满活力的笑容。她直接地表达了对能来到如此奢华场所的兴奋感,但她的热情又保持在适度范围内。她对我们讨论的可能开展的集体活动很感兴趣,比如去露天市场和马若雷勒花园,但也"乐于做自己的事情"——我后来才知道那就是在泳池边躺着。总之,凯西活泼且情绪稳定,是我们之间的平衡因子。

杰西穿着浅蓝色牛津步衬衫和深色裤子,长发扎成一个凌乱的高髻。不管他手里是否拿着摄像机——他通常都拿着,他扮演的都是一个有趣的旁观者的角色。在谈话中,他经常插进一些实例、故事和观点。例如,他会提议去阿特拉斯山脉一日游,因为他做过一些研究,也和朋友就此聊过。杰西用他的智慧统治着一切,有时他有点愤世嫉俗,会向我倾诉他的看法或抱怨着什么,但说出来之后，他通常很快就会释怀。我和他有时会像兄妹一样争吵，他僵化的观点让我发疯，而我偶尔用感情压倒逻辑的倾向也会让他发疯。

安娜·德尔维，一位充满奇思妙想和神秘感的国际化女性，从头到脚穿着一身黑是她的常态：黑色紧身牛仔裤、黑色衬衫、黑色的毛外套搭在肩上。她的表现就像是她召唤了我们，现在我们聚在这儿，而她很乐意坐下来看着我们。当我们享受着周围奢华的环境时，她会嘲弄似的咯咯笑。她和我们一样兴高采烈，眼睛瞪得大大的，只是她把这里当成自己家的速度更快。在第一顿晚餐时，安娜看起来尤其高兴。

我呢？我会填补缝隙，把团队黏合在一起，尽我所能取悦他们。在夜晚凉爽的空气中，我吃着晚饭，脸上带着抑制不住的微笑。在一个我从未来过的国家，在一家比我想象中更宏伟非凡的酒店，被一群我喜欢与之相处的人包围。在这一刻，以及整个旅程中，我都在努力确保其他人和我一样快乐。

吃饭时发生了一件有趣的事。餐厅的露台上出现了一只猫，接着又冒出另一只，并向我们的桌边漫步而来。马拉喀什到处都是野猫，所以它们的出现并不奇怪。但它俩都走到我面前，只盯着我，直到我给了它们一些食物（我当然给了，因为我忍不住）。在接下来的一周，无论我们走到哪里，猫都会围着我，大家都开玩笑说我是它们的主人。也许这就是我扮演的角色——取悦他人的角色，无论是取悦人类，还是取悦流浪猫。

结束了一天的奔波，酒足饭饱后，我们醉醺醺地回到别墅。凯西去休息，安娜、杰西和我则在附近闲逛。我记得是安娜首先决定跳进游泳池的。在这座海拔大约1500英尺①的城市里,傍晚的空气非常寒冷。尽管晚餐时我穿着厚厚的毛衣,但穿过花园回到里屋时,还是不禁打了一个寒战。我不想游泳,但杰西兴致勃勃地加入了我们的东道主的行动中。

他们游泳时,院子里的音响放着安娜选的音乐。与此同时,我回到主卧,爬进被窝取暖。几分钟后,我听到安娜的声音:"我们把瑞秋也叫到泳池里来吧。""不可能!"我想。我感觉冷的时候会很痛苦,我讨厌寒冷。晚饭吃得很开心,我的心情也很好,但我真的非常不想进游泳池。我绝对不会去,无论如何都不会去。

我不记得事情的具体经过了,但记得自己被他们追赶。一开始只有安娜,她带着顽皮的眼神朝我走来,这足以让我落荒而逃。我绕着卧室奔跑,沿着长长的走廊,穿过客厅、庭院,绕过游泳池。起初,我试图一笑置之,但随着追逐的继续,我越来越生气。"我是认真的!"我喊道,"我没心情!"

在安娜的追赶下,我从后门回到我们的房间避难。当我跳上床时,她跟了上来。我记得她抓住了我的手腕,我们扭打在一起。她在笑,而我没有。我现在还能想起她发现我力气比她大时的表情,我从她手中挣脱出来,滚下床,继续跑。过了一会儿,杰西也开始追我。

我不会让他们把我拉进泳池去的。如果这件事真的要发生,我会自己跳下去。我冲向我的行李箱,穿上泳衣,走向泳池,毫

---

① 1500英尺:等于457.2米。英尺,英美制长度单位,1英尺合0.3048米。

不犹豫地跳了进去，然后迅速从泳池里爬出来。"好了，你们满意了吧？"我说。他们欢呼起来。而我浑身湿透，冷得直打哆嗦，冲了出去。

好吧，我知道，可怜的我被两个朋友追赶，他们只是想让我跳进别墅的泳池，而且这座别墅是世界上最好的酒店之一。但独自在卧室里时，我怒火中烧，泪水在眼眶里打转。当然，我们都有点儿醉了。那又怎样？代价很低吗？

安娜和杰西只是在闹着玩，但他们无意中戳到了我的敏感处。

我给了安娜太多的余地，我容忍她的专横、粗鲁和缺乏界限感。我不想进游泳池，这是我说得最清楚的一件事。她为什么不能尊重我的想法呢？她不仅剥夺了我的自主权，还把杰西也卷了进来，利用我的朋友来对付我。安娜知道我是认真的，但她仍然不放过我。我觉得自己被欺负了，感到很孤独，后悔来这里了。

我给杰西发了一条短信和一封邮件，确保他能明白我的意思："请不要和安娜一起欺负我，一点儿也不好玩。我不觉得这是有趣的。"他在几分钟内回复说他很抱歉，以后不会再这样了。就在我放下手机准备睡觉前，安娜走进卧室，她低着头，抬起眼睛，一副怯怯的样子。我从手机上抬眼看了她一眼，刚好有足够的时间和她进行眼神交流，然后又低下头。在她走进卫生间换衣服的那一刻，四周一片寂静。她再次回到房间时，大胆地开口说了几句话。

"你真的很生气，是吗？"她语气柔和地说。

"是的，"我回答，等了一会儿才补充道，"一点儿都不好玩。"

"我真的很抱歉——我们太激动了。"她说。

我感到胸口紧绷的东西开始松动。"没关系。"我回答。

一阵沉默。

"我从没见你那么生气过。"

我惊讶地发现自己开始微笑,然后大笑起来,安娜开始和我一起笑。

我睡着的时候,我们之间的气氛已经缓和了。

★★★★★★★★

第二天早上,我决定把这件事抛在脑后——当时我们喝了太多酒,又太累,我无疑因此反应过度。今后,我会努力让自己不那么紧张。安娜早上参加了一节私人网球课。之后,我们在泳池边的自助餐厅与她见面,一起吃早餐。我们将用今天的时间探索拉玛穆尼亚酒店的一切。我们漫步在广阔的花园中,在土耳其浴室(摩洛哥的一种蒸汽浴室)放松身心。在我们探索的间隙,阿迪德带着新鲜的西瓜和冰镇的桃红葡萄酒,变魔术一般出现在我们面前。我们沉浸在不需要履行义务的奢华的幸福感中。躺在阳光下,忘记了时间,饿了就去吃,累了就打盹。一天结束时,我们完全放松下来,彼此相处得很融洽。

第二天一大早,我们和凯西一起去健身,健身房只有我们几个人。杰西带着他的相机在那里,虽然安娜可能希望别人看到她正在被拍摄,但我不愿意。之后,安娜和凯西都小睡了一会儿。当天下午,我们决定去马拉喀什转转。拉玛穆尼亚酒店很美,但此时我们已经准备好出去冒险了。

安娜有两个目标：值得发在"照片墙"上的香料照片，以及一个能买到土耳其长袍的地方。拉玛穆尼亚酒店的礼宾部安排好了一切，几分钟内就有了导游，司机开车带着我们出发了。车停下后，我们一个接一个下车，从遮风避雨的度假胜地中走出来，进入尘土飞扬、温暖的神秘迷宫——一座被称为"老城"，被城墙环绕的古老大都市。

导游知道我们此行的目的，不过他中途还是带我们去了一家古董店。接下来是地毯店，这是我们一直想逛的地方。按照当地惯例，我们喝着热茶，坐在沙发上看着工作人员摊开各种地毯。安娜跪在地上，感受着独一无二的手工编织羊毛地毯的质地，它们都是由中阿特拉斯山脉的柏柏尔部落制作的。安娜悄悄对我说："如果你想要的话，我给你买一条。"这些地毯价值数千美元，真是慷慨的提议——典型的安娜作风。我谢过她，还是婉拒了。喝完茶后，我们继续游览。

我们在导游的带领下穿过集市狭窄的小巷，十分引人注目。导游是一个健谈的圆脸男人，穿着蓝色牛仔裤，戴着棒球帽。凯西跟在他身后几步，一身白衣，左手提着一个蓝色编织手提包。安娜走在她身边，穿着珊瑚色连衣裙，绑带系在脖子后面，露出手臂和背部的上半部分。她把太阳镜戴在头上，手里拎着离开纽约时不小心托运了的黑色手包。然后是杰西，他背着背包，举着摄像机跟在凯西和安娜的身后。我走在大家后面，不时停下来用手机拍摄小巷。我们四处游荡时，谁也没有多说话——我们都忙着赞叹身边神秘的人和景色。

"你能用黑色亚麻布做这条裙子吗?"安娜问"摩洛哥长袍之家"的一位女士。对方还没来得及回答,安娜便继续说:"我要一条黑色的和一条白色的。瑞秋,我很想给你也买一条。"

安娜试穿了一条鲜红色的连体裤和几条薄纱透视裙。我扫视着店里的货架,也试穿了几条,但因为不确定面料的成分,也因为价格昂贵,很快就和杰西、凯西一起在店里的座位区喝起了薄荷茶。

安娜去付款时,她的借记卡被拒了。

"你有没有告诉银行你要旅行?"我问。"没有"是她的答案。在这种情况下,我并不惊讶这次购买会被拒绝。安娜向我借钱,答应下周还我。我同意了,把这笔1339.24美元的消费记在了我的信用卡上,并仔细收好收据。我们一直逛到黄昏,然后直接前往坐落在老城的五星级豪华酒店——"苏丹娜"酒店,坐在屋顶的露台上,沐浴在灯笼的光线下,聆听着"红城"[①]各处的尖塔间回荡的伊斯兰教祈祷的号角声。我们对这次探险很满意,兴高采烈地吃了晚饭。我又付了钱,并记在我和安娜的"账单"上。

回到度假村后,我们在位于拉玛穆尼亚酒店的主楼内的"丘吉尔"酒吧喝了几杯。在讨论当晚还能做些什么时,有人提到了酒店的大赌场。"我从来没有去过赌场。"我说。计划就这样敲定下来,我们喝完酒,径直去往大赌场。我们只待了一小会儿,

---

① 红城:马拉喀什市的昵称。这个名字的来源是马拉喀什的城墙和建筑都由红色赭石建成,当阳光照射时,整个城市会泛起红色的光芒。

在这段时间里，安娜教我玩了轮盘赌，她站在我身边，向我解释玩法。但我最喜欢的游戏是老虎机，它们似乎也喜欢我。我幸运地赢了一点儿钱，然后又很快输掉了。我们离开时，我身上的现金都花光了，只剩下一个筹码，我把它留作了纪念。

那天晚上在里屋，安娜和杰西又去了泳池。杰西拍摄安娜游泳时的视频，她穿着在老城买的黑色连衣裙，背景音乐是阿姆的《韵律或理性》。安娜特意摆出各种姿势：撩起裙子，让裙子飘荡，露出双腿。她的表演属于人为的感官刺激。她对着镜头，显然很喜欢镜头的关注，咧嘴笑个不停。

★★★★★★★★

凯西感觉不舒服。她从周一下午开始胃痛，因此当我们周二外出时，她留在别墅里休息。安娜、杰西和我要去马若雷勒花园，酒店为我们预订了汽车和司机，还有前一天的导游。我们穿过大堂去找他们时，一位酒店员工向安娜招手示意她停一下。"德尔维小姐，我们能和你谈谈吗？"他说，并圆滑地把她拉到一边。"一切都还好吗？"当她重新加入我们时，我问道。"是的，"安娜向我保证，"我只是需要给我的银行打个电话。"

那天，安娜穿着她新买的红色连体裤，希望能拍出好照片。我们一起穿过花园时，杰西拍摄了视频，我也拍了几张照片。之后，我们在瑞兹兰德博宫酒店的池畔餐厅吃了午饭。在成功寻找到适合拍照的香料（我们在该市的犹太区梅拉区找到的）后，我们回到了拉玛穆尼亚酒店。

我们走出大堂，走向私人里屋时，一名酒店员工再次走近安娜。她打消了他的顾虑，保证说："好的，我只需要给我的银行打个电话，这是你们反复刷卡造成的。"然后继续我们的一天。

拉玛穆尼亚酒店周围有一道赭红色的围墙，它是这座城市12世纪城墙的一部分。我们沿着布满三角梅的围墙内部散步时，安娜走近离我们私人里屋最近的入口处的一名保安，问："能不能告诉我们，有没有办法爬到墙上？"起初，我以为自己听错了。但她又问了一遍，试图解释她想找到办法去墙上。这个问题很荒谬。围墙又高又窄，附近没有梯子，也没有平台。而且，墙的顶部高低不平——就算安娜设法爬上去，她也没法坐在上面。

我站在安娜身后，茫然地看着他们的互动。当保安望着我希望让我翻译时，我耸耸肩，摇了摇头。要么是安娜感到困惑——面对不可能的事情，却在寻找漏洞，要么就是她纯粹因为好玩而问了这个问题。我打赌是后者，对此我束手无策。

★★★★★★★★

周三，在去吃早餐的途中，我路过大堂时也被拦住了："威廉姆斯小姐，你看到德尔维小姐了吗？"当我在池畔餐厅找到大家时，我告诉安娜，前台在找她。这让她心烦意乱，你总能看出安娜什么时候很生气：她会发出近乎滑稽的恼怒声（"呃，为什么啊！"），并在手机上疯狂打字。她离开别墅，不久就回来了，表面上看是因为事情得到解决而松了一口气。

不久之后，安娜、杰西和我坐在车后座两排相对的长座上，喝着一瓶桃红葡萄酒，我们飞速穿过沙漠，向山区驶去。凯西仍然感觉不适，虽然她已经在床上连续休息了两天。像往常一样，安娜用手机最大的音量播放音乐。一个小时后，我们抵达理查德·布兰森爵士的卡斯巴塔马多特酒店，这是一家位于高阿特拉斯山脉偏远山麓的度假胜地的酒店，只有28间客房。我们是来吃午饭的。

酒店散发着宁静的活力，宾客们在微风中悠闲地躺着。酒店的名字相当贴切，在北非原住民柏柏尔人的语言中，"卡斯巴塔马多"的意思是"柔和的微风"。我们围坐在露台上的一张桌子边，将邻近山谷和山脉的美景尽收眼底，然后研究有着精美手工编织封皮的食物和酒水菜单。安娜和我先点了莫吉托鸡尾酒，杰西要了一杯含羞草。餐桌很快就被色香味俱全的佳肴填满。我们用鲜艳的橙色玻璃杯喝着巴黎水，吃着新鲜出炉的柏柏尔面包，蘸着当地浓郁的橄榄油。后来，我们改喝白葡萄酒。我的蔬菜塔吉锅热气腾腾，我让安娜和杰西看它是如何冒泡的。我们不想让这顿饭就此结束，于是点了甜点：覆盆子和柠檬冰糕、伊顿杂糕和一轮浓缩咖啡。

账单是236.24美元，我又一次付了钱。

午餐后，安娜向前台提出了参观的要求。我们游览了酒店的28间客房，从套房到柏柏尔帐篷一应俱全，每间客房的装饰都风格独特，融合了传统的摩洛哥家具与来自世界各地的古董。我们经过绿松石色的游泳池（酒店的核心部分），在安娜的催促下，漫步穿过弥漫着芬芳且修剪整齐的花园，参观了位于绿树丛中的两个网球场。我不知道安娜是为了好玩而表现得很感兴趣，还是在为她的基金会做调研，抑或真的很好奇。她考虑过预订下周的房间，但当我提醒她我要去法国时，她就打消了这个念头。

回到马拉喀什后,我们直接前往"雅库特之家"餐厅,这家餐厅位于一座中世纪旧宅内,我们在屋顶上喝了一杯红酒,开始了夜生活。在钴蓝色的天空下,身着鲜红色服装的格纳瓦[①]音乐家们盘腿坐在地毯上,为一群欣赏他们的听众演奏乐器。包括安娜、杰西和我在内的许多人拍摄了照片和视频。我们都很兴奋,尤其是安娜,她看起来很开心,这也许是整个旅程中她最放松的时候。她和杰西相处融洽,会彼此调侃来逗对方开心。事实上,我们三个相处得很愉快。第一天晚上的闹剧过去后,一切都很顺利。

"雅库特之家"的晚餐漫长而繁重,是一场豪华的五道菜盛宴,菜量很大,酒也很多。我们坐在休息区一处铺着软垫的小包间里,将庭院的景色尽收眼底,周围的桌子上撒满了玫瑰花瓣。这顿饭持续了很久,在这样一个舒适的地方品尝丰富的食物,让人感觉太放松了,甚至都不想去往公共场所了。吃完后,我们决定到院子里喝杯茶,结束这一晚。我不记得我们聊了些什么,但我记得我们笑着谈论这一天,并为能走过这么多地方而感到高兴:开车穿过阿特拉斯山脉,参观卡斯巴塔马多特酒店,现在又在这家超豪华的餐厅用餐。假期和我想象中的不太一样,我们计划的活动比想象的要少,我们的工作几乎没有任何章法。现在回想起来,我觉得自己很幸运能在离家十万八千里的地方旅行,非常感激安娜邀请了我。

---

① 格纳瓦:摩洛哥宗教歌曲和韵律的集合,将仪式诗歌与传统音乐和舞蹈结合在一起,致力于祈祷和治疗。

我们回到拉玛穆尼亚酒店时已经很晚了。我们走进酒店的主大堂，两位经理立即走上前来。他们把安娜拉到一边，她坐下来打电话，我和杰西尴尬地在旁边徘徊。起初，我和杰西都没太在意这种情况，但我们站在那里的时候，周围的酒店员工明显变得慌乱起来。杰西开始与其中一个人交谈，我听不清他们的对话，但杰西后来告诉我，有人因为我们别墅的付款问题被解雇了。

大约一分钟后，安娜走到我们听不见她说话的地方，似乎在对着手机简短地说着几个词。她开始穿过大堂，朝我们私人里屋的方向走去。两位经理也是，他们一走进我们的别墅，就在客厅的边缘不善地停了下来。我请他们在椅子上坐下，但他们拒绝了。安娜坐在他们面前，显得全神贯注。我感觉非常尴尬，而且确信我也帮不上什么忙，找了个借口去上床睡觉。

第二天，一切都乱套了，一个慌乱的早晨变成一场惊人的风暴。酒店经理在客厅要求我们提供一张银行卡，我屈服于压力，把我的卡给了他们。那天晚上，当我收拾好行李爬上床时，我希望自己能在安娜起床之前悄悄离开这里。

但第二天早上我醒来时，她也醒了。在我收拾最后的行李时，她像梦游一般飘在我身后。为了和她保持距离，我把行李箱推进客厅，走进院子。阿迪德端来一盘水果和一些咖啡。不一会儿，杰西从他的房间里走出来，他看上去昏昏沉沉的，没穿上衣，我们三个人围坐在餐桌旁，安娜跷着二郎腿，用牙齿咬着手指上的倒刺，杰西则盯着他的手机。大家都没说什么，我们就像在夏令营待得太久的孩子一样，已经准备好出发了。

"我不在的时候，别玩得太开心。"当我在里屋前把行李箱递给司机时，我对安娜和杰西说。

杰西拥抱了我，我拥抱了安娜。

"太谢谢你了。"我对她说。

大家互相道别后，我坐进车后座。望着安娜和杰西，做了个悲伤的表情，表现出我对离开的遗憾。事实上，在经历混乱而紧张的账单事件之后，离开让我如释重负，但我也很感激安娜邀请我度过如此奢华的假期。我非常享受这次旅行：奢华的里屋、令人难以置信的美食、私人导游。这是一份极其慷慨的礼物，我就是这么想的。

此时，我认为安娜会在退房时结清酒店的账单，最坏的情况无非是如果我个人卡上的费用一直留在账上（酒店没有按照承诺解除冻结的话），安娜会在下周离开酒店后向我汇款，报销机票和其他开销。尽管这不是我事先同意的安排，但考虑到事情已经发展到这个地步，我似乎别无选择，只能同意。当然，安娜对这些杂事的轻率和漠视让我很恼火，但她就是这样的人。她一直都这样：一个没有每月账单的世俗压力的有钱女孩；一个去奢侈度假也不用告诉父母的女孩；一个挥霍掉零用钱并被迫拖延付款时间的女孩；一个把自己逼到困境但可以轻松解决问题的女孩。我相信她会解决问题的，我信任她。

第八章 缓 刑

由于急于离开安娜和里屋,我早早来到机场,办理登机手续,然后迅速过完安检。我抓住空闲时间写了两张明信片(沙漠中骆驼的照片)作为摩洛哥的纪念品:一张寄给尼克,一张寄给我父母。我写上了祝福:"你们好,这张明信片是不是很可爱?我爱你们,很快就会再见面了。"两张明信片中都没有提到安娜。因为没有邮票,我便把明信片塞进我正在读的扎迪·史密斯的《白牙》一书中,然后继续赶路。

我从《名利场》的工作岗位休了整整两周的假,这对我来说是个罕见的纪录,纸质杂志的运作周期很无情,我们平时假期很少,而且很少有休假的好时机。5月中旬能找到这段假期,感觉有运气的成分。我的计划是从摩洛哥去尼斯,在那里租辆车,开车穿过普罗旺斯,然后去阿尔勒见同事,并参加安妮·莱博维茨展览的开幕式。

★★★★★★★★

在尼斯降落后,我打开手机,立即收到了安娜发来的短信。那天是她和杰西原计划返回纽约的日子,我之所以说"计划",是因为安娜的行程设计得很灵活,她只预订了前往摩洛哥的单程航班,这样回程的行程就可以稍后再决定(之后我在处理回程航班的问题时,她在短信中告诉了我)。她最终选择将行程延长几天,住在卡斯巴塔马多特酒店,也就是我们那周早些时候去过的酒店。杰西因为需要安娜给他买回程机票,也和她一起去了。安娜是从阿特拉斯山脉给我发来短信的。

"我正在处理邮件,一收到你的确认信就会转发给你。"她向我保证说。然后她告诉我,在她离开拉玛穆尼亚酒店之前,那位高个子经理又去了我们的里屋一次。

"我把你的联系方式给了他,他说他想用邮件给你发一封感谢信。"安娜说。

在她的下一条短信发来之前,我对着这句话困惑了整整两分钟。

"你是否更愿意让我把所有款项都汇入你的大通银行账户?然后你自行决定给你的美国运通信用卡还多少钱,这样你就可以直接通过电子邮件向他们发送所有的付款指示。"

我不理解这个问题。给谁发付款指示?我当然希望安娜把钱汇到我的支票账户上。有可能直接把钱汇到美国运通信用卡上吗?是的,也许吧,但这个想法让我很困惑。我已经把我的银行账户信息和开支明细都发给她了。

"是的,把所有款项转入我的大通银行账户是最好的,"我回复,"我会分开还美国运通信用卡的账单。"

她似乎明白了我的困惑。"这样你可以决定对你最有利的方式,还可以获得所有积分。"她解释,并提起美国运通的积分奖励来刺激我同意这样操作。她很快发来另一条短信:"再次谢谢你站出来付款,非常感谢!"

这时我才明白,安娜打算把酒店的全部账单都记到我的账上,再把这笔钱加到她欠我的在酒店外发生的费用的总额上。我不确定这是否可行,我觉得不可能。她怎么从拉玛穆尼亚酒店退房的?她又怎么住进另一家酒店的?

我连发了三条短信:

"我不知道整笔款项能不能顺利扣款。"

"不客气,谢谢你组织这次旅行。"

"希望我们今天能把汇款的事情处理好,因为我担心我的卡到周末不能正常使用。很抱歉,麻烦你了。"

酒店的全部账单都将记在我的信用卡上,这似乎已成定局。我们都已经离开了拉玛穆尼亚酒店,但我相信安娜会按照她的承诺把钱还给我。不这样,我还能怎么办?

"我会电汇七万美元给你,这样就可以涵盖你所有的开销。"她写道。

这比我一年赚的钱还多。

"非常感谢,安娜。"我回复。

几分钟后,她给酒店发了一封邮件,并抄送给我:

……跟进我的上一封邮件。请将瑞秋卡上的总账单和所有费用的汇总表发给我。感谢您的帮助——瑞秋很友善地提供了她的银行卡,但我有责任确保我支付所有款项。希望能在今天结束前收到。谢谢。

AD

****

虽然我以前从未来过法国南部,但这里让我感到熟悉和亲切。我的大姨詹妮——我妈妈的大姐、旅行家、和我一样喜爱法国——向我推荐了一些景点,我都尽心地记录下来并计划好。我已经选好路线,提前租好了车、订好了每晚的住宿,并粗略安排了每天的行程,留出充分的时间游玩。

我住进"尼斯博里瓦日"酒店的一间小客房,房间简单但温馨,位置也很方便,离海边只有一个街区,步行到迷人的老城区也很近。因为我只计划在尼斯待一个晚上和一个上午,所以我在到达后短暂地休息了一会儿,便开始游览。狭窄的道路两旁是五颜六色的店面,沐浴在黄昏温暖的阳光中。我把相机挂在脖子上,带着一种使命感:拍照是一项我可以独自完成的活动,它鼓励我融入并接触周围的环境。

这一天,安娜一直通过短信和我保持联系。当晚,她发送了有关汇款的最新消息:"我今天开始走流程,一旦用于追踪汇款的联邦参考编号[①]通过电子邮件发送给我,我就会立即转发给你。希

[①] 联邦参考编号(FedRef):美联储各成员银行分配给交易(特别是电汇)的唯一标识符,使银行可以跟踪和验证转账。

望你玩得开心。"

第二天是5月的第三个周六,一个集市日。天空湛蓝清澈,阴凉处空气凉爽。我早早地离开酒店,回到老城区吃早餐,并在加里波第广场的露天古董市场逛了逛。我欣赏着家具和小玩意儿,满足于只拍摄照片,而不是买下物品。

我在法国的时光很快就变成摩洛哥时光的反面:简单的住宿和充分的文化熏陶,取代了拉玛穆尼亚酒店颓废的生活和没去进行多少有意义探索的事实。马拉喀什已经让我觉得遥不可及了。

随着退房时间临近,我穿过佩永长廊公园返回酒店,这座公园将尼斯的新城区与历史悠久的老城区隔开。

沿着人行道,间歇喷泉看似随意地喷着:水柱向上喷射,时高时低。浑身湿透的孩子们在喷泉中穿来穿去,考验着自己的勇气,欢笑声此起彼伏。

★★★★★★★★

安娜说我报销的汇款已经在走流程了,我只需要等待。但在尼斯博里瓦日酒店的前台,我突然发现自己正面临经济压力。美国运通提高了我的额度,足以让我安全离开摩洛哥,但当我试图在尼斯使用信用卡时,交易却被拒绝了。幸好前一天是康泰纳仕公司的发薪日,所以我像往常一样收到了直接存入我支票账户的两周的工资,我用它支付了酒店的费用。

我从前台取走行李箱,然后到外面叫了一辆出租车。我给安娜发了一条短信:"嗨,安娜——我的运通卡不能用了,我有足够的现金过周末,但希望周一能处理好汇款,这样我就能付运通卡的账单了。我犹豫了一下，希望你们正在沙漠中骑驴子。"

"应该会在周一上午入账。"她回复。我如释重负。

我乘出租车去取租来的车。我以前从来没在国外开过车，但我尽量不去多想。至少法国和美国一样，在街道的同一侧行驶。

开车感觉平静而轻松，我很快就到了普罗旺斯地区的艾克斯，花了大部分时间闲逛。然后我驱车向北十分钟，来到保罗·塞尚的艺术工作室"洛弗画室"，兴奋地看到了我从小就崇拜的画家的灵感来源——光线、风景和小插图。保罗·塞尚工作室的家具被推到四周，上面放着静物：头骨、碗、水果和画布，排列成熟悉的画面。看到塞尚画作的"幕后"是愉快而又奇怪的经历——与他作品的艺术规模比，他的工作室显得有点儿单薄。

之后，我又向北驱车二十分钟来到拉寇特酒庄，沿着蜿蜒曲折的小路漫步，参观了两个艺术展览，还在一个雕塑花园里漫步。与塞尚工作室的低调优雅相比，这里显得现代而气派。

我在晚饭前抵达卢尔马兰，在快到围着围墙的村庄时停了下来，拍摄被午后阳光照亮的罂粟花田。一位与我年龄相仿、名叫亚当的男士为我在卢尔马兰庄园办理了两晚的入住手续，这里原本是一座18世纪的橄榄油磨坊，现在已经被改建成一家精品酒店。

第二天清晨，我步行到不远处的卢尔马兰墓地，经过镇上时拍了些照片。这次郊游感觉很契合周日的早晨，我怀着某种虔诚的心情，想着帕蒂·史密斯和她前往神圣古迹的朝圣之旅。我绕着小墓地转了两圈才找到阿尔贝·加缪简朴的墓地,它位于一小片凋谢的水仙花丛中。

★★★★★★★★

第二天早上10点,我的手机响了,是安娜发来的短信。

"希望你一切顺利,"她说,"我会确保今天把汇款的事办好。"我还没问,她就像上了发条一样发来最新消息。

"谢谢你,谢谢你。"我回复。

我从卢尔马兰出发,开始了充实的一天。我仔细逛了洛里的集市,惊叹于博尼约的美景,参观了戈尔德的一间修道院,在沃纳斯克追寻大姨詹妮的足迹(她曾在那里租过一栋房子),最后抵达阿维尼翁新城。我当晚入住的酒店是我预订的最豪华的酒店——普里耶酒店,一家由古老修道院改建而成的罗莱夏朵酒店[①]。我是通过一个折扣网站预订的,价格不到200美元。

这里简直就是天堂。古色古香、爬满常春藤的石墙,碧绿的百叶窗,镶着白边的大窗户,最让人惊艳的是一座草叶丛生、完美无瑕的别墅花园。漫步过中世纪城镇之后,我去酒店的餐厅吃晚饭。我的餐桌在外面的露台上,正对着花园,所以我就像看表演一样看着花园里的花朵和树枝。鸟鸣声与附近人们的低声交谈声混杂在一起,阳光把景色从明亮的黄绿色变成金色,我陶醉其中。过去几天是我第一次真正意义上独自度假,而假期即将结

[①] 罗莱夏朵酒店:由个人经营的酒店和餐厅共同组成的非营利联盟。目前在五大洲68个国家拥有约580个单位会员。

束。尽管这一周剩下的时间我都待在法国,不过会和同事们在一起。我一边吃着奶酪,一边品味着罗讷河谷葡萄酒,为自己做出的决定和看到的风景感到高兴,也为我能自给自足而骄傲。

这一天就像开始时一样,随着安娜发来的一连串短信结束了。

"嘿。"

"你玩得怎么样?"

"你那边如果收到了汇款,告诉我一声。希望这个周末没有给你带来太多麻烦。"

我查了我的银行账户,什么都没有。"嗨!还没有收到。也许明天吧。我很好!没有太麻烦,谢谢你了,我现在只能用借记卡,不过就剩最后1000美元了。唉!你们明天离开吗?"

"是的,我想找架直升机直接去卡萨布兰卡,这样就不用在车里坐四个小时了。"

"啊。"我回复。

"正在结识当地警察,方便拿到飞行许可,哈哈。"

"天啊,你可真牛。"

第二天早上,我在阿维尼翁归还了租来的车。当天下午,我的同事凯瑟琳和她的丈夫马克开车来接我,这样我们就可以一起开车去阿尔勒,我们将在那里合住一间大民宿。等他们的时候,我参观了圣贝内泽桥,然后走进阿维尼翁的市中心,漫步了几个小时。

那天下午,安娜发来短信,但只是再次抱怨妮法。妮法曾在推特上吹嘘自己听过《卡特五号》——李尔·韦恩一张未发行的专辑，这张专辑落入了马丁·施克雷利①之手，他与安娜分享了其中的一些曲目，而安娜为妮法播放过。

　　安娜偶尔提到过她认识臭名昭著的"制药厂老大"马丁·施克雷利。第一次是她吹嘘在布谷鸟餐厅和他一起吃过午饭——"吃完饭后，霍华德11号酒店的所有员工都走过来对我说：'安娜，你为什么要和这个星球上最讨厌的男人之一见面？'"安娜对我说过，酒店员工多管闲事的表现让她很恼火——"我让马丁签了保密协议，难道其他人也要签吗？"她没有意识到有这么多人知道施克雷利是谁，也没有意识到每个人对他的反感有多强烈。"嗯，是的，安娜，"我回答，"他是个臭名昭著的恶棍。"她很快为他辩护，辩称他只是根据业务做出决定，他利用这个体系让保险公司而不是个人蒙受损失，他的所作所为并不违法。在我看来，安娜的逻辑表明她能够将商业交易与道德、伦理的后果区分开。结合我观察到的她冷漠的态度，我认为这是她为了在金融界站稳脚跟而不得不采取的一种心态。我不同意她的观点，但她让我没有反驳的余地。

　　我告诉她不要跟任何人提起这件事，安娜继续发短信吐槽妮法，说"当然不会，永远不会"。

　　我能理解安娜为何沮丧。"她在开玩笑吗？"我回复。

---

① 马丁·施克雷利：美国企业家和前制药公司首席执行官，被称为"制药厂老大"。施克雷利将达拉匹林（Daraprim）药物的售价大幅提高，这种药物主要用于治疗艾滋病患者的寄生虫感染。施克雷利将其价格从每片13.5美元提高到每片750美元，引发了公众和政府的强烈批评，后因涉及证券欺诈等多项刑事指控被判7年监禁。

"只要不是傻子,都很容易把两件事联系起来,比如她在我住的酒店工作。多巧啊。"安娜说。

"是啊,这样真的不靠谱。你应该让她删掉。"

"她只是想引起别人的注意,"安娜说,"她删除了那条推文,但没回我的短信。哎,我能怎么办。"

"别管了。"我回复。

凯瑟琳和马克来依约接我,我们一起开车前往阿尔勒。车程不到一个小时。当时是周二晚上,我们返程的航班定在周六。安妮·莱博维茨展览的开幕式将在周五举行,所以我们有几天时间来尽情游玩。与凯瑟琳和马克在一起时,我愉快地放松了我制作人的大脑,不再制订计划,满足于配合他们的行程安排。我们三个人之间的关系就像一个侄女和她的叔叔、阿姨一起旅行。更重要的是,他们以前来过阿尔勒,凯瑟琳曾去那里拍摄过照片。她分享了她常去的地方和那里的故事——北派讷斯大酒店的故事,宝贵的民间传说。我很幸运能与他们同行。我边看边听,大开眼界,心怀感激。

★★★★★★★★

周三上午,我们去了卢玛基金会,安妮和她的团队正在那里准备展览。作品还在安装中,但规模已经非常惊人。展览名为"早年:1970—1983,档案项目#1"。在一个宽敞的工业仓库内,八千多张未装裱的印刷照片被钉在独立墙面上。这些印刷品并不珍贵,给人一种原始的感觉,贴近展览主题。相片的集体效应带来极具震撼的视觉效果。

造访完卢玛基金会，我们前往距离阿尔勒外几公里处的"沙萨涅特"餐厅（兼有机农场）吃午饭的路上，我收到了安娜发来的一条短信。

"这几天怎么样？到阿尔勒了？"她问。

"昨晚到的，很棒！！还没收到汇款，也许我应该给大通银行打个电话？你和杰西还在马拉喀什吗？"

一个小时过去了。马克、凯瑟琳和我坐着，阳光透过沙萨涅特餐厅的葡萄架洒下来。葡萄酒和小份美味的菜肴一上桌，我们就开始品尝。

安娜一直发短信过来。

"我会把联邦参考编号转发给你，这样你的银行就可以追踪到了。他们昨天给我打电话确认过了。"

"太好了，谢谢，"我回复，"你们今天要出门吗？"

"是的。我的朋友们这周末要来马拉喀什，给其中一个朋友的妻子过生日，所以我可能会多待一两个晚上，去见见他们，但杰西必须要回去了。"

朋友们？我以前没听她提过，但也没多想。考虑到我的回复，我可能理解错了她的意思。"一路顺风！"我回复，"希望你在美世酒店顺利安顿下来。"

整个下午，安娜的短信不断。她说，她想找一位新的私人教练试试。"在我们不能和凯西一起锻炼的日子里，可以找另一个教练健身：也许美世酒店有空房间，我们可以在那里健身，我不知道还有什么地方更合适。"

午餐后，凯瑟琳、马克和我驱车穿过卡马格，前往滨海城镇圣玛丽。这座海边城镇停满了大篷车,都是来参加吉坦朝圣活动的,这是欧洲各地的罗姆人[①]为纪念他们的守护神"黑圣女萨拉"而举办的年度盛事。我们慢慢开车经过,观看这场活动。我看到人们赤脚踩在沥青路面上,缤纷的色彩和人群交织在一起。教皇保禄六世称他们为"世界之路上永恒的朝圣者"。

回到阿尔勒,我们与聚在一起期待安妮·莱博维茨展览开幕的同事们碰面时,安娜的短信又来了。"杰西刚走,我得在这儿待到周五晚上。"她写道。

这是好消息。离开马拉喀什时,我曾想过杰西和安娜会如何相处。在他们身边时,我的存在常常起到缓冲作用。我来法国后,杰西一直通过短信与我保持联系。起初,他似乎状态还不错,说他和安娜骑着骡子穿越了阿特拉斯山脉。他在酒店见到理查德·布兰森时跟他打了招呼。像在马拉喀什一样,安娜要求酒店提供私人网球课程。为了满足她的要求,卡斯巴塔马多特酒店每天都从拉玛穆尼亚酒店找来一名教练。教练和安娜的关系变得很友好,他的陪伴超过了网球课的范畴。他与杰西和安娜一起共进晚餐,并去远足了一趟。我想象有第三个人的存在对他们的关系有好处,但杰西的语气很快变得焦躁不安:"给你说一声——安娜今天打算订明天的机票,但被告知不能预订二十四小时之内离开这里的美国航班。"

"怎么回事?"我回复。我记得我为凯西预订航班时没有任何问题,我怀疑杰西是不是弄错了,但我想他应该查过了。

---

① 罗姆人:吉卜赛人的自称。这是以过游荡生活为特点的一个民族。

"我每天都问我们要买哪趟航班,她就是不买。我不知道为什么。"

"太正常了,朋友。"我回复。

"我都快被逼疯了。"他说。

杰西显然准备好要离开了。他指望着安娜帮他订回家的机票,但安娜一直不买票。安娜说他终于离开了的时候,我才松了一口气。

凯瑟琳、马克和我回到民宿。我们晚上在一起的时候,安娜一直发短信来。她说她确实要在摩洛哥多待几天,为她一位开发商朋友的妻子庆祝生日。之后她会去洛杉矶参加"重新编码(Recode)"公司的年度技术会议,她的关注点在摩洛哥、洛杉矶、纽约之间来回穿梭。她转发了彼得·布拉克的一封邮件,他帮她预订了美世酒店。邮件确认了她新的抵达日期,还包括酒店与附近一家健身房的联系方式。她想知道我们是否应该向新的私人教练推荐那家健身房。

安娜:"下周去健身三次?"

安娜:"我想,如果我们说我们住在美世,他们会同意我们做任何事。"

安娜:"所以,我可以把凯西安排在其他日子。"

安娜:"啊,我忘了我可能要去加利福尼亚。"

安娜:"我们可以从5号那一周开始和凯(新健身教练)一起健身。"

安娜:"不清楚他对临时调整日程的容忍度如何,我们不想一开始就给他留下不好的印象。"

离开安娜后，我感到神清气爽、心无旁骛，开始觉得是时候放缓与安娜的友谊了。这次旅行让我看到了我们的不同之处——虽然我仍然觉得她很迷人，但我已经准备好给这段关系留一些空间了。我没心情制订健身计划。

我和一群朋友一起吃了晚饭：凯瑟琳、马克、安妮的工作室经理、一家图片授权公司的执行副总裁和她的丈夫。我们挤在修道院酒店院子里的一张小桌旁，安妮也短暂地过来打了个招呼，接着就早早去睡觉了，为明天的大日子做准备。

午夜时，我收到了杰西的消息。他被困在卡萨布兰卡。在卡斯巴塔马多特酒店上车离开之前，他坚持让安娜确认他的回程票。尽管她做出了保证，但四个小时后他抵达机场时，发现机票还是没有预订好。

他简直不敢相信。杰西习惯于为拍摄照片出差，这意味着确保他的旅行顺利通常是制作人的责任——提前预订好一切，并在出现问题时解决问题。他不能容忍混乱的计划，而且通常来说，解决这些问题也不是他的工作。他希望工作已经安排满，机票已经买好，酒店已经订好——这些都是合理的期望，我也有同样的期望。但很显然，对安娜来说，什么都没有保证。

杰西去质问这个突发情况。安娜说，她的助理在调整她的住宿计划时，不小心取消了他的预订。杰西被困在机场，但决心离开，便设法自己订了回家的航班，可当他买好机票时，已经来不及登机了。他一边与安娜争吵，一边向我吐槽。读着他的短信，我为他感到难过。最后,他在酒店过了一夜。

当晚,我无法入睡,便去查看我的银行账户是否有汇款入账。我登录了美国运通信用卡账户,拉玛穆尼亚酒店的费用还在我的账上,现在总共是36010.09美元。而且还有新的消费,这次是在我的康泰纳仕公司卡上——来自拉玛穆尼亚酒店的两笔消费,总计16770.45美元。这是我们账单余下的金额,酒店无法将这笔钱从我已经被冻结的个人卡扣除。显然,他们记录了我公司信用卡的信息。

我的胃翻腾了一下。

如果我能及时收到安娜的汇款,我就能在别人注意到之前用这笔钱偿还公司卡的账单。然而,安娜变得越来越不可靠了。她和我聊天的语气没有变化,但她空洞的承诺让我担忧,她对杰西的态度也令我沮丧。在纽约,安娜诸如此类随意的态度和缺乏对细节的关注并没有造成什么后果,但在马拉喀什,这就成了危险的麻烦。尽管如此,她还是让我们觉得似乎我们还在她的保护伞下,即使在我不得不垫付钱的时候,她也一直在我身边,向我保证一切都会好起来的。毕竟,她是我们慷慨的东道主。但让杰西坐了四个小时的车,在没有机票和计划的情况下把他困在机场,情况就不一样了。

我开始认为安娜的行为是出于她的疏忽大意,这让我很担心。

第九章　返回纽约

5月27日，周六，我从马赛飞往纽约，途经巴黎。

与安娜发短信讨论还款问题已成为我新的日常惯例之一。我们开始每天早上轮流先给对方发短信。

有时我会先说："嗨，A，汇款还没到。你拿到那个参考号码了吗？我好给大通银行打电话问问情况。"

在其他日子里，她会抢先问我："你看到你账户里的汇款了吗？我还在等汇款单据，一拿到就转发给你。如果汇款还没到，你的银行可以用汇款单据查询进度。"

这次延误让我很紧张，但因为我相信汇款随时都会到账，所以我没有告诉任何人。似乎没有这个必要，而且我一直被教育财务问题是隐私。如果我是安娜，我会不好意思让朋友承受这样的压力。我没向别人透露这件事是对她的尊重。此外，我认为我比任何人都更了解安娜，所以向别人征求意见也没什么意义。考虑到她经常本末倒置，比如在决定邀请谁之前就预订了里屋，或者四个人的晚餐，然后急着找人来吃饭，我觉得她的拖延也是可以理解的。安娜只是没有能力处理这些杂事，但每次不知何故，事情总能顺利地进行下去。同样的原则也适用于汇款，她启动了计划，虽然需要一段时间，而她还找不到当初转账的交易序列。但我相信，剩下的一切最终会水到渠成。虽然情况很紧张，但我很高兴能回家，与我淘气的猫咪小布团聚，并与尼克共度时光。我还见到了弟弟诺亚，他搬到了纽约，住在祖母玛丽莲的空房间里——这就像一种成人仪式。我旅行后回来的第一个周末，诺亚的女朋友从诺克斯维尔来到纽约。我们在布鲁克林与尼克会合，一起闲逛游玩。我拿着相机，像在法国南部一样拍照，假装自己还是游客。周一是阵亡将士的纪念日，所以我们迎来一个长周末。我继续对自己的财务状况保持沉默，我一直都很注重隐私，不仅是财务方面，还包括感情，所以我对这类信息守口如瓶并不稀奇。虽然这一次，当我试图摆脱压力并继续前进时，我感觉自己陷入了否认现状的状态。

安娜说她会在伦敦停留，然后直接去洛杉矶："没人在纽约，所有店面都因为纪念活动而关闭了，我不想去美世酒店住两晚，然后一周其余的时间都不在。"

很巧，那周的周四我也会在洛杉矶。我要去比弗利山庄的沃利斯·安嫩伯格表演艺术中心实地考察，为安妮·莱博维茨将于10月在《名利场》的年度"新企业峰会"拍摄集体照做准备工作，而安娜再次希望参加这场会议。虽然我的考察之旅会很短暂,但时间似乎很合适。如果到时候我还没收到汇款,我就可以和安娜见面解决这个问题。

然后呢?我会继续和安娜做朋友吗?她的银行卡用不了的时候,我会因为她依赖我而责怪她吗?我想,她能邀请我参加那趟旅行已经很慷慨了,尽管她要求我帮忙的方式让我沮丧,但只要她还清了债务,就不会对我造成什么持久的伤害。帮助有需要的朋友一直是我愿意做的事。

但这种情况已经把我逼到极限了。难道安娜希望我忽略无法解释的延期汇款,也忽略杰西的遭遇?我对她的感情发生了不可逆转的变化,而我正试图弄明白这是怎么回事。与安娜的旅行,揭露了她特立独行的行为背后未曾被察觉的危险性。在纽约,当她挑战极限时,风险似乎很低,但在马拉喀什就不一样了,她鲁莽的行为很难被彻底原谅。

等解决了这个问题,我想要一些自己的空间。也许一段时间后,我和安娜可以恢复为更随意的友谊。我不想让她成为我的密友,但也不愿把她当作我的敌人。我从不做火上浇油的事,也讨厌有人生我的气。彻底断绝关系需要很大的勇气,所以我想,也许我可以把安娜当作朋友,但要保持一定的距离,她可能会成为我偶尔会见一次面的人。这一次,我会更清晰地界定自己的界限,会更明确地了解自己的意愿,并限制自己的参与程度。我们之间的友谊不再会那么亲密,但依然是友谊。

尽管如此,就目前而言,至少在报销款到账之前,维护与安娜的关系似乎比疏远她更明智。我们继续保持联系,主要是通过短信,偶尔也打电话。当不讨论汇款问题时,我们的聊天就像什么都没发生过,我们对话的正常状态让我感到安心。

像往常一样,安娜被宏伟的构想推动着。她以自己的幻想为燃料,从一个计划切换到下一个。我期待接下来在加利福尼亚州的行程,她也在考虑自己的下一步行动。

"我打算周二下午到洛杉矶。周四中午会议就结束了。"安娜说。她指的是她想参加的"重新编码"公司的年度技术会议。

"我会在周三晚上抵达,"我告诉她,"第二天下午5点前结束工作。"

"好,听起来不错,"安娜发来短信,"也许我们周四晚上可以见个面。"

"是的,没错,会很有趣。"我回答。

安娜回复:"也许我们周四可以去棕榈泉参观道格·艾特肯的《海市蜃楼》展览,开车过去需要两个小时。这是"沙漠X"最后一件还在开放的展品。"

安娜之前就提到过这件艺术作品,道格·艾特肯的《海市蜃楼》是2017年在科切拉山谷举办的特定地点展览"沙漠X"的一部分。这是一栋美国郊区房屋真实大小的复制品,外形朴实无华,但覆满镜子,使每个外表面都反射出周围的环境。在相应的网站上有对该项目的介绍:

> 《海市蜃楼》是建筑理念的重构:看似普通的郊区住宅,现在却没有故事、居民及财物。这时,这个极简结构的功能完全取决于它周围的环境……熟悉的建筑形式成为一种设置出来的框架,一个视觉上的回音室,无

休止地反映着人们对纯粹的、无人居住的自然状态的憧憬和对征服大自然的追求……《海市蜃楼》就像人类的大小镜头,致力于构建和扭曲其外部不断变化的世界……没有固定的视角,也没有正确的解释。这件鲜活的艺术品带给每个人的体验都将是独一无二的。

我理解安娜的兴趣,这个设置符合她所有的要求。它在目标人群中很受欢迎,它的无常性使其适合于当下,它的位置使其独一无二——时尚之旅理想的目的地。我们计划周四开车去棕榈泉,"棕榈泉派克"酒店还有空房间,周五去参观这件作品。

安娜:"如果那里没有举办婚礼或科切拉音乐节,通常不会有太多人。"

我:"可以住两晚,周六下午4点左右飞回纽约,这样也不用乘红眼航班。"

安娜:"我觉得也是,我的隐形眼镜下周就要用完了,所以必须回纽约。"

"你想让我帮你带去吗?"我问。

"不用,但我应该带上我的宝丽来相机。"

我们按照熟悉的方式计划着旅程,只是这次我更怀疑安娜所做的安排。

安娜:"我们还可以租一辆可爱的车,经典款?"

从洛杉矶到棕榈泉需要两小时车程,租一辆车是合理的,但安娜建议租一辆"可爱的车",让我不相信这次旅行会真的成行。从那时起,我就把她的这种幻想当作一种测试,她想做什么就随着她,我只想看看她会怎么应对。

三分钟后,她给我发了一个链接:一辆黑色保时捷356快速型致敬版,配有红色皮革座椅。

下一个链接:白色1971庞蒂亚克勒芒。

安娜:"哈哈,真有租的,但不确定它们能不能用来长途驾驶。"

最后一个链接:1928福特A型车,亮蓝色。

安娜:"可以载着朋友们一起兜风,哈哈哈。"

问我们只是在走过场,安娜选择从最高端的租车计划开始考虑,她总是从最豪华的选项开始,费用令人咋舌。跟安娜经历过一连串的事件后,我们对此都心知肚明。

那一周的周三,在我动身前往机场的几个小时前,安娜给我发了一条短信,我猜她是从伦敦发来的。

"如果我把所有事情都处理完了,就会搭乘晚些时候飞往洛杉矶的航班。我现在错过了大半个会议。"她说。

两个小时后,她又给我发短信。

"可惜我去不了洛杉矶了,有太多事情要做……但今年夏天,我们还是要找个时间开着可爱的车去看道格·艾特肯的作品。"

"好的好的。"我回复。

当天下午,我按计划飞往洛杉矶,第二天乘红眼航班回纽约。我要交房租了,财务压力很大,但汇款仍然没有到账的迹象,我的焦虑已经不再是我能够承受的了。

迫于压力,我向尼克吐露了心声。

我:"尼克,我得告诉你一件事。"

尼克:"怎么了?"

我:"不知道为什么,我们在摩洛哥的时候,安娜的信用卡不能用了。"

他等着我继续说下去。

我:"然后我被迫用我的信用卡支付了账单——"

尼克:"好吧……"

"那是一大笔钱——一大笔钱,"我结结巴巴地说,"她答应给我报销,但汇款至今还没到,真的让我压力很大。"

"这可不太妙。"尼克说。

"是啊,我知道。我的意思是,我敢肯定,一切都会好起来的,"我开始哽咽,"但总是出各种问题——我不明白为什么汇款会延误,而她还在旅行,而且——"我这时已经哭得很厉害了,"我相信她。可那是一大笔钱——我压力好大。"

我们坐在沙发上,尼克起身给我倒了杯水,我跟着他走进厨房。他在冰箱旁转过身来,看到我还在哭,就放下那杯冰水,把我抱在怀里。

"只是钱而已,瑞秋——只不过碰巧是一大笔钱。"

他说这话的方式让我笑了。我们都知道这笔钱足以对我的生活产生影响,但在这一刻,我仍然觉得这是他能说的最善良的话。

我给安娜发的短信越来越绝望。"嘿，小姐，你真的认为汇款今天能到吗？我得付房租了。你能尽快先用快速支付转给我2000美元吗？这样我就能寄出房租支票，而不会出现无法兑现的情况……我的运通卡账单也到还款日了，但可以等到周一。"

为了解决这个问题，安娜让我联系贝蒂娜，安娜说贝蒂娜住在德国，她是安娜家族的会计师。安娜在路上的时候，贝蒂娜会帮我垫付报销费用。我按照指示在大通银行发起了"快速支付"请求。6月1日，安娜向贝蒂娜发送了有关我"快速支付"请求的邮件，并抄送给了我。

贝蒂娜：

　　这件事解决了吗？也请落实已经逾期近两周的汇款——瑞秋是我的朋友，她非常好心地用她的信用卡支付了我的费用。

　　如果收到确认信，请尽快抄送我们。

几小时后，我回了一封邮件。

　　嗨，贝蒂娜，我来跟进安娜的邮件。你有什么建议吗？

　　谢谢你。

瑞秋

安娜立刻回复。

　　贝蒂娜，纽约时间快到午夜了——确保尽快付款，并将转账成功的确认信转发给我们。你有访问我账户所需的所有验证信息，没有理由再拖延下去了。我已经提过很多次，这笔款项不用等，是一次个人转账——请联系能够立刻完成此操作的任何人。如果需要我提供更多信息，可以随时通过我917开头的美国号码联系我。
　　谢了。

安娜·德尔维

一个半小时后，贝蒂娜终于回复了。

安娜：
　　很抱歉耽误了，我们这边已经提交了所有资料，我很快就会收到银行的确认信。不需要更多步骤来完成此操作。
　　我们将尽快与各方联系。
　　谨致问候。

贝蒂娜·瓦格纳

我若无其事地度过了那一天和第二天。
　　我的大学室友凯特的婚礼就在两周后，她从她住的马萨诸塞州阿默斯特市来纽约过周末。她的婚礼没有伴娘，但我会以非官方伴娘的身份——她说过的"没有你不行"的朋友身份——参加婚礼。我们两个人坐在圣马可广场的莫加多咖啡馆门口吃午餐，品尝着摩洛哥菜肴，搭配一瓶法国葡萄酒。摩洛哥和法国，真的存在这样的巧合。是不是我想多了？我抑制住内心的焦虑感。凯特就像一股清新的空气，尽管我的压力很大，但也因为这样，我和她在一起的时光显得格外特别。我沉浸在友谊带来的喜悦中，全神贯注地陪着她。我们制定好她婚礼每一个事项进行的顺序。我想，这是属于凯特的时刻，我很开心。虽然我的内心开始被吞噬，但我要守住自己的秘密，把它隐藏起来。

凯特离开后不久，大姨詹妮和珍宁分别从华盛顿特区和纽约州北部来纽约。珍宁基本上是我们家的一员，她和詹妮都在英国留学过一个学期，从那时起她们就成了朋友，我从小就认识珍宁。珍宁戴着丝巾，涂着红红的唇膏，两只胳膊上的纯银手镯叮当作响。

周一晚上，我们三个人相约在下东区共进晚餐。她们迫不及待想听听我的旅行经历，尤其是詹妮，她为我法国之行的规划提供了很多帮助。我期待与她们分享我的经历，但与此同时，我在心里发誓不告诉她们安娜的事。没有理由要引起她们的恐慌，而且我也不愿意透露这次假期的高昂花费——这是我的本意。

在第二杯酒和最后一块鸭肉之间，我随口说了出来。

"是的，马拉喀什很棒，但发生了一件怪事……"就这样，我开始了倾诉。我一边讲这个故事，一边努力强调我对安娜的信任——在可怕的事件中增添一些乐观精神。然后，她们开始追问。

"多少钱？"珍宁问道。

我告诉她们后，她们沉默了。

"你觉得她有没有可能是个骗子？"大姨詹妮问。

我笑了。"谁？安娜？"我说，"不，绝对不可能。我明白你为什么要这么问，但她只是一团糟而已。我想她可能是分心了，她现在随时都会从伦敦回来，所以我相信我很快就会收到汇款。"

我坚决表示这没什么可担心的，让詹妮和珍宁发誓保密。

那天下午，安娜还和我联系过，她还在国外旅行。她告诉我，一个为她家工作了30年的人刚刚去世，她需要去德国参加葬礼。

"我迫不及待地想回到纽约，回到正常的生活。"她说。

"坚持住！！"我告诉她。

虽然我看上去很平静，但大脑正在超负荷运转，理智地思考汇款延误的原因，并寻找解决方案。在与詹妮和珍宁聊天后的那个周二，我疲惫地醒来。像是要完成被打断的梦中的一个想法一样，我的一天开始于向贝蒂娜发邮件询问最新消息：

亲爱的贝蒂娜：

你能分享一下最新进展吗？由于这次汇款延误，我已经赶不上信用卡的还款期限了。如果需要我做些什么来确保这笔款项能在今天上午汇出，请随时联系我。

谢谢你。

瑞秋

为了保险起见，我给安娜发了一条短信："安娜，钱的事真的让我很着急。一切都顺利吗？我们能请贝蒂娜确保今天汇款吗？我的房租支票会被退回，我还无法支付未付的账单。"

"正在跟进，"她回复，"对不起，我现在有点儿紧张，钱包丢了——被偷了，我需要把所有东西都补上，然后坐上飞机。不过你的汇款与此无关，我会再给贝蒂娜打个电话。抱歉，拖了这么久。"

发完短信后，为了避免房租支票无法兑现，我问尼克能不能借我2000美元，他慷慨地转给了我。

当天上午晚些时候，我收到了凯西的短信："安娜在卡萨布兰卡的日子不太顺利。"卡萨布兰卡？我以为她在伦敦。凯西告诉我，安娜在卡萨布兰卡的四季酒店住了四个晚上，却没办法付账。当酒店经理去她的房间要求付款并威胁要报警时，安娜心急如焚地打电话给凯西。凯西和经理们谈了谈，并试图转账过去，但他们已经没有耐心了，希望安娜马上离开。他们把安娜赶出酒店，凯西设法给她叫了一辆去机场的车。

"该死。"我回复，我把拉玛穆尼亚酒店的事告诉了凯西，"我把所有的钱都记在了我的信用卡上，还在等她给我汇款——我现在急需用钱。"

凯西："有些不对劲。"

我："她不愿意向父母要钱。"

我："她的会计已经和我联系过了。据说今天的汇款会顺利到账，但我感觉不妙。"

凯西:"她为什么在摩洛哥待这么久?而且就她一个人!"

我:"不知道。我以为她要去伦敦……"

我:"她告诉我她的钱包被偷了。这个女孩到底是怎么回事?"

安娜遇到问题了,这是显而易见的,但为什么?我们可以做些什么?凯西和我看到一位朋友陷入困境,自然而然想要帮她。我们一致认为,最好的办法是联系安娜的家人,但我们都不知道如何联系他们。她和我聊过她的家庭,我告诉凯西,只是她说话的方式有时让人费解……很模糊。

当天下午早些时候,我收到了来自贝蒂娜的邮件。

亲爱的瑞秋:

我正在等待银行的电汇确认函,以便转发给你。你应该可以用它从你那边追踪转账情况。

谨致问候。

贝蒂娜

我回复:

亲爱的贝蒂娜:

已经过去两周多了。你预计我今天能收到银行的电汇确认函吗?

你昨天就说我能收到确认函,也能成功收到汇款。

我无法承受再这样拖延下去的结果了。

谢谢你的理解。

瑞秋

两个小时后,在贝蒂娜没有进一步回复的情况下,安娜开始给我发短信,诉说她遇到的困难。

安娜:"过去几天的生活简直像地狱。"

安娜:"再也不旅行了,哈哈。"

我:"哎,我很抱歉,听起来很糟糕。我现在处境很艰难,除非我收到汇款。一切都还好吗?我不明白贝蒂娜为什么耽误了这么久。"

安娜:"我会再给她打电话的。对不起,今天是最疯狂的一天,我还在机场赶飞机并更换我所有的卡。"

安娜:"让你陷入这种境地,我真的很过意不去。"

几个小时后,我收到了凯西的短信。

凯西:"安娜把钱汇给你了吗?"

我:"没,还没有。"

凯西:"她竟然想让我给她买一张2500美元的商务舱机票!你和她聊过吗?这太荒唐了!"

我:"我发短信确认了,她没事。"

凯西:"然后呢?"

我:"她因为还没给我还钱觉得不好意思,所以现在不会找我帮忙(因为我真的付不起钱了)。"
我:"我觉得她会把钱还给你的。"
我:"你建议她去向她父母要钱了吗?"
我:"我不知道该说什么。"
我:"希望这能给她敲响警钟。"

凯西给她买了机票,安娜于第二天下午抵达纽约。她刚过海关,准备去比克曼汤普森酒店时就给我发来短信:"如果你下班后想过来吃点儿东西,我很欢迎。"

我们已经回不到那样的日子了,难道她没意识到吗?她淡定的态度让我震惊。我对她说:"如果你有空的话,明天再见面吧!"我只是在拖延,并不打算真的和她见面。"好的,当然。我明天大概会去找凯西健身,看你想不想来。"

她是在考验我,还是在怀念我们以前的日常?发短信是我唯一能有勇气和她联系的方式,和她面对面对我来说压力太大了。即便如此,我还是很高兴安娜回到纽约了,而且就住在我办公室附近的一家酒店里。虽然她与我现实生活的联系似乎微乎其微,但她就在我附近,这让我有理由重新燃起希望,以为日子即将恢复原样。

第十章　揭　露

我打算继续严守自己的秘密，但随着谜团变得越来越复杂，我忍不住把自己的经历含糊地讲给了《名利场》办公室里坐在我旁边的三位女同事听，她们听后目瞪口呆。我讲了我们的友谊是如何走向下坡路的，也问了她们的意见。她们听说过我和安娜的趣事，那时候我们的日常是去布谷鸟餐厅吃饭，去红外线桑拿房，还有清晨一起健身。大家都知道她一直是一个谜一样的人，这些曾经有趣而让人好奇，现在却令人担忧。

安娜回到美国后，离她的银行和员工更近，我以为她会更容易把财务状况安排好。但她告诉我，她的税务出了问题：由于代表安娜·德尔维基金会工作，她没有意识到自己需要缴税。她的拖欠行为导致美国国税局冻结了她的账户，但她说，这一情况已经被解决了。"我有一个律师团队，他们确认一切都已经解决,"她说,"汇款不会再推迟了。"

我相信她。我想她在旅行期间没有时间或没有办法与她的律师们保持联系,既然现在她回来了,而且掌握了情况,我相信还款会如她所说那样顺利完成。

此时,大通银行客户服务中心的号码已经是我手机上的快速拨号。我每天至少给他们打一次电话,希望得到最新消息。我从尼克那里借的钱撑不了多久,我完全放弃了与贝蒂娜的沟通,因为我确信她根本无法完成她的工作。尼克和我开玩笑说,"贝蒂娜"可能只是安娜在用假邮箱回复我。这是一个有趣的想法,但我没想过这竟然是真的。

美国运通公司开始越来越频繁地打来电话,询问我是否以及何时可以还款。我尽力解释:现在随时都有可能,我被困在承诺与履行之间的地带苦苦等待。

几天后的中午,我的手机响了。是安娜——"汇款参考编号是G0871010031505。"不确定有没有用。我猛地离开办公桌,跳了起来。"终于!"我想,我已经祈求了那么久。

尼克来找我。知道我前一天晚上心烦意乱,很晚才睡,他很担心我。我们在韦斯特菲尔德世界贸易中心见面,这是我所在办公楼的地下购物中心,然后径直走去银行。我们看着一位银行职员仔细地输入参考编号,但系统识别不出其格式。

我脉搏加快,精神低落下来。我知道这不是一个好兆头,但还是倔强地保持乐观。整个下午,我虽然很沮丧,但没有被挫败,我反复向安娜索要联邦参考编号,而不是她给我的那个编号。

"我真不明白为什么汇款还没到,"我发短信说,"我从马拉喀什就一直等着这个联邦参考编号,不能再这样下去了。每天你都说在处理,你能不能把编号发给我,证明这笔汇款确实在走程序了?"

"转发给你了,"她终于确认道,"再次抱歉让你陷入这种境地,之后我应该更有条理一点儿。我汇给你的钱比欠你的要多一点儿,作为对你的感谢和对耽误你这么久的道歉。"我查看了我的邮箱,看到安娜转发了一位名叫瑞恩的人的邮件,邮件里有一个联邦参考编号。当天晚上,我每隔几个小时就登录我大通银行的账户,看看钱是否已经到账。

我:"还没收到汇款,我会继续查,随时向你汇报。"
安娜:"好的。钱已经从我的账户中扣除了。"

第二天早上,我不到5点就醒了,再也睡不着,脑子飞快地运转,因为恐惧而感到恶心。我给她回了短信。

我:"你以前也这么说过,但我还是没有收到。我在为这件事失眠,胃也很不舒服。钱今天上午必须出现在我的账户上,否则一定是有什么大问题。"
安娜:"我能帮上什么忙吗?"
我:"你能用联邦参考编号从你那边查一下汇款状态吗?"
安娜:"我不确定可不可以,等我的银行开门后,我会再给他们打电话。"

安娜:"你那边的银行怎么说?转账需要一段时间才到账并不罕见,尤其是金额比较大的转账。"

我:"我的银行说国内汇款通常当天就会到账,而且几乎都在24小时之内到账。"

安娜:"如果汇款因为某种原因需要更长时间,我会用贝宝(PayPal)给你转账。"

我:"谢谢你,安娜。很抱歉凌晨给你发短信,我只是压力太大了。"

安娜:"没问题,我知道这种情况会很难受,而且这都是我造成的,你有理由生气。"

听到她愿意把责任揽在自己身上,我稍微松了口气。她肯定了我的感受,并承认我有充分的理由生气,这让我觉得她能理解我的处境。有那么一两个小时,我感觉轻松了不少。但到午餐时间,我的恐惧感又回来了。

我:"我的工作岌岌可危,我被告知联邦参考编号是无效的。"

安娜:"等一下,我正在开会。"

我:"安娜,怎么回事?"

我:"?"

安娜:"刚刚结束。"

安娜:"我现在就给他们打电话。"

安娜:"他们在开会,我下午2:30会接到回电。"

我:"为什么总会有新的借口?我觉得你在这个问题上拖了

好几周,现在终于到我无法承担的地步了,我实在没有办法了。"

安娜:"我真的在努力解决。"

安娜:"不是一切都是我能控制的。"

我:"感觉哪里不对劲。有什么因素在阻碍这件事——显然一切都出了问题。汇款不需要几周,甚至不需要几天。我觉得你没有对我坦白,我没有精力再这样追着你要钱了。"

安娜:"另外,如果你希望我向你公司的会计确认我对未还钱款承担责任,并解释导致欠款的原因,我可以这样做。"

安娜:"本周三我已经解决了所有未还钱款的问题。"

我:"我只是不明白为什么不能像我们商量的那样。我还没有收到汇款确认信,而从周三到现在已经过去两个工作日了。"

安娜:"钱是昨天汇出去的。很抱歉,我没有你想要的格式的确认信,所以没法转发给你。"

我:"我不在乎确认信的格式,只要它能证明昨天有一笔汇款汇到我的账户上就行了。"

我:"请跟我说实话,我不明白为什么事情会变得如此复杂。"

安娜:"我拿到确认信就发给你。"

安娜:"贝宝的限额是5000美元,我必须提交地址证明才能转更多钱。"

安娜:"5000美元行吗?"

我:"可以,谢谢。"

我收到了一封来自贝宝的邮件,标题为:"您有入账。"邮件正文写道:"安娜·德尔维向您转账5000美元。"安娜以前从未通过贝宝向我转账,我也几乎没有用过我的贝宝账户,所以我不完全确定它是如何运作的。我登录贝宝,仔细检查邮件是否是真实的,看到资金,然后立即将其转入我的支票账户。

安娜:"汇款应在周一前到账,如果没有,他们有义务将此事升级并赔偿损失。"

我:"他们没有给你发任何确认信吗?"

安娜:"没有,还没有。"

我:"那我想你的银行昨天并没有处理这笔汇款,那个联邦参考编号是无效的。而且他们竟然无法向你提供任何交易收据?你觉得今天能收到收据吗?只要启动汇款程序就会生成收据。然后可能需要四十八小时(甚至更久)才能在我的账户中显示。"

我:"你昨天就说汇款会到账,现在又说周一到,感觉就像又往后推了一天,而且即使这样你也不能绝对保证,因为我们没有任何证据证明汇款已经启动。"

我:"我不知道你说的'升级'是什么意思,因为我觉得我们应该早已过了那个阶段。"

安娜:"周一你就能收到。"

安娜:"如果你还是没收到,我会从另一个账户再汇一次,或者给你现金、支票,其他任何付款方式都行。"

安娜:"又不是什么大事。"

我:"好。但对我来说是一件大事。"

我:"你知道的。"

我："我的工作和财务状况都岌岌可危，还有我的公寓。直到你今天转来5000美元之前，我睡不着觉，每天凌晨4点就会惊醒，我现在的生活完全一团糟。这是一件大事，实际上是我遭遇过的最痛苦的经历之一。我不明白你为什么说这不是什么大事。"

安娜："我这么说只是想表达我还有其他很多选择来与你结清这笔款项。"

安娜："我又不是把身上最后一笔钱转给你了。"

安娜："我要表达的是这个意思。"

这种来来回回变成令我头晕恶心的日常。我每天晚上都惊慌失措，每天早上都匆忙查账。当贝宝的钱出现在我的银行账户中时，我终于支付了我美国运通个人卡5月账单的最低还款额1922.66美元。我的6月账单需要在本周末前结清，最低还款额是32879.60美元。虽然我很高兴收到了安娜的一笔转账，但这对减轻我的经济压力作用并不大，而安娜对我越来越强烈的恳求和指责依然无动于衷。我给她发的每一条信息，都被迂回的回应反弹回来，她发来一波又一波的短信，这些谜语让我难过，甚至窒息。面对拖延战术，我绝望的情绪越来越严重，但安娜显然误判了我的毅力。

于是我们继续这样僵持，一个工作日又一个工作日，一周又一周。我还是去上班，但每一个拍摄细节、每一通电话、每一次交谈，似乎都需要我付出双倍的努力。为了给音乐家贝克拍摄肖像，我预约了一名摄影师和一间工作室。为了克莱夫·欧文的拍摄，我和一位伦敦的经纪人来回沟通。到目前为止，我从事这份工作已经很多年了，即使是在工作要求很高的时候，我也能凭直觉达到，但现在我几乎无法坚持下去。即使我在走过场——"您是造型师的助理吗？好的，太好了，你们可以在工作室那边工作。""你们都饿了吗？午餐安排在中午12点。我会问一问餐饮服务商能不能早点儿来。""嗨，我只是想知道您希望我提前多久安排车去机场？"——我的大脑实际上在想别的事情。我试图利用周末来缓解压力，但周末却成了我最恐慌的日子，因为安娜的银行不上班，钱根本不可能到账。

我几乎把所有的精力都投入到安娜身上，为她的拖延找理由，并追着她要报销款。

★★★★★★★★

"还没到账，但情况会好起来的。"我不断地对尼克、詹妮、珍宁说，最重要的是对自己这样说，但没有人被说服。晚上，当我躺在床上无法入睡时，焦虑感达到顶峰。感觉没有什么是真实的了，一切似乎都有可能发生。如果她永远都不给我还钱呢？我等了很久才真的敢有这样的想法——我害怕说出来会让它更有可能发生。我终于再也无法入睡，把这个想法告诉了尼克。第一次感受到它的真实感时，我崩溃了。

尼克在我挣扎着呼吸时揉着我的背，我断断续续地说出我的恐惧："我……不可能……把钱……要回来了……我永远也……攒不够……钱……没法……买房子……也不能……生孩子。"

我还没睡着就已经到了早晨，但安娜的银行所在的德国，比这里早几个小时。也许是今天——一定是今天。我必须继续前进,我用一只肿胀的眼睛盯着手机,另一只眼睛在冷敷下闭着。我的手指在黑暗中疯狂打字。凌晨5点的短信要如何传达紧迫感?我能让安娜共情、理解并采取行动吗?我把头发盘好,化好妆,准时去上班。我对走廊里的同事们笑了笑,不知道他们能否察觉出我的异样。就像"保护罩"上扎了一根刺,我感觉氧气正在快速流失。这根刺一直会在,无论是今天上午、下午还是晚上。现在一切都应该步入正轨了,至少安娜是这么说的。

✶✶✶✶✶✶✶✶

到6月中旬,我依然没有收到汇款。在凯特婚礼前的那个周四,我做了一个决定:让安娜还钱已经占用了我太多的精力,我不能再让她夺走这一刻。我调整自己的心态,小心翼翼地履行属于我的责任:从布鲁克林的裁缝那里取走凯特的婚纱,准备好租来的车。我第二天早上6点出发,中午抵达阿默斯特,与新娘共进庆祝午餐。

安娜:"你什么时候回来?"
我:"大概周日晚上。"
安娜:"大概有一个月没见到你了。"
我:"我们出差的时间一直是错开的。"
安娜:"自从回来后,我一直都没做过什么有趣的事。"
安娜:"我们周一安排些活动吧。"
安娜:"我那时住在美世酒店。"

我："我真的需要把这件事解决了才能玩得开心，我压力太大了。"

玩得开心，这就是我们看似不可能的友谊的开始：晚上出去玩、豪华晚宴、白葡萄酒和冒险。现在派对结束了，但我们仍然被束缚在一起，这违背了我的意愿。我想让她离开，但又做不到。她是不是故意把我和她困在一个房间里，还把门锁上了？她是怕我离开吗？她想让我需要她吗？这就是她渴望获得的权力吗？

除了尼克，在阿默斯特没有人知道我的"安娜问题"。当然，我可以告诉他们，他们会支持我，但现在不是说这个的时候。此外，朋友的存在，本身就是一种支持，我需要她们。我们九个人在大学里结成姐妹，不是因为联谊会或俱乐部，而是彼此的选择。这里没有安娜的位置。我从未见她有过一段长久的友谊，她麻木不仁，不爱社交，生性冷漠。她需要我作为她与外界沟通的渠道，作为一个能让其他人产生共鸣的人，我对她的接纳会鼓励其他人也这样做。现在，我明白了。

我的朋友莉兹在草坡上的白色帐篷里主持了仪式。

"我们被搂在康涅狄格河谷的怀抱中，"她开始说，"凯特和拉塞尔选择在这里安家，举行这场盛大的爱情庆典。让这里的壮丽风景安抚你们的灵魂吧！"每个人都很平静，一切都静悄悄的。"拉塞尔和凯特，如果可以的话，把眼神从对方身上移开一会儿，看看这些面孔……你们是主动选择和这些人在一起的。"

在遭受创伤的时候，生活会在峰回路转中展开，你感受到的高潮和低谷都会被放大。此刻感受到的朋友们对我的爱,令我热泪盈眶。

★★★★★★★★

回到纽约后,噩梦又开始了,而且愈演愈烈。"难道你看不出来有什么不对劲吗?"尼克气愤道。在努力寻找前进方向的过程中,我一直让尼克了解我的付出,并与他分享了安娜的一些短信,他对安娜的间接回应越来越生气。有时,面对他的悲观情绪,我竟然发现自己在努力为安娜辩护。

"如果她已经汇款了,钱在哪里?"他问。

"我给大通银行打电话问过,他们说钱还没有出现在系统中,但如果明天钱还没到账,安娜会给我现金或找到其他解决方案。"我说。

"这女孩的嘴里没有一句真话!"他回答。

我当然担心这种可能性,但我还能做什么呢?!我试图在不吓跑安娜的情况下,对她采取尽可能强硬的态度。至少,她的持续联系对我是一种安慰,至少她并没有就此沉默和消失。

相反,安娜不停地和我沟通,说她不止汇了一次款,肯定会有一笔到账。或许她可以把未还欠款转移到她自己的一张信用卡上。

"比特币可以吗?"

"呃,不用,谢谢!我不知道怎么用比特币还美国运通信用卡。"我回复。

安娜回复:"昨天的汇款已经汇出去了,一旦他们从我的律师那里拿到存续证明,第一笔汇款就会汇出去。今天等一下看哪笔汇款会先到。"

然而,一天过去了,又一天过去了,我的账户里还是没有钱的踪影。"你拿到确认信了吗?"我发短信问安娜。三个小时后,我又发了一条短信:"我这边还是什么都没有收到。他们有没有给你发什么文件?今天快要结束了,我以为你说今天一定会到账!安娜?"

"我没有银行国际代码,正在开会,"她回复,"我有几个未接来电,现在没空聊天。没有人发邮件告诉我会有任何耽搁,如果周一早上汇款还没到,我们可以见面并进行现金存款。"

"好的。"我回复。我后来才知道通常只有国际电汇才会用到银行国际代码。

她继续发来信息。"我向欺诈预防等部门提供了他们要求的一切材料,并让每个相关人员把这件事放在第一位。我为这件事感到抱歉,你感到沮丧是理所当然的,但这并不是我的疏忽造成的,每个人都在提出越来越多荒谬的要求,抛出像'48~72小时内处理'这样的话——我刚刚收到一个语音邮件,对方本应在周三给我回复。"

"对不起,"我回复,"我知道你也很沮丧。"

"是的,对我来说没有什么是容易的,"她回答,"每一件顺利完成的事情背后都有99件不顺利的事。"

又一个周一过去了,我还是什么都没有收到——没有汇款,没有现金,也没有明确的解释。安娜继续找借口:"我在等我的律师把最后一部分材料转发给银行。在此之后,一切都不会再有问题了。他们必须核实更多信息，而且我不知道上周四、周五是德国的联邦假日，所以他们今天才拿到需要的材料；我正在开车，很快就会给你发短信。"

"开车去哪儿？"我回复，"安娜，这件事很紧急，而且已经拖了这么久！我们需要制订今天就去办理现金存款的计划，我不能一直等着这笔汇款。这件事让我压力非常大。"

"开车回纽约，"她回复，声称自己去纽约州北部处理了一些与工作有关的"紧急情况"，"我整晚没睡，和欧洲那边谈工作上的事。"

我输入文字回复："好吧，你去取钱，然后给我发短信好吗？我们在大通银行或者花旗银行见，都可以。"

但安娜仍然"在车里"，然后在一天剩下的时间里"开会"。她在凌晨3点发来短信："刚回来，我明天上午还得回北部。我应该在早上七八点出发。如果我赶上一家银行开门，取好钱后会把现金装在信封里，交给世贸中心一号楼的保安。也可能汇款会到账，或者等我下午回来。"差不多两个小时后，她又发来了短信："我还在北部工作，可能要下午才能回市里，但我保证今天解决这个问题。"

那天早上我醒来立刻回复她："请保持联系。我的账户里空空如也，我没有收到任何带银行国际代码等信息的邮件，我觉得我不会收到汇款了。请你计划好在今天银行关门前取到现金。"到了当天下午，安娜听起来似乎不会在银行关门前回到市里了。她继续发来短信："我能直接把现金转存进你的账户吗？我附近有大通银行。"我打电话询问大通银行是否可以这样做，得知安娜可以代我存入汇票、本票或普通支票——但不能存入现金——这要经过一个兑现过程,可能需要长达七天的时间。安娜暗示说银行本票最好用。

"好吧,"我回复她,"如果你今天回不来,我猜你也确实回不来,你能取一张本票并存入我大通银行的账户吗?"

"我去银行时会跟你说。"她回复。

一个小时后,我再次问她:"你去银行了吗?请留出足够的时间来搞定这件事。"

"好的。"她承诺。

"怎么样了?你拿到本票了吗?"

"我正在一家银行。"她回复,几分钟后又说,"那家银行的现金不够,我正在去下一家的路上。"

"不是要开银行本票吗?"我问。这说不通。

"现金,"她回复,"现金马上就能拿到。银行本票至少需要一天才能兑现……我无法对兑现时间负责,而我需要确保你马上收到……我是说,如果他们需要几天时间才能兑现本票,你还是会为此沮丧的。"

我们不是刚决定用本票吗?我不是刚刚告诉她,她没法以我的名义存入现金吗?我是不是疯了?还是她疯了?

"如果他们的现金不够,就开一张本票。"我告诉她。都这个时候了,我宁愿等本票兑现,也不愿等汇款到账——至少我可以跟进我的银行。两个多小时后,我问:"现在怎么样了?"她没有回复。

"真的感觉你只是在拖延时间,你到底想怎么样?"

"我确实从银行拿到了需要的东西,在车里睡着了,抱歉没回复你。"大约一个小时后,她终于回复。

"……你拿到了什么?"我问。

"花旗银行的本票。"她说。

****

第二天是6月22日,周四,距离我离开摩洛哥已经过去了一个月零两天。如果安娜开到本票,我希望她有时间在遇到任何障碍之前尽可能轻松地完成交接。是时候当面和她对质了。

10:45,我没有事先通知她,就直接来到比克曼汤普森酒店。"嘿,我到了,房间号是多少?"我给她发信息,没有回复。我用手机给她打电话,没人接听。我不慌不忙地找到礼宾台。"你好,我可以打电话到一位住客的房间吗?安娜·德尔维。谢谢!"我不是紧张,而是生气。我的言语和行动都明确而坚定。

她昏昏沉沉地接起电话:"喂?"

"嘿,我在这里。你房间号是多少?"

这是我从离开拉玛穆尼亚酒店之后第一次见到她,她看上去凌乱不堪,头发因为睡觉而乱成一团。她没有化妆,睫毛乱糟糟的,接的睫毛掉得参差不齐。她的小卧室又满又乱,地上散落着纸张。她的行李箱敞开着,里面装满了东西。她在摩洛哥订做的黑色亚麻连衣裙用干洗店的塑料袋包着,挂在敞开的衣柜门上。

"本票呢?"我问,试图让交易变得简单。她翻了翻成堆的纸张,看了看衣服下面,又把各种袋子倒空,然后声称自己把本票落在了一辆车里。前一天在北部工作后，她和她的一位律师一起坐一辆租来的特斯拉返回市里。她解释说："本票一定在那辆车上。"

当然了，这件事不可能那么容易，当然会出现问题。

她先给特斯拉租车行打了电话，然后又给她律师的办公室打了电话。（安娜宣称："本票一定在他手里。"）我拒绝离开。安娜向我保证本票会被送过来。她先是说会送到我的办公室，但当她无法向我提供她律师的手机号码时，我决定在她身边寸步不离。我跟着她去了布谷鸟餐厅，她在那里与另一位律师共进午餐，后者向她介绍了一位私人理财经理，这位理财经理似乎对安娜的艺术基金会不太感兴趣。与我此前见到她描述这个项目时的表现相比，安娜今天的报告失去了一些光彩。她说话显得很稚嫩，徒劳地拨弄着头发，断断续续地转述着关键内容。我们吃完了饭，其中一位男士付了账。我跟着安娜回到比克曼汤普森酒店。她告诉我，她需要参加一个电话会议。

"请便，"我无动于衷地说，"我等着。"

然而她并没有打电话，相反我们并肩坐在酒店中庭下面的俱乐部酒吧里。我们的桌子有棋盘一样的图案。安娜还是老样子，点了生蚝和一瓶白葡萄酒，然后把账单签到她房间名下。我默默坐着，用手机处理工作邮件，基本不理安娜，但一直留意着她，并不时询问最新情况。除了服务员，我没有看到她与任何人交流——没有和酒店工作人员聊天，也没有电话或电话会议。为了强调我来这里的意义，我一直待到晚上11点，最后愤然离去。我告诉安娜，我第二天早上8点会回来，这样我们就可以一起去银行。她同意了。"我希望至少你今天过得很开心。"她咯咯地笑着说,露出不怀好意的笑容。

"不,这没什么开心的。"我结结巴巴地回应,简直不敢相信她会这样说。

第二天早上,我准时到达酒店,并给她发了短信。

我:"嘿,我到了。"

安娜:"我不在。"

我:"我告诉过你我要来……你去哪儿了?"

安娜:"我来取所有的东西。"

我:"我去找你,你在哪儿?今天上午我上班前必须解决这件事。"

安娜:"我以为你会在出现之前给我发个短信。"

我:"我以为你在睡觉。我在哪里和你见面?我可以去市里,无所谓,但这事必须解决。"

安娜:"我6点就起床了,就是为了解决这件事。"

我:"那为什么还没有解决?我去找你。"

安娜:"我拿到所有东西后会给你发短信。"

我:"不,安娜。如果你6点就起床了,那我们现在就可以把这事处理好。我今天有安排,而且我必须解决这件事。我不相信你会去办这件事,你拖了太久了。把地址给我,我去找你,会让这件事容易一点儿。"

安娜:"我会把本票送到世贸中心1号楼。"

我:"或者我可以去找你取……你为什么这么遮遮掩掩的?

快把地址给我。"

安娜:"我出来取东西,有什么好遮掩的?"

我:"那我现在去找你。我不会去办公室等的,我等太久了。"

安娜:"我一拿到就给你发短信。"

我:"我现在就去找你。你在哪儿?我不能等着你给我发短信,我到时候不会在办公室。真不敢相信你不在酒店。安娜,你说过我们今天早上要去银行的,我正在失去信任你的能力。"

安娜:"我不在酒店,我来律师这里取东西。"

我:"那太好了,我现在就去找你。告诉我地址。"

安娜:"我以为你来之前至少会给我发个短信……"

…………

我:"那我去找你拿,我不信你去找律师取东西了。"

安娜:"我以为你会先问我在不在酒店。"

我:"我昨晚很清楚地告诉过你,我什么时候会来找你。现在你又不告诉我你在哪儿,我不相信你像你说的那样去取本票了……"

…………

我:"我想去找你,我们一起等或者去银行。你在拖延时间,我现在就去找你。安娜,快点儿。别因为这件事毁了我们的友谊,太蠢了。你得站出来把这件事处理好。我们去银行,我觉得你只是坐在酒店房间里躲着我。我该怎么想?说实话,你还有钱吗？安娜？你开到本票了吗？汇款到底出了什么问题？我凭什么一直追在你屁股后面？事情不该是这样的，你应该拿起电话和我好好聊聊。"

安娜："如果你不相信我不在房间里，欢迎你在那里等我，等我拿到所有东西就去接你。"

我："我的时间可以用来做更重要的事。快把这件事办完，别再找借口了。"

第十一章　换　挡

我真的受够了。我的耐心已经用尽，长期以来，我一直试图在她的无稽之谈中帮她找理由。我完全不相信安娜会主动解决好这个问题。是时候去别处寻找答案了。作为康德纳仕的员工，我的福利之一是享有一些法律服务。6月23日，周五，我终于鼓起勇气索要了一份公司内部律师的联系名单。我开始调查安娜身上到底发生了什么，我联系了任何可能了解她的人，他们也许知道一些我不知情的事情。

我先联系了阿什利，在她和马里耶拉不再和安娜来往之后，阿什利告诉我安娜"是个疯子"。我以为我明白她的意思——她只是觉得安娜在社交方面有点儿不正常，我努力忽略了这一点。现在回想起来，我发现自己错了，我应该相信阿什利的话。

"阿什利，我果然和安娜闹得很不愉快，她还欠我的钱。你曾经提过有人知道如何联系她的父母，我已经到了需要联系他们的地步。已经过去一个多月了，她还是没有还钱，而且这笔钱的金额高到离谱（说来话长）……我正在考虑咨询法律顾问，不到万不得已，我不想走到那一步。真是个糟糕的局面，不能说你没警告过我。"

阿什利建议我联系汤米·萨利赫，我认识安娜的那天晚上，他就在"快乐结局"。我在纽约派对上经常遇到他，但并不熟悉。显然，他也曾借钱给安娜，也许有办法联系到她的家人。我给他发了一条短信，周六下午，我和他在威廉斯堡的一家啤酒花园见了面。

他和安娜一样，都是德国人，曾住在巴黎，他在安娜还在巴黎《紫色》杂志社实习时就认识她了。他说，安娜在巴黎有一套大公寓，过着奢华的生活，流连于时装秀和派对中，他用生动的细节描述了我也曾了解的安娜的样子。他随后告诉了我一些新情况：安娜每个月月初都会收到约3万美元，并很快花在购物、酒店和食品上，这时候她就会向朋友借钱——例如像他这样的朋友——安娜总是有这样的财务问题。

"你拿回你的钱了吗？"我问。

他的回答令我担忧，也令我放心——经过几周的纠缠，他威胁要把她父亲牵扯进来才把钱要了回来。

"她父亲是俄罗斯的亿万富翁，"汤米说，"他把石油从俄罗斯引入德国。"（但安娜曾经告诉我，她的父母在太阳能领域工作。）汤米接着说，据他所知，安娜在26岁生日那天，也就是刚刚过去的一月份，本来会继承1000万美元。但由于她的情况太糟糕,她的父亲将遗产继承推迟到9月,也就是几个月后。

啊!"这就能解释她的拖延战术了。"我想,并重新燃起希望。但她为什么不能直说呢?她觉得难堪吗?我想象她正在与家人争吵,以便早日获得信托的钱。也许是因为心理健康问题(我开始怀疑她有人格障碍),也许她鲁莽的态度是罪魁祸首。

我担心安娜是在利用她的银行顾问和律师来协商付款事宜,而不是直接去找她的父母。难道她看不出来我情况紧急吗?也许这一次,她已经完全超出了自己的经济承受能力,而且对父母惩罚的恐惧超过了对我安危的担忧。她的过度消费会不会成为她父亲再次推迟她继承遗产的理由?他会和她彻底断绝经济关系吗?我不在乎。这一切都太过分了!如果这种行为有规律可循,那就是她需要帮助。

我需要说服安娜,她只有一个选择:坦白。如果我不能说服她,我有一份律师名单——他们可以。

★★★★★★★★

与汤米见面的第二天晚上,我决定告诉安娜我正在考虑采取法律手段。我真的不想让律师介入,因为我觉得这一过程会很昂贵,但我希望单凭威胁就能促使她最终还钱给我。同时,我也不想吓着她,担心她可能会出国。因此,我在采取坚定态度的同时,也尽量表现出同情心。

我:"安娜,如果周一这件事还不能解决,下周我就要请律师介入了。我真的不能再这样拖下去,我根本不想走那条路,但你让我别无选择。我别无选择，我不知道你是否需要和你的父母谈谈，但这是我生命中的一件大事，我不能永远这样等着你来解决。我根本无法再负担这笔债务了。"

安娜："好。"

我："我真的非常非常讨厌这样。对不起，我希望我们能解决这个问题。"

我："如果你没有钱或拿不出钱，我希望你能实话实说。找借口或拖延时间会让我无法相信你说的话，我觉得自己无论怎么向你传达这件事对我来说有多严重，你都无动于衷。"

安娜："如果我没有钱，还故意让自己陷入这种境地，实在说不通吧？"

安娜："我猜拿到本票就能解决你的问题，而且我还有很多事情要处理。一件事接着一件事发生，尤其是昨天。"

安娜："我从中能得到什么好处？"

安娜："你以为我那么蠢吗？"

我："我不是说你蠢，我也不认为你这样做是为了个人利益。我只是想说明情况的严重性和紧迫性……这件事需要在周一解决。"

安娜："好。"

周一上午，在世贸中心1号楼的41层，我心不在焉地坐在办公桌前。我有电话会议（"我们从中午到三点半约了模特"），也有邮件（"你参加今天上午的会议吗？"）要处理。摄影部的工作一切照旧。我去安妮·莱博维茨的工作室与凯瑟琳见面，在那里讨论了"新企业峰会"的计划——安妮会翻看我最近去洛杉矶出差时在沃利斯·安嫩伯格表演艺术中心拍的照片，然后选择一个地方拍摄她的集体照。

会议一开始，安娜就打来电话，但我没有接。她的短信会影响我冷静的心态，每一条都让我心惊肉跳，接她的电话似乎会更糟。她要么解决了问题，要么还没解决，况且我正在开会。我告诉她可以发短信，她很快就发来短信。安娜不顾我的法律威胁，继续做出空洞的承诺。她还想和我一起吃午餐，说比克曼酒店餐厅当晚的座位已经约满，她正在等美世酒店的餐厅是否有空位的消息。我不明白最后一条信息有什么意义，她的酒店和我有什么关系？我告诉她我太忙了，没时间去吃午餐，但我可以在本票准备好的时候去取。

我和安娜的问题变得更糟了。之所以威胁要采取法律行动，我本想给她灌输一种紧迫感——我曾苦恼地纠结要不要告诉她可能会有律师介入——但她对我的威胁置之不理，似乎完全不为所动。她没有绝望地恳求我，也没有主动道歉，而是一如既往。

回到办公室后，我在考虑下一步行动，然后向凯瑟琳寻求建议，以前我也这样做过无数次，但从来没有遇到过这么大的事情。我不记得当时我是在她的办公桌旁向其解释的情况，还是为隐秘去的别处，但我永远不会忘记她坚定地看着我，并立即提出要借钱给我的样子。我含泪感激地告诉她，我随时都有可能收到汇款，现在还不需要借钱。但有了这种选择，我感到无比欣慰——这仅次于知道我并不是孤军奋战。

第二天，安娜哭着给我打电话，说汇款将从一个德国账户汇出。我不知道她哭是不是因为她终于告诉了父母。她接下来的举动让我觉得也许我猜对了,她发来了一张德意志银行确认汇款的截图,我转发给凯瑟琳的丈夫马克,他会德语,请他翻译。得到的反馈说这似乎是合法的,于是我再次等待汇款到账。

★★★★★★★★

7岁那年,我和家人一起去南卡罗来纳州的基洼岛游玩。我在海边堆滴水城堡时,注意到一个和我年龄相仿的女孩穿过海滩朝我走来。害羞内向的我一直低着头,默默祈祷她能从我身边走过去,但是这位满脸雀斑的女孩径直友好地向我走来,"扑通"一声坐在水边。我们并肩坐在海浪边,像海平面上的两个小点。我们斜倚着,伸开双腿,依偎在沙滩上。然后,她一下子平躺了下来。

"平躺下去。"她指示道,她的眼睛在阳光下眯起来。

我停顿了一下,仔细打量着她。"但我的头发会沾上沙子。"我说。

她用手肘撑起身子看着我。"那你来海滩干什么?"她叫道。

那天下午,我站在花洒下,看着浴缸里的沙子形成一条条细线。温水刺痛了我的皮肤,但我很开心——我交了一个新朋友。这件事深深烙在我的记忆中:信任,放手,全身心投入,无怨无悔。

20多年后,我和尼克开着租来的汽车,沿着橡树林立的道路,回到我的快乐之地——基洼岛。那是独立日的一周,我们将在海边与家人团聚。

毫无疑问，我知道我可以向家人倾诉任何事，并得到他们的支持，但我不愿意这么做。长期以来，我的性格就是把自己的情绪封闭起来，私下解决自己的问题。这让我不容易与人亲近，但这是我天性的一部分，是我在压力下保持自我的一种方式。当遇到不顺心的事情时，比如失恋或车祸，我可以保持冷静，直到心爱的人给我一个拥抱。那时我会崩溃大哭——这是我想避免的情况。安娜一事让我把情绪紧紧地藏在心底，我害怕敞开心扉会诱发歇斯底里的崩溃。

在更实际的层面上，即使我想向父母解释这一切，我要怎么解释？我该如何解释安娜这个人？他们会倾听我做过的尝试，他们会为我感到难过，也会为我接下来应该做什么而焦虑，这只会让我更脆弱。我还需要不断向他们更新情况，但我没有精力这样做。不丧失理智地度过每一天，已经消耗了我所有的力气。

他们已经够忙的了，我把问题留给自己会减轻一点他们的负担。我父亲正在竞选民主党的国会议员，而这个选区自南北战争爆发前的1855年以来，就一直是共和党的天下。他以前从未担任过公职，在医疗卫生领域工作30多年后，他看到了政策对人们生活的影响，于是决定出自己的一份力。至于我的母亲，她除了全职帮我父亲开展竞选活动，还经常开车往返于诺克斯维尔和斯帕坦堡之间，以陪伴她的父母，他们都已年过九旬，仍住在自己家中。我父母已经够忙的了，我知道他们会在我需要的时候支持我，但我还没有走到那一步，我还有其他选择。我想方设法克制自己的情绪，照常生活。

我吞下秘密，在海里游泳，在沙滩上玩游戏，尽力重拾生活的平衡。活动间隙，我偷偷看了一眼手机——7月3日，周一，天气阴沉。我走到空旷的海滩，对着低垂、柔软的云朵拍了一张照片。回到折椅上后，登录我的银行账户，发现还是没有收到任何汇款。

"你能追踪到汇款信息吗？"我给安娜发了信息。我妹妹看到我拿着手机，问："嘿，瑞秋，你能帮我拍张照片吗？"于是我和她以及她男朋友一起走到海边，拍了几张照片。半个小时后，安娜回复："能，下午给你回复。"

我才不信。我试图在球赛中打败我弟弟，他见过安娜一次，当时安娜和我一起来参加家庭聚会，与诺亚、戴维叔叔一起在哈德逊街的韦斯特维尔吃了一顿便饭。后来他们告诉我，他们很喜欢安娜，不过都觉得她有点儿古怪。在"摩洛哥事件"之后，我告诉了诺亚有关安娜的一部分真相，"我认为我们不再是朋友了"——就像我对父母和妹妹说的那样。

第二次输球后，我躺在沙滩浴巾上，专注地阅读《所有我们看不见的光》。之后，我们把东西放在一边，穿上凉鞋，走过滚烫的沙滩，走上木板路，回到自行车旁。我们沿着公路骑车回到租住的房子，做了三明治当午餐，新涂了一层防晒霜，又骑车回到海滩。

我："我的账户还是一点动静也没有。"

安娜："我正在打电话——问你和我的银行。"

安娜："我要求德国方面进行信息跟踪，因为已经过了很长时间,你的银行没有看到——他们会联系我并给我答复的。"

安娜:"很抱歉,付款延迟的时间太不巧了。这只会发生一次,今后不会再发生了。"

我:"我无法想象我还会遇到同样情况,所以我只关心如何解决眼下的问题。"

我们回到了租住的房子,把沾着沙子的鞋和沙滩包放在门边。一家人洗完澡后聚在客厅里。妹妹带来了一个呼啦圈,所以我们轮流玩了一会儿——没人有她一半厉害。接着,我们在客厅里玩拼图,晚饭前吃了薯片蘸莎莎酱。我仍然没有流露出任何迹象表明自己遇到了问题。

第二天是7月4日。整座岛上的孩子都在自行车上粘贴红白蓝三色彩带,准备在镇子周围游行。其他人则在沙滩上用铲子和桶堆筑美人鱼、城堡和海龟,以参加下午的沙雕比赛。我则在卧室里鼓足勇气,准备好面对新一天的压力。我一醒来就查看了我的银行账户,没有任何变化。

中午,我到海滩后,给安娜发了一条短信。

"追踪到了吗?我还是什么也没收到。"我写道。

"今天银行都关门了。"她告诉我。

"追踪号码不是德国那边提供的吗?"我问,想知道为什么美国独立日会影响欧洲的银行。

"是的。"她回答,没有进一步说明。

我们很晚才从海滩回来,洗了澡,晚饭是汉堡和烤玉米,妹妹烤了一个樱桃派。之后,我们出去看了烟花,睡前还玩了猜词游戏。

周三,安娜没有消息。我早上在海滩上给她发短信,晚上在查尔斯顿给她发短信,都没有收到回复。周四早上,我在恐慌中醒来,听到家人在厨房里的声音,接下来把自己关在卧室里。安娜半夜发来短信:"对不起,我现在才拿到手机。今晚会查。"

她大半夜的查什么?这怎么说得通?真不敢相信我竟然还在等她汇款,我自己都觉得难以置信。"已经快两个月了。我从一开始压力就很大,没办法再忍受下去了。"我告诉她。

没有回复。

"安娜?"

就在那时,我收到了凯西的短信,她让我给她打个电话。

"嗨,凯西,我在和家人度假,"我告诉她,"安娜还没有还我钱。我正在考虑采取法律手段。在我看来,这个情况毁了我们的友谊。我压力巨大,十分沮丧。你还好吗?"

在等待凯西答复的同时,我继续给安娜发短信:"事情已经发展到了这个地步,我真的走投无路了。"

"我正在发给你。"她说。

"发什么?"

"参考编号。"她回复。

"为什么你到现在还没拿到?为什么我总是追着你要这些信息?如果你真的感到尴尬或抱歉,就会每天都去处理,直到把钱付清为止,而不是等到两个月后,还要你的朋友不得不每天追着你问才能获得每一个细节。你让我很为难。"

"我问他们要了参考编号,"她回答,"他们到现在才提供，难道要我给你编一个吗？"

她是不是疯了？"当然不是，"我回击，"你应该坚持追问，直到他们满足你的要求。"

"我会安排好的，你这周就能收到钱。"她说。

"你已经这样说过很多次了，但到现在还没有发生。请确保我真的能收到钱……今天是周四，本周就意味着今天或明天。汇款到底是真的吗？你是取消了交易还是汇款被作废了？为什么你不能提供参考编号？为什么我的银行查不到？这毁了我几个月的生活。而你却一直没有提供任何切实的证据来证明确实汇出钱了。我遇到大麻烦了，安娜！哪个朋友会让别人在这种情况下等这么久？我不管你需要和你的家人或银行中的谁谈谈，但你必须立即解决这个问题。我别无选择，也没有耐心了。"

我从卧室出来时，尼克在厨房里等着，已经打包好了我们的午餐。我们骑着自行车去海边找我的家人们。我把椅子拉到一边，用毛巾盖住手机，继续发短信。

凯西回复："不是太好。她凌晨1点给我发短信，她现在在我的沙发上！她还没还我钱呢！"

"这到底是怎么回事？难道安娜没有其他住处吗？我——的——天——啊！这个女孩简直就是噩梦，也许你可以说服她打电话向其父母求助。一位过去曾与她有过经济纠纷的人认识安娜的家人。他说，她的父亲是石油行业的，非常富有，但他们限制她，因为她显然有很大的消费问题……他鼓励我报警，但我知道这可能会让她被驱逐出境，而且也不确定这样做能不能要回我的钱……这个女孩需要帮助。"

"我和客户在一起,回短信的速度比较慢。"凯西回复,"天哪!我想我们可能需要进行一次干预!我能告诉她你告诉我了吗?她还在我家,她必须离开!她会偷东西或吸毒吗?"

"据我所知她不吸毒。是的,你可以说你知道她欠我钱的事,但请不要提及我打算找律师。"

凯西回到她的公寓,安娜则继续和我保持联系。"请把参考编号或交易编号发给我,"我坚持说,"给德意志银行打个电话,这不会花太长时间。"

"我现在正在和他们通话。"安娜回复。

"她刚刚离开了!"凯西说,"我还没对她说什么,因为我想先把她赶出去,我打算去市中心和她聊聊。她告诉我她最近和你在一起玩,是真的吗?"

开玩笑吧!我想。"我们根本没一起出去过,"我告诉凯西,"我曾经跟了她一整天,试图拿到一张本票。她编了一个故事,说把本票落在别人的车里了,我就像个傻子一样等着这个不存在的人来把它送到我们的手里!"

"你觉得她真的住在酒店吗?"凯西问,"她说她在格林威治酒店。我们怎样才能联系到她的家人?"

"我在努力找她父亲的联系方式。"我说。

"太好了!"凯西回复,"因为她需要帮助!她是真的想办基金会,还是只想惹怒她的家人?她和她的家人似乎并不亲近。"

我猜两者都有。她和家人的关系一点儿也不亲密,我证实,我不知道完整的故事是什么,但我认为她可能有严重的心理问题。

"……所以她现在彻底不再和你沟通了?"凯西问道。

"不是，我们每天都发短信……她每天都有新的借口或拖延术。"

"我也一样！"凯西说。

"是的。她很擅长拖延时间，高超的操纵术。"

"确实高超！"凯西回复，"所以我在想……她是骗子吗？"

我叹了口气："对吧……我不知道。"因为她回到了纽约，还在我们的生活中，并没有消失。我觉得没那么简单。

这时，凯西注意到安娜的笔记本电脑还在自己的公寓里。安娜问她能不能回来拿。为了不让她进来，凯西把电脑留给门卫，自己出去了。六个小时后，门卫告诉她，安娜还在大堂里。直到安娜最终离开，凯西才回到她的公寓。

★★★★★★★★

7月7日是我们在基洼岛的最后一个整天，那天上午，尼克很贴心地答应给我父亲拍几张照片供父亲在国会竞选时使用，我也跟着去了。在岛上的一家会所里，我们找到一间空着的会议室，那里日光充足，中性色调的墙壁也很适合用作拍照的背景。我一边帮忙——疏通关系、提供反馈，一边给安娜发短信。

我："能不能请你打个电话，拿到汇款进度的信息？"

安娜："你读过我发的短信吗？我给他们打了无数次电话。"

安娜："我现在有很多事情要做，我在用两部手机打电话，他们一直让我等着。"

我:"……我不关心你有多少事情要做!我已经不关心了,我只需要报销!……如果你根本没有汇款,为什么还要让我在大通银行不停地查账户?这是对我时间的极大浪费……"

安娜:"你怎么能这样想?我说过很多次,我已经汇过款了。"

我:"那为什么我没有收到钱?我已经心慌意乱了。我现在的处境很糟糕,压力很大,而且看不到尽头!"

我:"你能让你的父母帮一下忙吗?感觉你已经没办法处理这件事了。你没事吧,安娜?"

安娜:"我不知道。"

安娜:"我得到的承诺从未兑现,这让我很难堪。"

安娜:"过去几周我一直在马不停蹄地解决这件事,但一切好像还是原状。"

第二天,她竟敢问我的公寓是否有人。"我忘了今晚要离开酒店。"她说。

我的公寓空着——尼克和我当天会很晚抵达纽约,睡在他布鲁克林的公寓里。但显而易见,我不想让安娜住在我家。

"公寓没人,但我没留备用钥匙,公寓也没有门卫。"我告诉她。这是真的,如果是真正的朋友求助,我会想办法的,但我为什么要替安娜安排呢?我已经受够了。

她真的无处可去了吗?到什么时候她才会承认自己在虚张声势,并向家人坦陈自己的状态?我猜,如果她告诉她的父母,他们会让她回家。而我也想知道,如果这样,他们是否会替她偿还债务。

周一回到纽约后,我在办公室花了一天的时间准备周三的一场小型拍摄活动:由加斯珀·特林加莱拍摄电视剧女演员凯莉·库恩。在海边的时间让我恢复了一些精力,但到了应付安娜时,我还是精疲力尽。我与她对质时爆发的一阵阵愤怒消耗了我的精力,之后我需要休息一下来"充电"。我给她发短信的长度和频率也有所不同,这一天我只回复了几个词。为了延长假期的感觉,我下班后买了一个桃子,沿着西城公路向北边走边吃,然后坐在河边的草地上读安娜的短信——仍是些陈词滥调。

一个小时后,我回到自己的公寓。还没把东西放下,安娜就打来电话,声音断断续续但高亢。"我不能一个人待着。"她抽泣着说。我提议我们在她住的酒店见面。"我得退房,"她说,"我可以去找你吗?"我说"不行",然后挂了电话。我后来良心发现——她显然过得很艰难——就给她回了电话:"你可以过来,但不能留在这里。"

不到一个小时,她就出现在我公寓的门口,面容憔悴,双眼无神,神情沮丧。这是她第一次来我的公寓,我没有精力招待她,所以话很少。我的小公寓凌乱不堪,这是我精神状态的外在表现,成堆的文件、盒子、衣服和其他东西。我为这里一团糟而道歉。"你不需要向我道歉。"她说,然后坐在沙发上哭了起来。"我把一切都搞砸了。"她哭诉道,并告诉我,她欠银行和律师150万美元。

"你需要告诉你的父母,安娜!"我恳求道,"你需要帮助。"

她比平时更安静，看起来非常悲伤。她权衡着我的主张，仿佛我建议她去告诉牙仙似的，但看到我眼中的诚意，她回答："他们会让我找一份正常的工作，这是肯定的。"

　　这在我看来非常合理，我也是这么告诉她的。但她的自怨自艾还没完，新一轮的眼泪又开始了。我在她的哭泣声中站起身，走进小厨房，端了两杯水回来。她呜咽着说，她去上城区找她落在朋友家的行李箱，但到了那里，她的朋友却装作根本不记得还有行李箱。我以前听安娜提过这个行李箱，她当时告诉我，里面有一枚她母亲送给她的戒指。

　　"那你妈妈的戒指呢？"于是我问。

　　"哦，"安娜喘着气，喝了一口水来稳定情绪，泪眼滂沱，"我忘了。"见此，我不禁为她感到遗憾。看起来我们都需要好好休息，我决定这一晚暂时原谅她，于是从街区另一头的一家餐馆里点了两份沙拉，然后放了电影《BJ单身日记》，以免不得不和她聊天。我看着安娜等到午夜才开始不情不愿地"寻找"酒店。虽然在她没来之前，我就告诉过她不能在这里过夜，但当她要求睡在我的沙发上时，我一点儿也不意外。我累得没力气争辩，只好随她。不过，我的沙发很小，即使是小孩子也很难伸直腿躺在上面。我看着安娜适应了一会儿后，对她说："你可以睡在床上。"我借给她睡衣——黑色纯棉裤子和一件T恤。我们没有说话，各自躺在大床的边缘，背对着对方入睡。

　　接下来的几天，安娜不时会发来几条短信，比如："我一开始就不应该把你搅进来，我很难过，要知道我很感激你的帮助，不是每个人都会这么做的。""我欠你一个大人情，如果你以后有任何需要我帮忙的地方（当然除了解决这件事之外），请告诉我。"

这些短信牵动我的心，拖慢我的脚步。她是我的朋友，对吧？很明显，她的状态并不好，但她拒绝给我直接的答案或合理的解释，这让我很烦躁。我该怎么办？

我："安娜？"
我："拜托，美国运通每天都打电话让我还款。"
我："我没有钱。"
我："我不能总是在恐慌和眼泪中开始每一天。"

7月17日，我终于给律师打了电话，这时距我离开摩洛哥差不多有两个月了。我仍然担心走这条路会失去与安娜直接沟通的机会，她可能会惊慌失措，让我无法联系到她。但此时此刻，我还能做什么呢？尽管我已经竭尽全力，但依然无法与她的家人取得联系。汤米帮不上忙，我不知道还能找谁。我不想问安娜的其他熟人，比如亨特，因为我不知道能否相信他们。因此，找律师更像一场必要的赌博。

我待在办公室的时候，律师给我回了电话。我尽可能简洁地解释了情况，还没来得及说完，他就插嘴问："你吸取教训了吗？"

"什么？"我问。

"你也想付我儿子医学院的学费吗？"

真是个混账——想象一下我是多么崩溃和失落！我感觉自己

好像在拳击比赛的第一回合就被出其不意地击倒，我想坐下来休息一会儿，然后再回到拳击台上。

我向另一位律师求助时，了解到我要作的第一道法律程序是向安娜发送一封"催款函"，正式确认其所欠债务并设定最后的还款期限。这似乎很简单，如果安娜错过了最后期限，我的下一步行动将是起诉。我的康泰纳仕法律保险只适用于咨询和发起索赔请求，不包括诉讼。除此之外，如果我自掏腰包起诉，还存在一个追讨款项的问题——安娜能拿出这笔钱吗？我了解到，根据联邦法律，安娜在收到索赔信后的30天内可以对债务提出异议。我担心在这30天内，她的签证会再次过期，需要离开这个国家。如果发生这种情况，我就必须出国提起诉讼，而这可能会导致我的花费超过债务总额。难道就没有律师能帮我解决这个难题吗？

我找不到这样的律师，也负担不起诉讼费。

我："你就像个骗子！！我非常恐慌。我陷入麻烦了，安娜！！"

安娜："怎么了？"

我："你说我怎么会有麻烦？我无法支付任何信用卡、房租、账单和生活费！你说的每句话都模棱两可，你给出的每个时间线都是假的，而且已经两个多月了……"

安娜："是哪一点让我成骗子了？"

我："我没说你是——我说所有的推诿和含糊都像欺诈……我很惊讶你居然还要反问！我正在努力保持信念，安娜。真的，我没法工作，我太害怕了。我现在一团糟。"

安娜："我在努力做到透明和有求必应。我很抱歉把你卷入这场风波——这绝不是我的本意，我会尽我所能结清这笔款项。"

安娜："我有钱。只是行政问题……"

我："每次你说我会收到钱时，我都相信你，但每当我发现没收到钱的时候，我都会被压垮。我因为压力太大而哭泣，睡不着觉，还不断接到催款电话。我不想让自己变成这个样子。"

我："求你了，安娜，告诉我到底发生了什么？"

我："你的支票账户里有钱吗？还是只是因为信托，导致你无法取出你需要的金额？"

安娜："是的。"

我："是哪一个？"

她没有回复。

第十二章　明确行动

7月的最后一个周日，我乘地铁来到布鲁克林，沿着破损的人行道走到尼克的公寓楼。他在楼梯口等我，我们一起走了四个街区，来到我朋友戴夫的公寓。

戴夫是我在大学最早结识的朋友之一。大一的时候，他住在我楼上。我们是在足球季前赛时认识的，那时其他同学还没有来报道。他有一双明亮的蓝眼睛，洛杉矶式的晒黑的皮肤，经常开一些傻乎乎的可爱的玩笑。从凯尼恩学院毕业后，他就读于纽约大学法学院。他是我的挚友、我信任的人，正好还精通法律。在我们到达之前，我已经通过短信向他汇报了情况。现在该制定战略了。

我坐在戴夫家的沙发上，详细叙述了整件事情的经过，坚持住只流了几滴眼泪。安娜在几天前失去了音信，但她通过脸书的私信联系了我，声称她的三部手机都丢了。之后，她用一个陌生号码给我打了电话——她说她在她律师的办公室。挂断电话后，我查看了通话记录，并在谷歌上搜索了电话号码，结果显示是"瓦吉斯律师事务所"，专门从事刑事辩护——这里面绝对有问题。

"首先，"戴夫坚称，"你得及时止损。如果说什么时候应该接受亲人的帮助，那就是现在。"美国运通公司一直在给我打电话，询问我个人卡和公司卡上逾期未还钱款的情况。如果我不在两周内还款，就会被通报给征信局。7月17日晚上，也就是我第一次给律师打电话的那天，我收到了珍宁发来的邮件。自我从马拉喀什回来在6月初和她吃过晚餐之后，她就一直关注着我的情况。和凯瑟琳一样，她也慷慨地提出借钱给我。戴夫鼓励我接受这份好意。他说，就算没有日益恶化的经济压力、高额的滞纳金和信用损害，我已经很难应付这种情况了，他认为我需要堵住这个洞。

接下来，我会给安娜寄一份"友好通知"，详细说明还款条件。我希望因为这是我写的，而不是律师写的，她会毫无异议地签字。不过，无论她是否签字，我都有两个方案。

方案一：我提醒安娜，"你的行为构成欺诈，如果到某月某日之前，我的账户上没有收到这笔钱，我就会联系有关部门（也许甚至是联邦调查局）"。我推断，她既然想留在纽约，也许这种举报（可能被驱逐出境）威胁足以迫使她采取还款行动。当然，这个方案的缺点是她可能会消失，如果她逃离这个国家，我实际上就失去了追踪的可能。戴夫还担心这种做法会被视为勒索。

方案二：既然我仍然相信安娜9月可能会从她家族的信托基金中获得一笔遗产，就可以让她延期还款。我可以对其说："很明显，你现在在偿还债务方面遇到了困难。我建议我们将截止日期推迟到9月的某日，届时你将在原定金额之外再支付若干利息。"我确保双方律师会妥善安排好这一协议。

我们最终需要决定该选哪一个方案，但一致同意首先应该由我起草给安娜的"友好通知"以及给珍宁的邮件。戴夫说要把我们的计划告诉另一位经常处理此类法律事务的朋友，确保自己提供的建议是合理的。与此同时，我准备好一切，等待他给我信号。几个月来，我第一次感到轻松，充满希望。

第二天是周一，下午1点左右，我给珍宁发了邮件。

珍宁：

很遗憾我没能给你带来更好的消息。我和安娜之间的问题恶化了……显而易见，她已经陷入困境，她的行为近似欺诈，但我仍怀有希望，希望能收到还款，只是不知道需要等多久。珍宁，这实在是一大笔钱。我想让你知道，如果你最终没法借我这么多钱，我完全理解……天哪，如果你读到这里，我希望你没有倒在地板上，希望你还能呼吸。我本想亲口告诉你，但我没钱去北部。情况很严峻。我本想给你打电话，但整个磨难让我情绪低落，我已经失去保持镇静的能力。

我父母还不知道这件事，我妹妹詹妮和弟弟诺亚也不知道——真是个奇迹。你和大姨詹妮是唯一知情的家人,我希望暂时保持这种状态。压力太大了,我觉得他们帮不上忙,我宁愿他们不知情——他们现在都有很多事情要忙!

　　珍宁,请务必对我有话直说。请不要觉得有义务借钱给我,拜托拜托。请记住,无论金额多少,我都会对你的情感支持和愿意尽力帮我的态度深表感谢!如果你没法借给我,我真的完全能理解。

　　我爱你。

　　珍宁曾好心提出借给我一笔钱。但不知为何,我依然抱着一线希望,希望自己不需要接受它——要么安娜会还钱,要么戴夫建议的方案之一会奏效。我非常感谢珍宁,并告诉她这会是我的紧急备用计划。

　　向他人求助让我感到自己很脆弱,同时又深感得到了支持,一切似乎终于步入正轨。绕了这么久的弯路,向前的行动让我振奋。周末前,我给戴夫打了电话。

　　"接下来怎么办?"

　　"取消计划。"戴夫回答。

　　他和他的朋友谈过了,对方和戴夫一样,担心如果我威胁安娜要去找有关部门,可能会被视为敲诈。至于同意让安娜延期还款,直到她拿到遗产的方案,他认为我们不应该相信她,给她延期只会把不可避免的事情继续拖延下去。

　　"你最好的选择实际上是报警,"戴夫说,"试着预约一个刑侦组。这可能是他们会感兴趣的事情。"

报警？虽然安娜的行为似乎是在犯罪，但我一直努力避免联系有关部门。可是现在这似乎确实是我最佳的选择。指令已接受，我会去报警，而且会做好充分准备。

★★★★★★★★

当天晚上，我在电脑上建了一个名为"明确行动"的文件夹，里面保存了每一条短信、每一封邮件和每一份似乎相关的文件。打印完最后一页时，已是深夜。趁着打印出来的纸还保持温度，我把它们放进三孔打孔机打孔，然后小心翼翼放进黑色活页夹的开口金属环。我啪的一声合上了活页夹，把它塞进背包。我已经厌倦了等待：等安娜回复我；等待她兑现承诺；等待律师回复我的电话。只要再等一个晚上，我想。终于有一个确切的计划了，这让我暂时松了一口气。

睡前，我收到了凯西的消息。安娜又一次出现在凯西公寓楼的大堂里。那时，凯西的约会对象正在她家过夜，公寓门卫打电话给凯西，说安娜没有带手机，就在大堂里，需要和她通话。凯西接过电话后，安娜哭着告诉她，自己可能会自杀。凯西为了避免在约会对象面前发生闹剧，不得不在大堂里与安娜见面，让安娜能够冷静下来。她们坐着聊了一会儿，凯西鼓励安娜回去好好睡一觉，说她们可以明天再见一面，那时她们都已经休息得更好了。安娜听从她的建议，回到市中心，据说是去格林威治酒店了。

安娜真的有自杀倾向吗？很难衡量这种说法的真实性。当我让她住进我的公寓时，她也是这样暗示我的。她是在操纵别人，还是在呼救？或者，对安娜来说，这两者是一回事？那天晚上，我在收集"明确行动"的文件时，注意到"真实交易"网站上一周前发布的一篇文章：据报道，阿比·罗森的房地产公司签下了一位新租户——名为"摄影馆"（Fotografiska）的瑞典摄影机构租下了教会传道所的整栋楼。那正是安娜想要租下的那栋，从我认识她起，她就一直在为此努力。看上去，安娜和她的计划都正在分崩离析。

★★★★★★★★

2017年8月1日是一个周二，我戴上珍珠耳环，穿了一件白色的连衣裙，感到自己拥有了专注力、动力和决心。

一名警员在警察局总部门口拦住了我。"我想和一名警探谈谈。"我说。

"你有警方报告吗？"他问。我摇了摇头。"你必须先在当地分局提交报告，"他告诉我，"然后——也许——你会被转介到一个刑侦组。"

看来，我走错楼了，但就是今天了。我用手机查找了最近的分局，然后迅速赶往唐人街。伊丽莎白街上的建筑很不起眼，我注意到一扇门的两侧有蓝色的灯，上面用金色的字母写着"第五分局"。穿过一扇双开门，我发现自己走进了一个木质小围栏里，木栏齐腰高，紧闭着。另一侧，有一位警员问："我们能为您做些什么？"

哦，这和我想象中的完全不一样。我以为我会在某个人的办公室里，或者是在一个小隔间里，也许还坐在椅子上。我站在门口怎么回答这样的问题？他们真的想让我在开放的房间里做一段简短的演说吗？我要从哪里开始讲呢？也许在我开始讲述之后，他们会让我进去。我开始叙述的时候，注意到第二位警员加入了第一位警员的行列。我继续讲下去。过了一会儿，第一位警员离开了，第三位警员加入了第二位警员的行列。我继续讲我的经历。最后，一位头发花白的男子加入行列，他被介绍为副警监。讲完后，我气喘吁吁地站在小围栏里，想起来还没给他们看我的活页夹，就把它从背包里拿出来，并向他们解释了不同标签的意义。这时，只剩下副警监了。他点头表示同情，表情甚至有点儿不屑一顾。

最后，他开口了。"很遗憾这件事发生在你身上，"他说，"但事情既然发生在摩洛哥，我们也无能为力。"

我的下巴像锚一样掉了下来。"什么？"我嘶哑地问，没想到会这样。"但这次旅行是从纽约出发的，"我解释道，"我和她都住在纽约。而且这些费用是用美国信用卡支付的。"当我的眼神定格在副警监身上时，两滴眼泪从我的内眼角逃了出来。难道就没有办法从不同的角度来解决这个问题吗？真的无计可施了吗？

"你长得很漂亮，"他说，"你可以在集资平台GoFundMe创建一个页面来筹回你的钱。"

这不是我想听到的解决方法，他唯一的建议是向民事法院提起诉讼。"我不确信，也许那里有人能帮你。"他说。

从前门走下台阶，回到伊丽莎白街，我站在车站旁，一时间泣不成声。警察一直是我最后的希望，我从未想过他们可能无法或不愿提供帮助。真是太意外了！稍事冷静后，我打电话给戴夫，告诉他这个消息，又打电话给凯瑟琳寻求精神鼓励，以便继续前进。

★★★★★★★★

我径直走向附近的民事法院。我真的能在这里找到答案吗？我不敢相信。与警察打交道的经历让我的信心跌至谷底，但我已经决心尝试一切可能的办法，哪怕只是为了在我的人生清单上画掉这一站。

民事法院的大楼宏伟而方正，有种金属质感。它的入口横跨整个街区，两端都设有大窗户和入口。内部感觉就像一座小型机场，每个门上都安装了金属探测器。背包从传送带滑过，通过X光机。我穿过拱门，在另一侧取回背包，然后停在大厅中央，漫无目的地寻找也许能帮上忙的人。但这怎么可能？这时，我注意到一个标志，上面写着："帮助中心"。在两个入口的中间，靠着入口处最长的一堵墙，一名男子坐在隔间里两边各挂一面美国国旗。我走了过去。

"帮助中心是否开放？"我问。"午餐时间不开放，"他说，"但下午两点一刻会重新开放。"听到"午餐时间"，我脑海中仿佛响起珍宁的声音："我知道你很紧张，但你最好吃点儿东西！"我也该去吃午饭了。

在巴克斯特街上一排提供保释金担保服务的店面中，"威士忌酒馆"显得很温馨。我走进去，坐在吧台的高脚椅上，旁边坐着一名警察和一个西装革履的大个子男人。

"你要点儿什么？"酒保问道。我点了一杯冰茶、一份鸡柳和炸薯球。"你来这附近干什么？"酒保拿着我的饮料回来，问道。

　　"我觉得我被骗了。"我脱口而出。我身边的两个人不说话了，转过身来看着我，酒保抱着双臂向前俯过身来。我没有意识到发生了什么，就滔滔不绝地讲起了自己的经历，只是这一次的描述是在我最绝望的时候，我讲述自己的努力徒劳得多么荒谬。事情听上去的确很糟糕，还充满黑色幽默。这时的我又哭又笑，简直无法控制自己。

　　"午餐给你免费。"酒保说。油炸食品的魔力、喜剧般的救济和陌生人的善意，让我不再沉湎于自怨自艾。

　　回到民事法院后，我顺着指示牌找到帮助中心。这里有点儿像机动车辆管理局。我排队等待，当排在我前面的年轻人办完业务后，我走到一个窗口前，隔着一面有机玻璃隔板与一位女性交谈。"我们能帮上什么忙？"她问。她的问题本不应该让我感到意外，但一想到又要在如此尴尬的场合解释我的处境，我紧张地笑了起来。"今天负责为这类问题提供帮助的工作人员不在。"她告诉我。随后她转过身去和一位碰巧从她身后经过的男人说了几句话，那个男人点点头，接着她对我说："他通常周二不在这里，请到后面来一下。"

　　我穿过一扇门，跟着一位穿着卡其裤，看起来平平无奇的沉默的男人来到一个小隔间。"好了，给我讲讲。"他提示。我不厌其烦地讲述了我悲惨的遭遇。这种感觉就像把一幅新拼图扔到一张空桌子上。看，都在这里了，我想说，告诉我，你能有什么办法？

我讲完后，他偷笑着说："哎呀，我真嫉妒你去了摩洛哥，那里怎么样？"

"真的吗？这就是你的回答？"我想。"我只能说，不值得。"我回答。他告诉我，他可以给我提供有关公益律师的宣传册，但我的情况涉及的金额超过了民事法庭能够处理的金额上限。好吧，又一次挥杆，又一次失误。

回到外面，我给凯瑟琳打了电话。她建议我们见个面，一起制定战略。当然，我们通过《名利场》或者过去的摄影活动建立起来的关系也许能帮上忙。当时不到下午4点，她正在办公室。因为比克曼汤普森酒店正好在我们中间，我们决定在那里见面。我先到了那里，站在外面边打电话边等她。我给尼克和珍宁打了电话，告诉他们我的最新进展。然后给凯西发了条短信，问她是否又收到了安娜的消息。她几乎立刻就回复，说安娜就在刚才又出现在她公寓的大堂。"我想我或我们需要和她坐下来聊一聊，试着了解真相，"我回复，"情况真的很糟糕。"

凯瑟琳到了，我们走进酒吧，这里就是不久前我和安娜等着幻想中的银行本票的地方。我们坐在门口附近的小隔间里，我的世界完全被颠覆了。我和凯瑟琳还没来得及点餐，就收到了凯西的短信，问我是否有时间接电话。"白葡萄酒？"凯瑟琳问。我点点头，然后说我需要接个电话。

"我们要去找安娜聊聊。"回到座位后，我对凯瑟琳说。凯西有个主意，她的客户贝丝是一位50岁出头的离异母亲，是个十分直爽的人。凯西会让贝丝去自己公寓的大堂见安娜。然后，贝丝会向安娜说,凯西会在附近一个叫"煎锅"的露天酒吧和她们见面——就在西城公路旁的一个码头上。凯西和我在那里出现,一起向安娜寻求答案。这是有些孤注一掷,但值得一试。

"去吧,祝你好运!"凯瑟琳说。我喝了一口酒,离开了。

第三部分

3

第十三章 "煎锅"酒吧

凯西也穿着白色的衣服,我在她位于西切尔西的公寓前见到她。"我们都穿着代表胜利的白色。"她笑着说,然后一起向西走向"煎锅"酒吧。"这太过分了。有些事情不对劲,我们需要了解一些真相,我们需要联系她的家人。"当她说出我已经知道的事情时,我顺从地点头。

我们穿过西城公路,找到露天酒吧时,我开始胃疼。走近餐桌时,我按下手机的录音键。我知道这会是一次重要的谈话,我想把每一个字都记录下来。

餐桌在码头最左侧,紧挨着一个栅栏。酒吧里人头攒动,坐满了身着西装、领带松垮的男士,还有穿着职业装、下班后把高跟鞋换成平底鞋的女士。当我们走近时,安娜正坐在桌子的最远端,紧挨着贝丝,面对着我们。她穿着那条已经穿了几周的裙子，那还是她在凯西的公寓里过夜时借来的。除了看上去比我见过的任何时候都要邋遢，还有点儿闷闷不乐之外，她显得异常平静。安娜看到我似乎很惊讶——准确地说，没有到惊愕的地步，但绝对措手不及。当她意识到我和凯西在她不知情的情况下一直保持着联系时，可以感觉到她的大脑在飞速运转。她似乎很快重新恢复镇定，为接下来的对质做好准备。

我坐在她正对面。贝丝站了起来，向我做了自我介绍，然后去吧台点白葡萄酒和啤酒。凯西坐在我身边，对面是贝丝的空座位。对话就这样拉开了序幕。

"我们不能再这样下去了，亲爱的！"凯西开始说，"安娜，我们必须来这里，因为有些事情不对劲。我们必须搞清楚发生了什么，为什么会这样，以及我们如何才能改善瑞秋的状况，也让你得以恢复。因为如果不这样做，一切都会不断恶化，恶化，再恶化。"

"我一直告诉她，她是排第一位的，"安娜朝我点点头，"我还没有真正解决好自己的事。"

"我不怀疑这一点，"我插嘴说，"但你自己的事是什么？出了什么问题？你现在的处境到底是什么样的？"

"因为你说了太多的谎言，太多的谎言，别再撒谎了，"凯西插嘴说，"别再——撒谎——了。"

"我没撒过谎。"安娜用单调的声音说，不带任何感情色彩。

凯西为我辩护："她——多少次了——从你那里听到她的钱已经汇款了，已经这样——已经那样了。真的太多次了！"

贝丝回到餐桌前，转向安娜问道："她们知道9月会发生什么吗？"

起初我以为贝丝说的是安娜的遗产，但很快就明白她指的是别的事情。

安娜看了看我和凯西。"你看到他们是怎么写我的了吗？"她又问道，语调还是没有太多感情色彩。我不知道她在说什么，贝丝偶尔夹杂着几句评论，开始描述前一天晚上《纽约邮报》上发表的一篇文章，报上称安娜为"假社交名媛"。安娜开始抽泣，她抬起眼镜擦去眼泪，抱怨说她得到了一点儿也不公平的描写。她每天都在努力工作，没有参加派对，也没有举止轻浮，她希望自己能得到尊重。

我迫不及待地想亲自读一下这篇文章，于是趁着谈话的间隙在手机上搜索。《纽约邮报》的文章马上就被搜了出来，而且还有第二篇！就在今天早上，《纽约每日新闻》也发表了一篇自己的报道。这些文章描述了安娜在比克曼汤普森酒店住了好几周没有付款，在W纽约市中心酒店的短期住宿也是如此，她还试图逃掉在艾美酒店派克餐厅的午餐账单，却在试图离开艾美酒店派克餐厅时被抓住，被捕后无须支付保释金获释，现在她面临三项服务盗窃的轻罪指控，被指控拖欠的总金额超过12000美元。贝丝提到的将在9月发生的事情不是安娜将收到她的遗产，而是开庭日期。

我惊呆了。她怎么会让事情变得如此糟糕，发展到如此地步？看起来她没有向父母坦白，也没有向我们坦陈到底发生了什么。如今，她的名字和照片在小报上遭到了"诋毁"。

虽然我试着保持距离，但当我看着安娜时，还是无法不受影响，她明显心烦意乱。有那么一会儿，我们还试着安慰她，说："反正没人关心这事儿。"

接着，我们突然醒悟过来：我的生活都快崩溃了，我们为什么要担心安娜的名声？为什么安娜会因为那篇文章流泪？

"你上报纸了，谁在乎啊？"凯西喊道，"你知道瑞秋的生活是什么样的吗？"

"但我所做的只是努力解决这个问题，"安娜呜咽着说，"我不能好好睡觉。我什么都没做，我是说——"

"谁在乎你睡得好不好？"贝丝喊道。

贝丝打扮得像一个拥有乡村俱乐部会员资格的时髦妈妈，在面对安娜时，她毫不示弱。我很欣赏她强势的态度，她说出了很多我想说的话，让我能够专注地观察安娜的反应。

"——我能怎么办？需要自杀吗？到底要我做什么？"安娜呜咽道。

别在我面前演戏了。我心想，并问道："你父母知道你现在的情况吗？"

"他们不会做任何事情的。"安娜止住了眼泪，不屑一顾地说。

凯西插话道："你说他们不会做任何事情是什么意思？"

"他们不会做任何事情，"安娜解释道，"他们会希望我自己解决这个问题。"

贝丝没让她继续说下去，而是指出我的痛苦和安娜的痛苦之间的区别。"她的痛苦是真实的。'我的会计师没有这样做'不叫痛苦。她会完蛋的，她的生活已经完蛋了，"她说，"告诉我们真相，安娜。因为一旦坦白，你就可以畅快地呼吸了。"

安娜现在完全平静了下来。"我从来没有在任何事情上撒过谎，正在发生的事情我已经告诉你们了。"她说。

"但我们什么信息也不知道！"我大喊。

凯西插话了："我有个疑问，你为什么不想告诉你父母？告诉我你不想让他们介入的原因，因为你需要这根救命稻草。"

"他们知道这件事。"安娜说。

"他们生你的气，是因为你以前做过类似的事，因为你花了太多钱，因为他们很刻薄，还是因为他们不想帮忙？给我一个他们不愿出手拉你一把的理由。"凯西恳求道。

"他们说我应该和银行解决这个问题，而且这毕竟是他们的钱，所以……"这是安娜典型的回应——把责任都推给了父母和银行。

"这是谁的钱？"凯西问。

"我的信托来自我父母。"

"你为什么不能拿到信托里的钱？"我问。

"因为我每月只能定额取出一笔钱。我的所有信托资金都投资在证券上，直到我25岁生日的18个月后才能全部取出，按计划是今年9月。但他们一直在改日期，他们没有兑现承诺。他们本应该在4月之前安排好一切，但他们还没有弄好。"

她就像一台有故障的电脑，不停地吐出新的说辞。

"你的租约怎么了？"我改变了谈话的主题，"那栋楼租给别人了。"

"什么?"安娜说。

"公园大道南的大楼,被别人租走了。"

"谁?"

"那家瑞典摄影机构。"

"不会吧!"她难以置信地说,"'摄影馆'吗?不可能。"

凯西说:"他们刚刚宣布——"

"在哪里?"安娜厉声问。

"报纸上登了。"

"4天前。"我补充。

当她要求看那篇文章时,我拿起手机暂停录音,然后给她看。有那么一瞬间,安娜显得有些沮丧。我把手机拿回来。

"这是假新闻。"她说。

我们重新把话题带回到安娜的债务上。凯西问安娜为什么不能干脆回家,梳理好自己的财务状况,然后再回来。

"我去哪儿都没有用,"安娜回答,"我需要解决这个问题。如果我离开,就不能回来了,永远也不能回来。真的不行,我永远也没法回来了。"

"还有其他酒店指控你了吗?"凯西问道。

"我不知道,"安娜叹了口气,"读一读他们的文章是怎么写我的,你就会了解到一些新情况。"

凯西重申我们毫不关心那篇文章——在内心深处,我确实很关心,那篇文章证实安娜的问题越来越严重。先是我,然后是杰西、凯西,还有安娜住在我公寓时提到的银行家和律师们,现在又是这些罪名,她接触到的每样东西都在分崩离析。"你可以随时挽救你的形象，"凯西说，"但你确实做错了一些事情。你太不自量力了，安娜。你花了你没有的钱，这可不好。"

"我有钱。"安娜坚持。

"但你知道你要住酒店……"凯西接着说。

"你花了你还没有的钱，"我大胆地说，其他人沉默了一会儿，"不是吗？"

"我花了已经答应会给我的钱，今天下午我就能拿到钱。"又是一堆毫无意义的话。下午来了又走，外面已是一片漆黑。

"他们说今天下午给你钱了？这种情况已经持续几个月了？"凯西问道，"你做出过多少承诺了？先是本票，又是这个，又是那个。"

"你的父母没有意识到你遇到问题了吗？"我说。

"他们能做什么？"安娜耸耸肩。

"他们可以做任何事情，"凯西回答，"他们实际上可以说，'知道吗，我们现在会给你这笔钱，但我们之后会把它从你的信托中扣掉'。就这么简单。"

"对他们来说，不是因为钱的金额有多大，更不是因为钱本身。"安娜解释道。她现在完全镇定下来——没有压力，没有吵闹，也没有眼泪——她描述着她父母的态度，就像什么都没有发生过一样。"他们只是想让我自己解决这个问题。"听到这里我又在想：有什么需要解决？问题到底是什么？

"但他们宁愿你进监狱？如果法庭判你有罪，你就得进监狱。他们不会只说，'哦，交了罚款就行'。"

"没有债务人的监狱，"安娜说，好像在陈述一个事实，

"没有人会进监狱。"

"那你是怎么给每家酒店付款的?"我问。

"是我家族的办公室付的。"安娜说。

凯西插话说,她给格林威治酒店打过电话,安娜名下没有预订房间。

"我家族的办公室订的,"安娜告诉她,"用他们的名字订的吧……我不知道。"如果不知道是以谁的名字预订的,怎么可能入住酒店?

"那么,安娜,"凯西继续说,"我们能不能至少和你的父母谈谈?"

安娜还没来得及回答,贝丝先开口——这是一次混乱的审讯。"你以前有没有遇到过这样的情况?"她问安娜。

安娜的回答是"没有"。凯西接过贝丝的话,提醒安娜还有卡萨布兰卡的四季酒店事件。"这不是第一次了。"她提醒安娜。

"这是因为——我没有说谎。"安娜辩解道。

"你宁愿上法庭,也不愿告诉你的父母?"凯西一个字一个字地说。

"我别无选择!"安娜尖叫,"这不是我选择去监狱,不是我选择做这个做那个,事情就是这样了。"她很生气,但仍然没有流泪。

"但是,安娜,你可以和你的父母谈谈!"凯西争辩说。

"可是,安娜,你就是满口胡言,"贝丝宣布,"你现在想说什么就说什么吧。我们只需要知道真相,知道如何继续前进,就这样。我们不在乎你来自哪儿,我才不管你是不是塞尔维亚人,那不重要。"

"就像拼图缺了最重要的一片一样。"我说。

"缺了一些信息。"凯西同意道。

"我们需要真相。"贝丝强调。

"少了什么?"安娜用嘲讽的语气问,"缺了哪一片?什么信息?"

一阵沉默。

凯西填补了沉默。"事实是,我认为你的父母应该知道你身上发生了什么。我们需要和你的父母谈谈,别再管什么烂透的信托基金了。"

"我父母会给我买一张回德国的单程票,他们会告诉我去找工作。"安娜说。

"至少让他们先付了你的账单,然后你再想办法。"凯西嘲讽道。

"他们会告诉我去找份工作,自己付清账单。"

"但如果他们知道有人因此而痛苦,"凯西试着说服她,"这个人非常痛苦,她真的需要钱,她是你的好朋友,而你利用了她——"

我打断她,磕磕巴巴地问:"你有家人吗?活着的家人?"我突然间明白了,这是谎言的出发点。

"有。"安娜悄声说。

"你父亲叫什么名字?"贝丝问。

安娜犹豫了一下。"我的确有父亲。"

"他叫什么名字？"贝丝追问。

"丹尼尔……丹尼尔。"安娜缓慢地念了两遍这个名字。

"丹尼尔什么……？"

"戴克·德尔维。"安娜说完。

"丹尼尔·戴克·德尔维？"贝丝重复了一遍。

"是的。"安娜说。

"那我们为什么不能和他们谈谈呢？"凯西说，"让别人跟你的父母谈谈，让他们来理解。"

"我已经和他们谈过了，"安娜激动地回答，"我正在尝试一切手段，我不是整天坐在那里数星星。"

"到底发生什么事了，让你觉得自己想自杀？原因是什么？"凯西问。

"因为我什么都解决不了！"安娜回答。

"解决不了什么？"凯西逼问。

"没有一件事能解决好。"安娜呜咽着说。

"作为瑞秋的朋友，我们需要帮她。"贝丝坚持道。我才刚刚认识她——她其实是凯西的朋友——但我很感激她替我说话。

"我每天都和瑞秋保持联系。"安娜回答。

"但你两个月来一直在说同样的话。"我反对道。

"他们就是那样告诉我的，"安娜声称，"我有十个人可以做证。"她的话毫无意义。

贝丝指责安娜，戳穿她的借口。多年来，贝丝与许多银行家和律师打过交道，他们不可能出现安娜所描述的那种延误。

"这——不——可——能，"她说，"别找借口了，因为我很了解这些。"

我目不转睛地盯着安娜,观察她的一举一动,观察她在决定下一句话该说什么时闪烁的眼神,观察她对每件事都有答案的样子。

"你们甚至不了解我的情况。"安娜说。

"我们问的就是你的情况。"我大喊。

"因为你不愿意告诉我们,"凯西说,"而我们一直在问。"

"因为你们只是告诉我:'哦,你在撒谎。'而我没有。"安娜说,"我有那么多律师,他们都是证人。"她绕着弯子,转移话题,回避问题。

"你听听自己在说什么,太离谱了。"贝丝开始说。

"我明白这是错的,但我就是这样被告知的。"安娜说。

不管安娜将做何反应,我决定提起汤米。"安娜,你过去显然遇到过麻烦。"我开始说。

"比如说?"她说。

"比如汤米。"

"我和他从来没有过任何经济纠纷。"她声称。

"他肯定借过钱给你,而且——"

"不,他没有。"她打断我。

"——他不得不威胁你才把钱要回去。"

当她继续否认时,我恳求她:"我宁愿知道你没有钱,我只想知道真相,也不愿听到这些精心编造的谎言。"

"你的计划是什么?"贝丝问,"离开这个国家,再也不回来，然后在另一个国家做同样的事情？"

"你花钱请律师干什么？"凯西问，"他什么也做不了，因为你有罪。"

"她根本没有钱付给他，"贝丝说，"他连定金都收不到。"凯西和贝丝聊起那位律师。

我对着安娜问道："你父母生你的气吗？"

"我不知道他们生不生我的气，他们会告诉我自己解决。"

"你怎么知道他们会这么说？最坏的情况是什么？他们会让你回去吗？"

"是的，他们会给我买一张单程票，告诉我找一份工作。"她又说了一遍。

"但这里的情况并不顺利。难道你不觉得，在某个时候你必须联系他们吗？"

"我正在尽我所能，我整晚整晚地熬夜。"

"但一点儿用也没有。"

"我知道，但我还能做什么？我尽我所能了。我给所有人打了电话。我还能做什么？"

"在9月的某一天，这一切肯定会结束吗？"我想要一个相信她的理由，这是我最后一次可悲而绝望地试图重拾自己对安娜的信心。

"应该是在9月。你知道，我不只在处理你的事情，还有所有其他事——"

"嗯，我知道，我了解情况是什么样的。我只想知道——你知道是9月确切的哪一天吗？"

"不，但我不应该等到9月才还你钱，我明天就应该还给你。"她说。

"这不是重点。原本你应该在9月的什么时候收到遗产？"我追问，试探着确认汤米告诉我的情况。

"不是9月。"她说。然后，在没有任何解释的情况下，安娜开始讨论起她的开庭日期定在9月5日，她的ESTA签证再次到期的前一天——她从摩洛哥已经回来三个月了。我头晕目眩，她完全没回答（或忽略了）我的问题。

"她总有说辞。"贝丝说，"好吧，你知道我是怎么想的吗？你根本没有坦白。"

"我是实话实说。"安娜辩解道。她没有流眼泪，没有表现出痛苦，只有轻蔑的神情。她怎么能这么冷静？

"你没有说实话，安娜。因为你有很多乱编出来的故事。"

"比如什么？"安娜问，声音里带着挑战的意味，"我所有的故事都是一样的。我的说法是一致的，始终如一，我正在尽我所能。我不是每天晚上都在外面！"

"你一直这么说，"凯西说，"这不是你在不在外面的问题。你不是小孩子了。"

"这是你必须给别人还钱的问题。"贝丝说。

"这是关于责任的问题。"凯西说。

"她满口胡言，胡说八道。她一分钱也没有。"贝丝宣称。

"你怎么能这么说？"安娜问道。

"我知道你的故事，"贝丝带着怀疑的神情说，"你的故事是——"

"你能给我解释一下我的故事吗？"安娜打断，上了贝丝的钩。

"你的故事是……这些都不是真的。"贝丝回答。

"你能给我解释一下，为什么我说的故事都不是真的吗？"安娜不停地绕开话题，想尽一切办法不让自己成为那个需要解释的人。她语气挑衅，近乎傲慢。

"你质问我干什么？"贝丝怒喝道。

"好了，大家都冷静一下。"凯西插话。

"给我解释一下我的故事哪里让你觉得不是真的。"安娜坚持说。

"你怎么去的摩洛哥？你是如何做到这个的？你是如何做到那个的？你为什么没有称职的会计师？你解释不了任何事情，因为它们都不存在。"贝丝说。

"我确实做了那些事情，所以它们一定存在。"安娜在假笑，变得自信起来。

"不，因为你就像一只候鸟。"贝丝说。

"我认为贝丝想说的是，条条大路通——"

贝丝打断她："不，听着，我在东欧生活过，还在俄罗斯生活过。"

凯西和贝丝一直在争论，直到安娜插话进来："有人能解释一下我的故事有什么问题吗？"

"你的故事是永无止境的谎言。"贝丝回答。我知道她是对的。

"她太善于操纵别人了，这样的对话毫无意义，"我流着眼泪说，但很镇定，"这对她没用。我这两个月已经领教过了。"

"你没有实话实说。"贝丝尖刻地说。

"我是德国人，在瑞士的一家银行有户头。俄罗斯与这一切有什么关系？"

"你的家人最初来自哪里？"贝丝问道。

"德国。"安娜迅速回答。我想到汤米告诉我说安娜的父亲是俄罗斯的亿万富翁，这有些不对劲。

"你的家族来自德国？"贝丝又问道。

"是的。"安娜说。

"你父母来自哪里？"

"他们也来自德国。"

"她生活中的一切都因为这件破事而改变了。"凯西说，重新把话题拉回到我身上。

"你觉得我的生活没被改变吗？"安娜问。

"重点不是你。因为你是罪魁祸首，"凯西怒吼，"你得承担你做的事带来的后果。重点不是你，安娜。这就是问题所在。你得跳出自己，想想别人。重点不是你，你买的东西，你的头发、指甲、按摩什么的。这是现实生活的事。这个女孩拼命工作，就像你也许也在拼命工作一样，但你用她的信用卡借了钱。"

"我没有借钱……我又没有盗走她的银行账户并用里面的钱去购物。"安娜说。

"但是你用它去度假了。"凯西说。

"我知道，这就是为什么我没有否认——我想把钱还给她。"

"但重点不是你。"凯西又说了一遍。

"可是你难道没有……看清事情的全貌吗?"安娜呜呜咽咽地哭了起来,"你难道没看到我做了什么吗?"

"暂时忘掉你自己吧,"凯西又试了一次,"忘记你必须要做的或你已经做过的事。别管那些了。想想其他人——只考虑其他人——而不是你自己。不是你想要什么,而是要理解别人的痛苦。你需要把注意力从自己身上抽离出来,安娜。可以吗?理解一下,因为当你还了钱的那一刻,当你能感受到别人的痛苦的那一刻,当你能出于无条件的爱而做一些事情的那一刻,你那一堆破事就会不一样了。你要明白这一点,你——你一直以为自己好像已经尽力了。这不是加分项目。因为你早就已经越界了。"

当我过去两个月的经历——充满错误的信息、谎言和欺骗——正在真实再现时,我给阿什利、尼克、戴夫、凯瑟琳和杰西发了那篇文章的链接,相信他们都没看过。

凯瑟琳回复:"根据文章的内容,你现在有安娜的律师的联系方式了。我们明天联系他。"

阿什利的回答是:"啊,真抱歉。她还主动提出,如果我需要建议的话,她可以帮我联系她的一位当律师的家庭成员。"

"情况很糟糕,"我回复她,"安娜是一个可怕的人。"

杰西给我发短信:"天哪,瑞秋。这太疯狂了!你和她谈过了吗?"

"我正在与凯西、凯西的一个朋友和她对质。"我告诉他。

"跟安娜对质?"他问。

"是的。"

"天哪,"他说,"她也欠凯西钱吗?"

"是的。"

"她是骗子,还是只是一个被宠坏的富二代但拿不到家里的钱?"

我花了大约10秒钟打字回复:"我认为她在谋划一个长期骗局。"

"不可能吧,"他说,"天哪!"

我重新看向安娜,她完全没有流露出一点儿同情心。她坚持她的故事,声称她说的一切都是真的——没有哪件事是她的错。我观察着,很少开口说话。我似乎飘浮在自己的身体之外,眼泪顺着脸颊流下来。面对升高的音调和直接的指责,安娜脸上的表情始终保持着令人不安的茫然。她的眼睛空洞无神,我突然意识到,我根本不了解她。这种顿悟给我带来了奇异的平静和解脱感。我理解凯西和贝丝的愤怒和不解,几个月来我一直有这种感觉,但我终于走到了另一边,我知道只有一个答案。

两个小时后,我们的交涉已经到达极限。凯西是第一个说要离开的,她已经为安娜付出了足够多的精力,不想让自己第二天早上参加电视节目时外表看起来像她内心那样疲惫。贝丝、安娜和我很快也离开了。在夏日月光的照亮下,我们三个人沿着西城公路向南走。贝丝紧跟在我身边,前往她在翠贝卡的公寓,安娜在我前面两步的位置,去格林威治酒店。走路时,我目不转睛地看着安娜,她手臂上挎着"巴黎世家"的大手提包,头上顶着一副大墨镜。她只剩下这些奢侈品了吗?也许对安娜来说,所有人和物品都是可以抛弃的。她脚步很快,轻轻落在地上,几乎像在滑行。曾经如此熟悉的人,怎么会变得如此难以捉摸?我回想之前的几个月,回想安娜对疑问和指责的回应方式。我研究她解释时用的手段,并试图用我的思维去破解它。但安娜就是这样:她是一个没有答案的谜,而这本身就是一个答案。

我在克拉克森街停下,等待穿过马路回我的公寓。贝丝匆匆与我道别,安娜则继续往前走。

"再见。"我在她身后喊道。

她突然转过身来,露出一丝笑容,挥了挥手。"再见!"她回应。

后来我才知道,再次见到安娜将是很长一段时间之后。

第十四章　顿　悟

周三早上，一觉醒来后，我还在为前一天晚上的事情耿耿于怀，就收到了凯西发来的短信，问我大家是否都平安到家了。"我觉得是。"我告诉她。她也很好奇她离开后是否发生了什么重要的事情——贝丝这样一个坚决要揭露安娜虚伪面具的人，最终会不会相信了她的鬼话。"不，她肯定没有。"我向凯西保证。贝丝很坚定，不会相信她的。但即便如此，想到贝丝单独和安娜在夜晚一起离开，我不禁怀疑这是否有可能，因为我知道安娜的力量。

准备上班时，我心烦意乱，行动迟缓。到达《名利场》办公室时，已经是上午11点多了。我再也无法思考，情绪也很低落。我发现越是接近有关安娜的真相，就越是无法释怀。警察对我的黑色活页夹不感兴趣，我还没拿回62109.29美元，美国运通公司一直打来电话。我可以向珍宁借钱——她会立刻回复我的邮件，主动提出帮忙——但我该如何偿还她？一个有害的想法开始在我脑海中成形：安娜是故意背叛我的吗？坐在办公桌前，我感到一阵阵沉重的悲伤，只想躺在地上。我能回家吗？回到床上？我现在还有什么出路？已经两个半月了。她一直都在耍我吗？75天！早晨忧虑，下午努力，晚上担心。这是为了什么？我像是一直在等待一件永远不会发生的事，不是吗？那么，有什么是真实的呢？

中午，凯西发来短信："安娜在贝丝家睡的。"

"当然了，厚颜无耻。"我们都知道她没有住在格林威治酒店，但为什么安娜没有向贝丝道别，以保护她的谎言呢？她就不能找别的地方睡觉吗？话又说回来，显而易见的道路从来不是安娜的选择。当她燃起火焰时，会留下来看着它燃烧。有可能她真的无处可去，但也有可能是被挑战吸引了？她抓住贝丝是为了赢得她的认可吗？可怜的贝丝，是她主动提出来的，还是安娜最终开口了？我最近开始疑神疑鬼的大脑甚至在怀疑她们是不是自始至终都认识对方。

贝丝给过我她的电话号码。考虑到她的不速之客，我发了一条短信，询问是否一切顺利。"安娜还在睡觉。"贝丝告诉我，她说一会儿会把她叫起来，然后再跟我联系。"别着了她的道。"我提醒道。"我不会的。"她回复。

我试着埋头工作，完全想象不到我已经坚持这么久了。哎，我多想崩溃啊。我能不能蜷缩成一个球，消失在桌子底下？会有人注意到吗？这一切会消失吗？我努力不让自己哭出来，但徒劳无功。

"我今天感觉太恶心了。"我给凯瑟琳发了短信。她出去吃午饭了,我在办公室,但不确定还能坚持多久。我试着坚持下去,但我快要崩溃了。凯瑟琳一个小时内就赶了回来,立刻来查看我的情况。

于是,在"煎锅"餐厅的摊牌就像一出舞台剧那样被展开。我向凯瑟琳转述了其中的基本点,她认真地听着。"提醒我一下,你欠了多少钱?"她问。她了解情况的严重性,却鼓励我把挫折看作一件可以克服的事情。她一如既往地足智多谋,想出各种办法来帮忙。"我们可以举行一次照片拍卖会。"她提议。她的想法是与我们合作过的一些摄影师谈谈,看看他们在了解情况后是否愿意捐赠照片来拍卖。凯瑟琳说出一长串名字,提醒我,我是社群中的一员,可以不必独自扛起这份重担。

得到这种坚定的支持后,我重新关注如何向前走。戴夫建议我联系曼哈顿地区的检察官办公室。凯瑟琳觉得联系一下会有帮助,就找到我们的一位同事,他以为我们在寻找拍照地点,于是给我们提供了地方检察官媒体办公室的联系方式。我写了一封邮件,从凯瑟琳的邮箱发送出去。

亲爱的艾米丽:

……我一位亲爱的同事……一直是安娜·索罗金-德尔维欺诈行为的受害者……安娜·索罗金-德尔维是昨天《纽约每日新闻》这篇"有抱负的社交名媛安娜·索罗金被指控逃避1.2万美元的酒店住宿费用"的主

角。我希望您能为我们指明正确的方向,因为我们渴望帮助这位同事,也觉得她有重要的信息需要披露。地区检察官办公室是否有人可以与她当面沟通,让她得以解释情况并探讨最佳的行动方案?

如果您能提供任何见解,我们将不胜感激。

衷心感谢。

凯瑟琳·麦克劳德

在等待答复期间,我坐在书桌前回顾过去6个月的记忆。我在谷歌搜索"安娜·索罗金-德尔维""安娜·德尔维""安娜·索罗金""安娜·索罗金娜"。她是德国人还是俄罗斯人?我搜到一些派对上的旧照片,背景很随意,她留着疯狂的发型,打扮得很奇怪。谎言可以追溯到多久以前?她最初是怎么进《紫色》杂志的?据我所知,她就是在那时进入社交圈的。

到目前为止,在认识安娜的人(不算凯西和杰西)中,我只向阿什利和汤米吐露过心声。我想联系《紫色》的主编奥利维尔·扎姆,看看他是否有可能知道些什么。我通过一个朋友联系到他,向他说明了情况,希望他能提供一些见解。他们都在欧洲,由于时差问题,我希望第二天能收到回复。

地区检察官媒体办公室回复,说他们会把我的关于安娜逃脱酒店账单案件的信息转达给地区检察官。就这样,我们又开始了等待,等待贝丝、奥利维尔和地区检察官的消息。也许这次我会了解到新的信息。

我有那天晚上吉莉安·韦尔奇在灯塔剧院的演唱会门票,我沮丧不已，曾试图卖掉它们，但没有成功。此刻的我太疲惫，也太低落了，而且坦率地说，我需要钱。我本来不打算去的，但凯瑟琳听到我这么说时，她介入进来。她看得出我需要鼓励，就约定我们一起去。

在灯塔剧院的大堂，凯瑟琳买了白葡萄酒和花生巧克力豆。剧院内，所有人都已就座，灯光熄灭。两个拿着民谣吉他的人站在舞台上，灯光打在他们的身上：吉莉安穿着一件浅蓝色连衣裙，头发从中间分开，垂在两侧，她的搭档戴夫·罗林斯穿着宽松的夹克，戴着白色牛仔帽。这个二人组正为纪念他们2011年发行的黑胶专辑《耕耘与丰收》进行巡演，他们演出的曲目是按顺序从头到尾演唱这张专辑，我记得住每一句歌词。有一次，我在阿迪朗达克山脉时没有手机信号，《耕耘与丰收》是手机里仅有的一张专辑，所以有好几天我都在反复听这张专辑，这些歌词在我的脑海中回荡了好几周。这些歌有乡村粗犷的灵魂，勾勒出歌者对乡村生活的深切思考，让人感到无比美妙。"我们通常不会连续唱这么多首伤感的歌曲给你们听，"吉莉安在台上对我们说，"但唱片的顺序就是这样的。"这些反映出我心情的歌曲，带给了我一种强大的力量——缓慢，伤心，疲惫，但坚强。

中场休息时，贝丝打来电话。她告诉我，她已经和安娜的律师谈过了，她吃完晚饭后再告诉我更多情况。演出结束后，我在大堂向凯瑟琳道别。她送给我一件吉莉安·韦尔奇的T恤，是她趁我不注意的时候买的。她真的在尽心尽力地支持我，我觉得温暖极了。

我在市中心下地铁后，给贝丝打了一个电话。她与安娜的刑事辩护律师交谈过——听起来他是正规的,但他还没有收到2万美元的佣金。我问贝丝,她是怎么让安娜离开公寓的。她告诉我,她把安娜安排在苏豪区的一家雨果酒店过夜。贝丝还说,在与安娜及她的律师谈过之后,她认为如果我们能设法凑齐律师的佣金,也许律师就能从警方那里取回安娜的手机,警方显然扣留了那些手机。安娜给出了复杂的理由,解释说她需要用手机来访问她的邮箱和联系人。没有这些,她就无法支付尚未支付的款项。如果安娜的律师收到部分定金,可能会采取必要的措施,通过谈判拿回手机。贝丝正试着帮我,而安娜只想帮她自己。

我诚挚地向贝丝表示感谢,并告诉她,现在我们都应该和安娜断联。我这样说的同时,也做出提示:从现在开始,我们必须假设安娜是一位高超的骗子。这一点毋庸置疑,安娜颠覆了我的生活,眼睁睁地看着我被打垮。现在贝丝出现了,这个出于冲动来帮忙的新目标,她的同情心让她变弱,而安娜会抓住这个机会。我现在已经辨认得出这种模式了。

★★★★★★★★

了解到安娜是个骗子,就不得不惊叹于她扎根的范围之广。细节因人而异,但核心故事总是一样的——你必须为她的一致性点赞——她是一位来自德国的雄心勃勃的德国富二代,对艺术和商业感兴趣。你可以问任何认识她的人,他们都会告诉你同样的故事。比如汤米,他真的认识安娜的家人吗?他给我的信息像扳手一样卡在我的脑袋里。

我决定问他:"嘿,汤米!我觉得安娜是一个彻头彻尾的骗子,根本没有信托基金,也没有富有的父母。这可能吗?你确定她有家人吗?"他告诉我安娜给了他一个来自慕尼黑的姓氏,但他也同意那可能是虚构的。

我得到的碎片信息越多,它们就越站不住脚。

我确实收到了奥利维尔·扎姆的回复,但内容含糊而简短——他只说安娜是被《紫色》开除的。我没有因为他的简洁回复而责怪他,安娜的情况很复杂,人们很难知道该信任谁,也很难知道该分享多少信息。不过,安娜的模式很清楚:她的过去充满了模棱两可且不一致之处。

现在我只需要联系地区检察官办公室的地区检察官。我猜他们的案件与《纽约邮报》和《纽约每日新闻》报道的轻罪——在比克曼汤普森酒店和W酒店拒付账单,以及在艾美酒店派克餐厅用餐后企图逃单——有关。地区检察官是否知道这些罪行只是更大谜团中的一小部分?

我通过邮件进行跟进:如果可能的话,我今天很想和谁交谈一下。我觉得这个女孩是一个专业的骗子。我很乐意面谈或通过电话交谈,我随时都有时间。在经历了这么长时间的压力和这么多悬而未决的事情之后,我全身心地投入探索每一个可能的线索中。我已经收集了尽可能多的信息。我有一张安娜的护照扫描件和一张她的借记卡照片,是我预订去摩洛哥的机票时存下的。所有内容都保存在我"明确行动"的文件夹中,打印出来后归入黑色活页夹。

在等待回应的同时,我警告其他人要保持警惕。我给贝丝发了一条短信:"嗨,贝丝,希望你休息好了。我还在尽可能多地收集安娜的背景资料,很明显,她有不付账单或让其他人付账单的记录。我确实认为她是一个专业的骗子,我强烈建议你彻底远离她。你显然有一颗善良而坚强的心,但她善于操纵别人,只会给人带来糟糕的影响。我建议你告诉你的门卫,不要让她进入你的大楼。"

贝丝已经这么做了。

我的手机响了,来电显示这通电话来自"美国",我离开办公桌接了电话。"我们认为你是对的。"一个声音说。

打来电话的是曼哈顿地区检察官办公室的一名助理地区检察官,她证实,安娜·索罗金,也就是"安娜·德尔维",是他们正在进行的刑事调查的对象,他们想让我过去一趟。

挂断电话后,我突然神清气爽。我的大脑像一盘失控的录像带,在不同时间线中来回跳动。我放慢呼吸,把黑色活页夹塞进背包,关闭电脑,关掉台灯。我曾觉得自己是对的,但即便如此,电话那头回荡的肯定的声音还是在我的脑海中不断响起。如果这是真的,安娜真的是一个骗子,那我接下来该怎么办?

我不记得自己等电梯的情景,也不记得是怎么离开康泰纳仕总部的。我一定是往东走的,走得很快。我在人行横道停下来了吗?街上有车吗?世界像大海一样分开、融化、弯曲、展开,我已经习惯了脚下地面的晃动,我想找回平衡。

我不知道是我记下了地址,还是它深深地印在了我的脑海里——那么多名字和数字早已难以磨灭地、规整地烙在我的脑海里。中央街80号,我穿过弗利广场、纽约市政中心,在拐角处看到了我的目的地。

上了几级台阶，进了大门，我走到保安服务台前。"瑞秋·威廉姆斯来了。"保安对着电话说，目不转睛地看着我，又看了看我应他的要求提供的驾照。他递回我的驾照，给了我一张"访客"贴纸，微笑着指向电梯的方向。

我按照指示来到地区检察官办公室的金融欺诈局，与另外三名女性——两名助理地区检察官和一名律师助理——坐在一张桌子旁。她们想听到一切。

我终于找到了一个空间，在这里，我的故事受到欢迎，甚至被认为有用，它被讲给那些相信并理解它的人听。安娜确实展开了一场漫长的骗局，而且我并非唯一的受害者。从很多方面来说，这对我来说是最糟糕的情况——有人说"我们觉得她身无分文"——但事实也让一切变得简单起来。

负责此案的首席检察官凯瑟琳·麦考建议我尝试联系美国运通公司，对相关支出提出异议。还有一件让我毛骨悚然但很重要的事：我的外貌和安娜有些相像——也许是巧合，也许并不是巧合，所以我需要考虑更换信用卡、银行账号甚至护照。我借此机会提到一个观点："哦，我认为她是俄罗斯人。"

"你为什么这么说？"麦考问。我告诉了她发生在"煎锅"酒吧的事——贝丝的怀疑和安娜在我们问话时强硬的态度。

麦考不能告诉我是或不是，只是间接地说："你的直觉很准。"

我终于看到能让自己积极主动起来的新手段。场景和对话在我脑海中不断回放，有关片段咔嚓咔嚓地组合起来。我对安娜的行动有第一手的了解，我的回忆有了用武之地，重要的是我想帮忙。就这样,我把知道的都告诉了她们。

"你有没有考虑过做一名调查员?"其中一位助理地区检察官问我,碰巧我真的想过。我的祖父曾是联邦调查局的助理局长,在田纳西州诺克斯维尔读三年级的时候,成为探员是我最认真的有关长大后的计划。虽然此时此刻这不是我想象的场景,但时机已经到来,我将奋起面对。

会议持续了大约两个小时,我站起来准备离开时,助理地区检察官凯瑟琳·麦考指着我们之间桌子上的黑色活页夹问道:"你要把这个拿回去吗?"

"不了,"我低头看了一眼,说,"这个是我为你们准备的。"

★★★★★★★★

我坐在路易斯·J.莱夫科维茨州政府办公大楼(地区检察官办公的地方)和纽约郡[①]最高法院之间的公园的长椅上,打电话给大姨詹妮,打电话给珍宁,打电话给尼克。尼克在前一天离开,去出差几个月——这将被证明是一次艰难的分别。这时我才想起来,差点儿忘了凯瑟琳和我今天晚上有约,我俩将在洛厄尔酒店参观顶层套房,考量是否将其作为未来的拍摄地点,并与酒店的公关团队一起喝酒。"你还想去吗?"凯瑟琳问道。我回答"是的",我想要她陪着我。

当我们穿过五星级酒店的大堂时,我几乎没有注意到周围的

---

① 纽约郡:即曼哈顿。

环境。那时我陷入自己的思绪之中，只依稀记得那里的花香。顶层套房很不错，我敢打赌，安娜一定会喜欢这里——它太经典奢华了。回到一楼后，凯瑟琳和我跟着公关人员进入酒店的酒吧。我是最后一个进去的，当我环顾四周时，脚步慢了下来——这是我的幻觉吗？马若雷勒花园的蓝色、几何图案、浮雕皮革和低矮的座椅，这些都是来自摩洛哥的灵感。这种反讽很有趣，还触发了我的回忆，因为我对马拉喀什的记忆中包含了太多的情感，尤其是涉及酒店的时候。

  我头重脚轻地溜去洗手间，做了几个深呼吸，然后往脸上泼了些冷水。几分钟后，我在后屋的一张桌子旁找到了同伴。一位女服务员过来为我们点酒水。

  "您想喝点儿什么？"女服务员先看着凯瑟琳问道。

  "哦，我不知道……有什么推荐的？你们的招牌鸡尾酒是什么？"

  "马拉喀什快车。"

  会意的眼神，紧张的微笑，显而易见的选择。

  "我们要两杯。"凯瑟琳说。

第十五章 反　面

在地区检察官办公室的那次会议之后，我被困在自己的记忆中。我在城市中穿梭——从公寓到工作地点，再从工作地点回到公寓——却很少注意我周围的环境。我忙着筛选出我能想起来的和安娜在一起时的每一个细节和场景。几个月以来，我一直专注于一条以马拉喀什为起点、以"煎锅"酒吧为终点的时间线。现在，我又回到了起点。我是在布鲁姆街的一家餐馆酒廊"快乐结局"遇到安娜的。警告标志在哪里？这一切是怎么发生的？

曾经看似微不足道的言语和手势突然有了新的含义。"东西，比如金钱，都可能在一瞬间失去。"她曾对我说过——这就是她要表达的吗？我不知道的事情有多少？幕后发生了什么？

一年半的档案资料被我反复回放。每个场景都有隐藏的一面。我在本该睡觉的时候梳理记忆，以此来应对我惊恐的情绪。

这一谜团已经让我内心极度痛苦，但现在知道安娜·德尔维不是真实的，我反而可以制定全新的行动方案了。

首先要让安娜蒙在鼓里。虽然我心态开放，但看不出让她知道我现在已经了解事情的话有什么好处。最好让她以为我还躲在自己的洞穴里，看着她留在墙上的影子。所以我想：如果我没有联系到地区检察官，我会怎么做？我猜安娜还没有拿到手机，于是在8月4日，我通过脸书给她发了一条消息："安娜，我真的需要你还我钱。我有大麻烦了，我的工作岌岌可危。拜托，求你了，求你了。我不敢相信自己会落到这步田地，我是真的信任你。"她没有回复。

第二天早上，我给美国运通公司打了电话。向一个我需要依靠的陌生人讲述整个故事，这引发了我一系列的情绪波动。一开始，我语气坚定，措辞严谨。当描述到在拉玛穆尼亚酒店发生的问题时，我变得愤怒。最后，在解释管安娜要钱的情况时，我完全失去了镇定。我对拉玛穆尼亚酒店的费用——美国运通公司卡上的16770.45美元和个人卡上的36010.09美元——提出异议。提出异议后，我又开始等待，这是我现在非常熟悉的流程。

接下来该告诉我的父母了。那天晚上，我独自一个人在公寓里拿起电话，但没有勇气拨出去。我想，在户外而不是在室内谈论这个情况可能会更容易。封闭空间对情感的重压来说太沉重了，而散步则有助于我的思考。于是，我在曼哈顿下城的街道上踱来踱去，鼓足打电话的勇气。

妈妈接的电话。

"你有几分钟时间聊聊吗？爸爸也在吗？"得到的回复是我

爸爸出去参加竞选活动了,但现在我已经准备好,不能再拖下去了。"我需要告诉你一些事情,不太好的事情。在我开始讲之前,我想让你知道我没事。"

我从摩洛哥之行开始讲起。我的每一句话都牵动着妈妈的心,她知道这趟旅行,但细节对她来说是全新的。她打断了我的话:"是这样吗?"我不怪她,她怎么能想象到故事的结局呢?

"等会儿再问。"我说,虽然知道这像一个不可能的请求,"任何你能想到的,我已经问过了;任何你建议的,我都已经试过了。"这话听上去也许显得我过于自信,但我确实经历了这么多。"听我讲下去,你会听到答案的。"我向她保证。故事从头到尾展开:绿洲别墅后面的走廊、詹妮和珍宁、尼克的借款、律师、警察、对质和真相。

她很长时间没说话。

"哦,亲爱的,"她哽咽着说,"我很伤心你独自经历了这一切,但我为你感到无比骄傲。"

我没有精力再讲第二遍,让她转告给爸爸。几个小时后,爸爸给我发来消息:"爸爸好爱好爱你。"

我崩溃大哭。

★★★★★★★★

8月的第一个周末,我在凯瑟琳位于布里奇汉普顿的家中度过,也正是从那时起,我开始把一切都写下来。信息量之大让我应接不暇,我不知道原来我可以记住这么多事情。我觉得有必要把每个细节都记录下来,如果我不把它们都彻底写下来,记忆可能会腐烂，或者永远迷失在我的内心深处。为了继续前进，我需要这个故事完好无损地存储在我脑海之外的其他地方。我发现这个过程有着令人难以置信的宣泄作用。

地区检察官不愿意透露他们的调查内容：他们采纳了我的信息，却没有给我多少回复。虽然这在操作上是必要的，但我很难知道自己故事中的哪些部分有可能派上用场。所以，以防万一，我把我能想到的、他们可能感兴趣的事情都告诉了他们，从显而易见的事实到牵强附会的理论（都贴上了相应的标签）。毕竟，如果安娜·德尔维只是一个角色，是秘密行动的幌子，那一切皆有可能。

当时的我几乎没有停下来问一问自己：既然从安娜那里要回钱的希望如此渺茫，我为什么要费尽心力呢？我的能力有限，而在我试图理清混乱局面的过程中，我很高兴能与致力于相同任务的人携手合作。我的负面经历被重新利用并发挥了作用，这也是一种激励。在我的内心深处还在纠结一件事：如果安娜选择这样对我——她的朋友，她还能做出什么事？她已经做了什么？我需要知道答案。

我一边翻阅记忆和我们交流的记录，一边将材料整理成邮件发给地区检察官办公室。通过交叉引用信息往来和手机上的照片，我创建了安娜的活动时间线，我列出她提到过的人的名字：她最喜欢的律师、对冲基金的熟人、商人和潜在的合作者。我为每个人附上背景信息的链接，并概述他们与安娜的关系。

在提交时间线和名单的同时，我还提交了"煎锅"酒吧的录音。我也分享了我和安娜全部的短信记录，最早可以追溯到

2017年2月，当时她给了我她的新号码。这个PDF文件中，我的第一条信息是"你好，新安娜"，她的第一条回复是"你好，陌生人"。

我把想到的新信息随时记录下来。我给地区检察官办公室的邮件一批批地发出去，混杂着各种各样的资料。我认为地区检察官可能会追查钱的去向，所以我告诉他们安娜把钱花在哪里。她在这里做头发，在那里嫁接睫毛；她用这个应用软件预订汽车服务，用那个应用软件预订健身服务，用另一个应用软件预订水疗服务；她对加密货币很感兴趣。"我想她在搞庞氏骗局。"我说。

我本来打算屏蔽安娜所有社交媒体的账号，但我还是先浏览了它们，并截图了她发的帖子。我尽可能多地记录下我能找到的信息，比如与安娜合影的人的姓名和地点（如果有的话）。我列出了她的各个社交媒体账号，以防地区检察官办公室没有找到。让她们知道她去过哪里似乎很重要：纽约、柏林、巴黎、威尼斯、迈阿密、杜布罗夫尼克、洛杉矶、旧金山——全世界那么多城市。我一直浏览到开头，看到了安娜在"照片墙"发布的第一篇帖子。那是2013年2月27日——我认识她的3年前——一张棋盘的照片，黑白大理石上放着金银棋子，似乎游戏才刚刚开始。

不整理资料的时候，我就一个人待着或者去找凯瑟琳。在此期间，我和阿什利喝过一次酒，并向她倾诉。我转述了大致情况，但从未提及地区检察官的保密调查。她眼睛都没眨一下，就问我是否愿意搬去她的开间公寓和她一起住，这样我就可以转租我的公寓来省钱了。她的提议让我深受感动——在我崩溃、受伤的时候，她表现出了极大的善意。

我的内心受到极大的震动，我缩回自己的世界，没有精力让任何人充分了解我的进展和推论。尽管这个故事还在不断展开，但我知道其中一些事情如此荒谬，反而会令人着迷，一旦它被传开就会很难控制。这是那种你需要与另一个人分享才能充分吸收的八卦。你能想象吗？虽然我相信有很多人会帮我保守秘密，但这个秘密在任何地方放久了都会烧出一个洞来。圈子越小，我就越不用担心。由于还有太多其他事情给我带来压力，我很容易就做了保持沉默的决定。

工作成了我分散注意力的好方法——我需要维持白天的日常工作。接下来的周一，我像往常一样来到《名利场》办公室。我忙着为杰夫·高布伦组织一场小型拍摄，找人为塞西尔·理查兹的书桌拍照作为内封，并为即将在布鲁克林的塞科尼餐厅举行的摄影部门一年一度的"夏季狂欢"晚宴敲定菜单。

在没有安娜消息的情况下，我突然想到应该再联系她一下。我觉得保持沟通渠道畅通是最明智的做法——我能有什么损失呢？我又给她发了一条脸书消息，就像例行公事一样："我应该放弃吗？你能联系一下家人吗？可以吗？"

我不认为会发生什么，但三十分钟后，她的回复让我大吃一惊："你已经联系过我所有的联系人，还没联系完？"

我心一沉。什么意思？联系人？她是在问我是否跟她的朋友和熟人说过话吗？也许她指的是汤米，因为我在"煎锅"酒吧提到了他。但如果不是他，又是谁？是不是有人在玩两面派，既跟我说话，又跟安娜说话？我昨天才把名单——所谓联系人——发给地区检察官，她怎么会知道？她窃听了我的手机，我的电脑？我断开了笔记本电脑的网络，在接下来的一天里，我一直紧张地回头看。她的消息吓到我了，我没有回复。

但在周二，安娜再次出现。当我的手机嗡嗡响时，我正在办公桌前，手机屏幕上出现了"安娜·德尔维"的名字。

她用回这个号码了。她发来短信，她是拿回了手机，还是在用电脑？无论如何，我没有回复。一小时后，我的手机响了，又是她。看着振动的手机，我感觉它像被附身了一样。

在我看来，安娜已经成为一种无形的力量，更恰当地说，像一个幽灵，而不是人类。如果我们在拍恐怖片，她就是那个不停地敲门的恶鬼。

我没有接电话，她又发来一条短信："请给我回电话，或者告诉我们一个时间，让我们尽快就未决问题给你致电。"

我们？我们是谁？"未决问题"是指报销款吗？她为什么说得这么隐晦？我对安娜的看法完全改变了。我们有关"朋友"的一切痕迹都消失了，她是一个陌生人，而我很害怕。即便如此，我还是想方设法主动出击。我通知地区检察官办公室，告诉他们安娜又回来了。以防万一，我在手机上下载了一个可以进行通话录音的应用程序。然后，我仔细考虑了我要说的话，等我平静下来再回复。

当天晚上，我开始行动："你有我所有的信息，已经有了快三个月了。因为你，我的生活发生了翻天覆地的变化。我的账户什么时候会有汇款进来？"

一分钟后，她回复："看来你向很多人歪曲了情况和我的处理方式。"

我心跳得太快,甚至让我觉得恶心。安娜的进攻咄咄逼人,通过攻势,她让我质疑自己的实力,暗示我寡不敌众——她真的和很多人聊过吗——她让我觉得自己在孤军作战。她企图扭曲一切,尽管我惊慌失措,但还是看清了她的策略,也明白了她的目的。

这一次,我占了上风:"情况很明确。没什么可歪曲的。你欠我很多钱,这笔债务在过去三个月里毁了我的生活。如果你认为我没有生气,那你就错了。而且你还没有回答我的问题。我和你没有什么可谈的。"

★★★★★★★★

有一段时间,安娜再也没有和我联系。我们俩都没什么要说的。我相信助理地区检察官会做好他们的工作,而且为了让自己感到有建设性,我继续写作。我时不时会接到一个陌生号码打来的电话,我从来没有接起来过,但我猜是安娜打来的。因为她似乎孤独且绝望,我猜到她会失控。一想到她会爆发,我就觉得害怕。为安全起见,我只是远远地看着她,留意着她的社交媒体。

在我认识她的时候,安娜总是专注于探索那些被认为很酷的新地方,但我注意到,就算去了那些地方,她也很少会在社交媒体上发布相关信息,至少不会马上发布。这让我很难知道她在哪里。然而,她8月中旬的在线活动虽然没有透露她的地理位置,但确实揭示了她的某种心理状态。

"耗尽你。"她8月10日在"照片墙"上发了一张水下女子的照片,配文这样写道。看不到安娜的脸,但看得到她穿着黑色连衣裙，双腿弯曲，绝对是她。虽然她没有对这个地点进行地理标记，但我认出背景是马拉喀什。这是杰西在拉玛穆尼亚酒店的私人泳池里拍摄的照片。安娜的配文是针对我的吗？我把帖子截图发给了地区检察官办公室，哪怕只是让他们了解一下安娜麻木不仁的态度。

同一天，她还发布了另一张照片：一张她自己脸部的特写，嘴唇噘起，伪装成脆弱的样子。她模仿洋娃娃，脸颊鼓起，五官妩媚，但明显眼神空洞。她还更新了自己"照片墙"的简介。"让他们吃蛋糕吧。"简介里写着。就像她的文身一样，这是向她的偶像玛丽·安托瓦内特致敬。

我在"声破天（Spotify）"上也关注着安娜的动态，这样我就能看到她在听什么歌。知道她在网上听音乐让我焦虑（她此时在做什么），但我确信这些信息可能在某种程度上有用。

她一遍又一遍地听着一首歌，涅槃乐队的《耗尽你》——一首关于寄生关系的歌曲，由科特·柯本创作，这一定是她"照片墙"配文的灵感来源。这有点儿太直白了。她有多大程度是故意的？她的行为让我感到一种掠夺性，而且越来越疯狂。虽然深感不安，但我无法将目光移开。

为了获得更多信息，我查阅了安娜"照片墙"账户中提到的她的照片。这让我找到了亨特——安娜的前男友，于是我也浏览了他的账户。安娜只出现在亨特的几张照片中，但我总觉得似乎还有更多与她相关的内容。例如，2014年元旦，亨特在柏林的索赫馆酒店发帖，照片是印在几张纸条上的文字：

> 享受
>
> 生活中的
>
> 小事……
>
> 因为有一天
>
> 你回首往事
>
> 会
>
> 意识到
>
> 它们都是
>
> 大事

这是陈词滥调还是警告？

从帖子带着的信息来看，亨特也去过拉玛穆尼亚酒店，他在2015年6月和2016年4月分享了这家酒店的照片。显然，他和安娜在旅行以及艺术、建筑和设计方面有着相似的品位。我一直滑动到他最早的帖子，这次吸引我的不是棋盘（虽然也有几张棋盘的照片），而是勒内·马格里特[①]的作品《红色模型》——发布于2011年3月21日——没有任何配文。这是一幅超现实主义作品，画中是被掏空的脚鞋，上面有十个脚趾，鞋带没有系好，就像用肉做的靴子。这恰恰反映了我对安娜的看法：她的人形只是一个

---

① 勒内·马格里特：比利时超现实主义画家，因为其超现实主义作品中带有些许诙谐以及许多引人深思的符号语言而闻名。他的作品对许多观察家事先设想现实状况的情况提出挑战，并且影响了今日许多插画家的风格。

容器,她马基雅维利式的生命力被封闭在这个容器里,她像穿衣服一样穿着它。

虽然我对安娜和她噩梦般的世界感到震惊和厌恶,但我还需要面对另一个问题:美国运通公司的账单还没有解决。提出异议只是第一步,由于不熟悉电话号码,有一天下午我没接到美国运通公司的电话。我从语音留言中得知,他们需要我提供有关个人银行卡申诉的其他信息。(因为我用了两张卡,所以也有两个案件编号,索赔必须分开处理。)经过一轮电话交涉,我与一位客服代表进行交谈,他提了几个问题。我的信用卡被盗了吗?"没有。"我回答。"丢失了吗?""没有。"我又回答。"你本人去了拉玛穆尼亚酒店了吗?"答案当然是肯定的。

但是,我的经历怎么能只用"是"或"否"来回答呢?这出闹剧的微妙之处需要冗长的解释,我给对方讲了一遍。就像我第一次提出索赔时一样,一开始很平静,当电话结束时,我的恐慌已经彻底发作了。

作为个人,这位客服代表表达了真挚的同情并希望自己能提供帮助。然而,作为公司的一员,他似乎有义务把重点放在给表格某些选项的打钩上。对美国运通公司而言,"欺诈"一词仅适用于信用卡丢失或被盗刷的情况,黑白分明,而我的经历处于灰色地带。虽然这并不意味着我的索赔被驳回,但确实意味着我的申请被送错团队了,反欺诈小组会将我的案件转交给客户服务团队。然后,客户服务团队会先联系拉玛穆尼亚酒店,之后再联系我,这意味着更多的等待。未付欠款迫在眉睫的威胁让我始终心有余悸,而我将继续追踪安娜的线上活动。

第十六章　日　食

8月20日，周日，我开着租来的车，载着祖母玛丽莲和弟弟诺亚，前往大姨和大姨父在鳕鱼角的家，度过了一个短暂的假期。我的妹妹詹妮和她的男朋友周一会搭渡轮来和我们会合。他们都不知道我和安娜的情况，我也没打算马上告诉他们，这主要是因为我想避免我的困境成为度假期间的主要话题。如果我告诉他们，他们会有很多问题，而我没有耐心去回答——压力让我变得脆弱，容易发怒和哭泣，防御性很强。反之，如果他们不问问题，我就会感到难为情，会反感每个人小心翼翼的样子。不，我做不到。我太累，也太暴躁了。我只想让一切正常，我需要休息一下。

在鳕鱼角的第一晚，诺亚睡在后门廊的吊床上。祖母睡在楼上，所以一楼只有我一个人。躺在床上，我用手机登录了美国运通公司的账户。我先查了我的个人账户，然后又查了我的公司账户，这时我看到了一行让我心凉的字眼："有效费用——信用额度已被扣除16770.45美元"。

当时已经是00:15，但我突然完全清醒了。我拉开被子站起来，在黑暗中踱步，给美国运通公司打电话——等到天亮实在会太难熬。我与一位客服代表交谈，流着泪再次讲述了我的经历，客服代表重新开启了我的个案。挂断电话后，我望着门廊，想看看诺亚是否睡着了。他闭着眼睛，但我注意到一扇窗户开着，我不知道他是否听到了。

第二天早上，我妹妹和她的男朋友也来了，当天下午两点半，我们聚在一起观看日食。从空中俯瞰，鳕鱼角的形状就像一只弯曲的手臂屈起了肱二头肌。在"拳头"（普罗温斯敦）和"肘部"（查塔姆）中间是韦尔弗利特——也就是我们所在的地方，我的家人聚集在大姨和大姨父木制的屋顶露台上，房子就坐落在俯瞰盐沼和海湾的悬崖边。

我需要这样的事情来分心。我们没有直视太阳所需的特殊眼镜，所以祖母玛丽莲用两张纸向我们展示了一个小窍门。她在其中一张纸上打了一个针孔，把它放在另一张纸上，这样光线就能穿过小孔，在下层纸的表面形成一个亮点。当月亮从太阳前面经过时，它的阴影会遮住纸上的光圈。从视觉上看，她的工具的效果并不是那么出众，但看到祖母玛丽莲从制作和使用它的过程中获得的乐趣，也让我觉得开心。大家一起观看了日食，就像在一起放风筝似的。有那么几分钟，黄昏降临在白昼之中，提醒着人类在宇宙中渺小的地位。

周二，我收到了来自地区检察官办公室的邮件。他们没有透露任何细节，只是告诉我，针对安娜的调查正在进行中。我被介绍给迈克尔·麦卡弗里警员，他与助理地区检察官麦考一起工作，这封邮件也抄送给了他。几分钟后，麦卡弗里警员回复了。"您好，女士。"他电子邮件的开头这样写道。他给了我他的电话号码，并说只要我有时间，可以随时联系他。邮件的落款显示他是纽约警察局金融犯罪专案组的一名警员。虽然已经过了6点，但我还是马上给他打了电话。为了不受打扰，我先坐在屋顶的露台上，然后走下来，光着脚绕着院子转圈。我把我知道的都告诉了麦卡弗里警员，他不时插嘴提出问题。

通话结束后，我通过邮件给他发送了我的"明确行动"压缩文件夹，以及我认识安娜的过程、我们"友谊"开始的记录。然后我通过短信转发了一些相关的视频。与一个我认为安全的人开启这样一条即时、便捷的沟通渠道，让我安下心来。我告诉麦卡弗里警员，我随时有空，而且很乐意继续参与任何能帮上忙的工作。我以为安娜被逮捕只是时间问题。

回到纽约，我的状态出乎意料地不稳定。出于必要，我已经让自己建立起一层情感的墙，让我能够在极大压力下正常运作。在鳕鱼角之行前，我没有注意到这层墙，但当我回到家后，虽然得到了充分的休息，我仍然能感觉到阵阵刺痛，然后发现它又突然消失了。

我们是周日晚上回来的。第二天一早，我像往常一样，首先查看安娜的社交媒体，看看有没有新帖子，因为她已经好几周没发过任何内容了。我的心怦怦直跳，她的"照片墙"上有两条新的即时动态。第一条是十一小时前发布的：一张红瓦屋顶前干枯的芭蕉叶的特写。安娜不在纽约，照片中绿的色彩、明媚的阳光，都显示那是在热带。

下一条是十小时前发布的：红白相间的粗条纹填满整个画面。是泳池椅吗？还是粉刷过的墙？在照片的右边缘，我认出了安娜的脚和她的一截小腿。她的趾甲涂成了血红色，脚上穿着一双我从未见过的凉鞋——藤编的，有一条也许是贝壳的装饰，从脚趾一直延伸到脚踝。这是安娜即将在曼哈顿法庭接受三项轻罪盗窃指控的前一周，我确定她在西海岸。我把两条动态都截了图，发给麦卡弗里警员。为了确保每个人都知道，我还通过邮件发送给了地区检察官办公室。

看到安娜的帖子足以动摇我的信心，但真正击倒我的是仅仅一小时后美国运通公司传来的消息。我在收件箱中看到了这封邮件："您可以在美国运通安全消息中心查看一条重要消息。"我立刻登录账户。这条消息与我的个人银行卡相关："在调查期间，我们代表您联系了商家，要求他们对相关费用做出解释或退款。在答复我们的询问时，该商家提供了已签名的收据复印件和明细表，我们已将其添加至附件，供您参考……因此，审查中的金额（36010.09美元）已重新记入您的账户，并将反映在下一期的对账单中。"

恐惧已达白热化。附件里的收据是拉玛穆尼亚酒店告诉我这笔款项会被临时冻结时，我签署的"预授权"单。我一边打电话给美国运通公司，一边沿着西城公路往办公室走去。我再次与一连串的客户代表交谈，再次讲述我的经历。当到达炮台公园城时，我已经气喘吁吁了。我一边看着洛克菲勒公园荷花池中的金鱼，一边挣扎着放缓呼吸。再次听到我的经历后，美国运通公司同意我重新提出异议。他们很有同情心，也很细心，只是他们的盒子是方的，而我的故事是圆的。

那天晚上，我躺在家里的床上，看了看安娜的社交媒体，以同样的方式结束了这一天。她又在"照片墙"发帖了，就在我查看的前一个小时，她发了一张暗示性的照片，照片中她光着腿，伸展并交叉着，躺在沙发上，黑色的布料垂在她的大腿边。我搜寻着任何可以用来确定她所在位置的细节：沙发上的图案、台灯的样式、白色窗帘上橄榄绿叶的图案。

就在我盯着手机的时候，安娜又发帖了，这一次是她在全身镜里的自拍。她靠在门口，穿着一件黑色长袖紧身衣，没有穿裤子。照片经过裁剪，显得有点儿歪。相机闪光灯遮住了她大部分的脸，只能看到她的右眼。

知道我和安娜同时在线，我奇怪地觉得自己好像暴露了，仿佛我们被联系在了一起。她可能会莫名地感知到我的存在，同样，我觉得自己也对她有特别的了解——她在做什么、和谁在一起、身处何处。

我像往常一样把截图发给了地区检察官办公室。我能看到的任何新信息，比如一篇"照片墙"的帖子，都会给我带来某种能量。当看到这些新信息时，我紧紧地抓住它们来解读我能解读出来的东西，然后把它们传递出去，我就尽了自己的一份力量，并让这种动态继续下去。

✻✻✻✻✻✻✻✻

8月29日周二是曼哈顿的一个雨天，那是劳动节①的前一周，夏天的最后几天。幸好《名利场》杂志办公室里很安静，所以当我溜出去参加下午2点在地区检察官办公室举行的会议时，没有被注意到。

安娜是大陪审团调查的目标。为了准备听证会，负责此案起诉的助理地区检察官麦考想当面问我一些问题。她要求我在赴约时带上一些东西，特别是与马拉喀什有关的费用明细——我对此早有准备。

会议很简短。我回答了询问，并留下了我的文件以供审查。地区检察官仍款决定我是否需要出庭做证——如果我要出庭做证，时间就在第二天下午，他最迟会在明天早上通知我。于是我回家等待消息。

那天下午，当翻阅关于摩洛哥之行的各种文件时，我又看到那个装着所有收据的拉链袋。我在其中发现了一张无关的登机牌。这是2月18日安娜飞回纽约的登机牌，当时她又回到了我的生活中。"安娜·索罗金"乘坐柏林航空的商务舱从杜塞尔多夫飞抵肯尼迪机场。杜塞尔多夫距离科隆四十五分钟的车程，我不知道该怎么想，但在这一天看到这张登机牌，感觉就像合上了一

---

① 劳动节：美国的劳动节（Labor Day）在每年9月的第一个周一，是联邦的法定节假日，用以庆祝工人对经济和社会的贡献。对美国人来说，劳动节的到来也意味着夏季的结束，同时也是举行派对、聚会和体育盛事的时间。

个圆圈。

像往常一样,我将这一新发现发送给地区检察官办公室。四分钟后,我收到一封邮件,说他们希望我出庭做证。

晚上,我习惯性地浏览安娜的社交媒体,发现她正在疯狂发帖,她"照片墙"的页面上出现许多新照片。前三张都一样:蓝天下不显眼的棕榈树。然后又是芭蕉树,还是映衬着红瓦屋顶。但有一张新照片引起了我的注意,配文是"静物画"。照片中,安娜的脚放在一个小碗里,里面有装饰性的叶子和一颗李子,旁边的木制咖啡桌上放着一堆其他东西。在安娜的脚趾后面有一支点燃的琥珀色的蜡烛,蜡烛的底部放着一根镶在黄铜里的森林绿的穗子——我认出了它。

为了确定,我在谷歌图片上快速搜索了一下"马尔蒙城堡酒店房间钥匙"。

果然,我以前去那家酒店拍照时见过。蜡烛是酒店标志性的亚历山德拉牌蜡烛——蜂蜜、琥珀色,装在磨砂玻璃罐里。当我重新浏览安娜最近发的其他照片时,其余的物品也很快对上了:台灯和窗帘与酒店花园小屋的一张照片吻合;泳池旁的墙上有粗粗的红白相间的条纹。安娜的照片是在洛杉矶拍摄的,但我无法确定她是否还在那里。第二天中午,我来到地区检察官办公室,准备做证。到了6楼,我坐在木长椅上等待麦考,还有其他人也在等待,每个人都带着楼下保安提供的客人通行证。我瞥了一眼坐在我旁边的人的贴纸——我认出了他的名字。虽然我们从未见过,但听安娜提起过他。我曾经把他的名字提供给了助理地区检察官。

检察官也有可能是自行找到他的，当然，我希望我向调查小组提供的信息是有用的，但没有他们的反馈，我无法判断是否有用。现在，看到这个人出现在这里，我私下体验到一种被肯定的感觉。我找到了目标，我的努力正在取得成果。

短暂的午休后，我和其他证人跟随检察官从地区检察官办公室来到附近的另一座市政大楼。进门后，我们被带到一个被荧光灯照亮的等候室。这里就像《上班一条虫》和主日学校的结合，再加一点《法律与秩序》的感觉。房间里排列着一排排破旧的、经过改造的教堂长凳，正对着半面墙，墙上挂着两张照片：一张是曼哈顿夜晚的天际线，上面有两根垂直的光柱，代表着双子塔，以纪念2001年9月11日的袭击；另一张是九一一纪念喷泉。两盆盆栽从墙顶探出头来：一株向上攀爬，但滑稽地歪斜着；另一株垂在两张照片之间。在这个沉闷、实用的空间里，没有别的东西可看。

大陪审团的诉讼程序是私下进行的——没有法官，没有安娜，没有辩方律师——只有陪审团、地区检察官（助理地区检察官麦考）、一名法庭记录员和一群证人。没有人向我们说明做证的时间或顺序。麦考不时出现，叫一位证人的名字。我们一小群人坐在那里等了几个小时，都没有说话。最后，我打破了沉默。在没有透露我们证词具体性质的前提下，轻描淡写地聊起我们之间唯一的共同点：安娜。

我是最后做证的证人之一。轮到我时，我尴尬地把手提包放到地上并让它靠墙，然后转身面对满屋子的曼哈顿大陪审团成员——二十多张面孔点缀在一排排弧形排列的座位间，这让我想起了大学教室。房间前面有一张小桌子,我坐在桌子后面。法庭记录员坐在我的左边,助理地区检察官麦考站在我右边的讲台前,旁边是一台投影仪。陪审团主席是一个和我年龄相仿的年轻女性,她坐在后排的中间,问了我类似这样一句话:"你发誓会告诉我们事实以及全部事实,并且所说皆为事实吗?""我发誓。"

助理地区检察官麦考开始提问:"下午好……你能说出你的姓名和居住地,以供记录吗?"

"瑞秋·德洛奇·威廉姆斯,纽约郡。"

"你认识一个叫安娜·德尔维的人吗?"

"认识。"

"你怎么认识安娜·德尔维的?"

"她曾是我的朋友。"

…………

证词结束后,我回到教堂的长椅上,我做证的时间比任何人的都长。其他几位证人还在那里,等待正式休庭。我向他们投去同情的目光,意识到我让他们久等了。麦考告诉我们,今天是听证会的最后一天,所以我们坐在外面等陪审员表决。之后,他们排着队从我们面前走出去。结果很平淡,因为我们实际上并没有听到判决。如果他们投票决定起诉,就会签发逮捕令。然后,只有在安娜被传讯后,起诉书才会被启封,那时我才能听到指控的全部内容。如果陪审团选择不起诉,那我真的不确定会发生什么。

★★★★★★★★

8月的最后一天,也就是我做证的第二天,我订好当晚飞往田纳西州的机票。我选择9月6日周三上午返程的航班,也就是安娜应当出席刑事法庭接受轻罪指控的第二天。我已经精疲力竭,觉得这次旅行不仅能让我放松心情,也能让我的父母放心。虽然他们小心翼翼,但还是分别与我联系过,表达了他们一直以来的支持和关心。

登机前,我又收到了一条来自美国运通公司的安全信息。他们要求一封"详细描述我的索赔事件的信",我打算到诺克斯维尔后再写。

下班后,我回了趟公寓,快速收拾好行李。尼克从8月的第一周开始就一直在出差,由于没有其他人在身边照顾我的小布,我决定把它带在身边。小布和我在午夜前抵达诺克斯维尔。

周末过去了,没有发生任何意外。我补了觉,看了电影,四处闲逛。虽然我很高兴见到我的父母,但我表现得像个脸皮薄且脾气暴躁的人——过分敏感,总是胡思乱想。幸好我的家人能够理解。除了我向父母汇报情况时,这几天基本上没有人提到过安娜。直到周一早上劳动节那天,我收到了麦卡弗里警员的短信。他的报告还需要一些细节,他问我是否知道安娜有没有回到纽约。自从洛杉矶的照片之后,她就再也没有发布过任何动态,所以我也不确定。

第二天是9月5日,周二,安娜出庭的日期。早上查看她的社交媒体时,我看到她在脸书上分享了三张新照片。没有标注地点,只有三张她脸部的特写——像往常一样,嘴唇噘起,眼神空洞。在其中一张照片的背景中,我看到了一把白色的伞,就像马尔蒙城堡酒店游泳池旁边的伞。虽然无法知道照片是什么时候拍的，但我还是提醒了麦卡弗里警员。

他回信问了一个问题："你说过她真的不想缺席庭审，对吗？"

"是的。"我告诉他，因为安娜在"煎锅"酒吧就是这么说的。如果她错过了出庭接受轻罪①指控的日期，她担心离开美国后将永远无法获准返回。这个词在我脑海中挥之不去。轻罪这一词汇中：mis，意思是错误或相反；demeanor，意思是外表。安娜就是这样的。"但我从这个人口中听到了太多的谎言，很难知道该相信什么。"我补充道。

"理论上讲，如果你主动联系她，她还会回复你的电话/短信吗？"

真是一个不祥的问题，但我告诉他，答案很可能是肯定的。

---

① "轻罪"的原文为"misdemeanor"。

第十七章　转　折

手机响起时，我走到父母家的后门廊接听电话，助理地区检察官麦考和麦卡弗里警员都在线上。

"她没有出庭。"助理地区检察官麦考说。

我早该知道。当有两条路可供选择时，安娜总是选择更有戏剧性的那条。透过父母家后门廊纱窗的细网，我研究着树木，看着它们的叶子迎风摇曳——9月是转折的季节。

"如果你给安娜发短信，你认为她会回复吗？"麦考问。

当我停下来重新考虑这种可能性时，我的心怦怦直跳。

"会的。"我告诉她，就像我告诉麦卡弗里警员的那样。

"这并不难，"我挂断电话时安慰自己，"只是又一次碰运气而已。"最坏的结果是什么？沉默？

这是我近一个月来第一次给安娜发短信。我的语气与之前发的许多短信相似，但现在，我的目的变得更加明确，谁在掌控局面的感觉也更确切。我的目标是重新建立联系，并找出她的位置。我在两点半的时候发了这条信息："嘿，安娜。我今天一直在想你，因为我知道你要出庭，我想知道你怎么样了。回想所有的事情，我知道你一定遇到了某种我无法理解的情况，我无法想象你会希望事情变成这样，看来你一定是遇到什么麻烦了。很抱歉让你觉得你不能告诉我全部的故事，也很抱歉你陷入了这样的困境——无论它是如何发生的。"

我说的都是真心话。

以防麦卡弗里警官有什么意见，我把这段开场白截图给他看，他同意了。当安娜没有回应时，我在一天中继续温和地询问，避免出现暴露自己动机的风险。我知道最好不要操之过急。

安娜什么也没回复。她缺席的消息出现在《纽约邮报》上："假名媛开庭日缺席，现在面临被捕。"这意味着她被警方通缉的消息现在已经公开了，她一定也知道这一点了。

第二天一早，当我抵达纽约时，我给安娜发了一个问号。她的沉默一直持续到当天下午将近5点。

"我从周一开始就住院了，"她的短信写道，"信号很差。"

我立刻回复了一连串的问题："什么？你还好吗？你在纽约吗？要我过去吗？我记得你一直不舒服，怎么了？"

但她这一天没再回复我。医院？我记得她酗酒，我想起她的自杀冲动，我不禁产生了疑问。

像往常一样，我把所有的信息都转发给麦卡弗里警员。他很乐意收到我提供的线索，但要我确保不会过分情绪化，因为我是这个案子的受害者。我向他保证，由于我还不知道安娜的真相，这种接触并不会超出我能接受的范围。是的，我很紧张，但我还在舒适区内。而且，如果我不这样做，还有谁能做到呢？

麦卡弗里警员和我约好在本周晚些时候见面，重新审查我收集到的信息，看看他是否有所遗漏。

第二天早上醒来，我看到了安娜的下一条短信。

"在加利福尼亚州。"她写道。

太广泛了，加利福尼亚州很大。不过，进步就是进步。我把截图发给麦卡弗里警员。他建议我问一个地址说给她送花，但我知道安娜会识破任何过于直接的问题。相反，想起她是多么希望看到棕榈泉附近的"海市蜃楼"，我采取了迂回的问法："你现在出院了吗？你还好吗？你是不是终于看到道格·艾特肯的玻璃房子了？"

之后我一直等待着。

中午，《名利场》的工作人员都收到了一封不同寻常的电子邮件，要求我们立即到策划室外集合。空间太小，容不下我们这么多人，我们挤到了走廊上。几分钟后，我们的主编格雷顿·卡特出现了，他宣布，在为该杂志担任25年的编辑之后，他将于今年年底卸任。每个人都感到震惊和不安，仿佛有人去世了——不是格雷顿，而是我们所熟知的《名利场》。我们一直都知道有一天会发生这样的事情，但这并没有减轻它对我们的影响。

不过，话说回来，我的世界已经如此不正常，更多的变化似乎在所难免。陈词滥调之所以一直存在是有原因的——真是祸不单行。

回到办公室后，我又给安娜发了一条短信："你需要帮助吗？你在哪里，到底发生了什么事？你还在医院吗？我现在很担心！"在等待她回复的同时，我确认了第二天与麦卡弗里警员的会面。

那天晚上，当我离开办公室时，安娜回复了我：

"还在这里。"

我刚给麦卡弗里警员发完截图，第二条短信又来了："你为什么不像你建议别人的那样，远离我有害的影响？"

她和谁聊过？有害的影响——我曾多次用这个词来形容与安娜交往。她从哪儿听来的？我们开始了一场心理上的柔术比赛。

五分钟后，我回信说："安娜，我被彻底吓坏了，你不能怪我想搞清楚到底发生了什么。对我来说，欠款数额巨大。我一直非常难过，然后你就完全没了音信。"

我为什么要采取守势？两分钟后，我又发了一条短信："我真不敢相信，在这种情况下，你还要对我发火。我在问你情况是否还好，哪怕你欠我将近7万美元。"

将近十五分钟过去了。我觉察到了一个敞开的机会，本能地知道现在是推进的时候了，我应该趁机抓住机会。我接着说："自2月以来，我花了很多时间和你在一起，但似乎一切都急转直下。当你不再联系时，我一直在思考所有事情。我想，既然现在是9月，也许你真的可以拿到你的信托，事情也会变好。我真的很遗憾，你的家人或任何支持你的人都没能早点儿为你提供帮助。好像一切都乱套了。虽然我疯狂和绝望过，但我也曾为你难过和担心。你为什么住院？"

她没有回应，但我相信这条短信会起效的。

★★★★★★★★

第二天上午11点，约翰逊街和黄金街拐角处的星巴克里面人头攒动。往里走了三步，我看到麦卡弗里警员，他坐着，但显然个子很高，他下巴方正，头发光滑，腰间别着一把枪。他站起来和我握手，这是我们第一次见面。我点了一杯咖啡，然后坐下。我们从头到尾再次讨论了我的经历，我回答了他的问题。他没有透露任何新信息，但会面本身让我感觉富有成效。至少，我很高兴能把他的名字和面孔对应起来。

离开星巴克后，我又发了一条短信："安娜，为了偿还这笔巨额债务，我调整了生活的很多方面，我经常感到恐惧。你最起码可以做的就是沟通。听到你住院了，我真的很难过。你发生什么事了？"

三分钟后，我收到了曾在布谷鸟餐厅工作过的一位服务员发来的短信。安娜和我曾去见过他一次，当时他刚到另一家酒吧工作，每天都穿着夏威夷T恤。他的信息似乎是善意的，但时机却很可疑。

"你最近怎么样？"他问道。如果他和安娜有联系，她可能会用他做诱饵，让我泄露自己真实的想法和动机。我告诉自己：表现得自然一点儿。

"嘿，我很好，你呢？"我写道。

"我很好！好久不见！"他回复道。

"是啊！！你的工作还好吗？还穿着花朵衬衫吗？"

"当然了。我想念你那张漂亮的脸！"

"已经好久没见了。"我说。

"太久了！！有什么新鲜事吗？"

他为什么这么问？他是在闲聊，还是在挖掘信息？

"期待秋天的到来，就这样坚持着努力工作。你呢？"我问。

"我爱秋天！虽然一如既往地努力工作，但也要确保玩得开心。你得来看看我。"

这番聊天毫无意义，他完全有可能只是在调情，但在游戏的这个阶段，只要涉及安娜，我就应该做最坏的打算——假设他是她的间谍。我淡淡地回答了一句"哦，是吗？"就没再回复了。

那天下午，麦卡弗里警员问我安娜有没有"色拉布"。我告诉他，她有账号，不过很少用。我一边拼出她的用户名：德尔维，一边研究这个姓氏。英文念起来像delveyed这个动词，贴切反映了发生在我身上的事。安娜在选择它的时候知道这一点吗？

★★★★★★★★

一天过去了，安娜还是没有回复我的短信。

周六我发了一条短信："你的家人知道你住院了吗？"

周日我又发了一条："希望你一切都好。"

终于，在周日晚上，我收到了回复："我家的会计师预计在本周内给你汇款。"

又回到老一套了——就在我以为一切都结束的时候。这已经是我们都非常熟悉的交流语言了。好吧，如果这是她选择的回答，那就这样吧，我会配合的。难道我真的会相信报销款即将到账？她是希望我默默等待吗？

我不想把她吓跑，就没再回信息。反正那一周我们办公室为即将到来的"新企业峰会"做准备，也忙得不可开交。不到一个月，我就会前往洛杉矶，给安妮·莱博维茨为会议发言人拍摄的集体照提供帮助。也许那时安娜还在加利福尼亚州，她在"照片墙"发的马尔蒙城堡酒店的照片，让我觉得她很有可能就在洛杉矶。

周一下午，我参加了一次会议，审查了照片拍摄计划。之后得空的时候，我给安娜发消息，默默探查，希望能得到更多的信息。"那真的会让我长出一口气，"我说，"你回纽约了吗？你感觉如何？"

又一天过去了，我内心隐约希望，在联系到地方检察官办公室之前，我的调查没有那么彻底。很明显，我触及了一些东西或联系到了一些人，动摇了安娜与我之间的信任关系。话又说回来，我只是做了任何一个理智的人都会做的事：尽最大的努力去解开这个谜题。她只是疑神疑鬼，不过也许是应该的。

那天晚上，安娜隐藏了"照片墙"里所有提到她的照片。她的账户还在，但有一整个版块都消失了，那个版块原本显示了其他人发布的提到了她的照片。我已经截图了她删除的照片，因此可以在其中寻找线索。她想隐藏什么呢？还是她知道人们会看，只是改善自己的"人设"？

周三，我步行去上班，刚到公司没多久，安娜就发来了一条短信:"我还在加利福尼亚,他们会在未来几天联系我。"

我猜"他们"指的是她家里的会计师。这是她第三次告诉我她在加利福尼亚,但她的回答并没有更具体。"好的。你什么时候回来?"我回复,"我有一个多月没见过你了。"

我渴望事情能有所进展,但安娜又一次拖拖拉拉。在此期间,我突然收到了凯特的消息。当她问我过得怎么样时,我诚实地回答了她,她就像好朋友该做的那样,轻微地打探了一下。我说:"有点儿复杂,但我还好。那个人欠我钱,所以我渡过了一段非常艰难的时期……我还没把钱要回来,以后估计也要不回来了。加上格雷顿宣布他将在今年底离开《名利场》,所以工作上的一切都将发生巨大的变化。尼克和我的情况也不太好,他已经出国一个多月了,和我交流不多,这几个月很艰难。"看到我把自己的境遇总结得这么简单,我突然明白自己为什么会精疲力尽了。

凯特给出了一连串完美的反应,先是说:"我的天哪,瑞秋!你得告诉我这些事情!"最后她说:"我在这里支持你,爱你。"有了另一位知情的盟友,我备感安慰。

周四,我在59号码头影棚为女演员周洪拍摄照片。摄影师是埃里克·马迪根·赫克。我准备工作的间隙,在安娜又沉默了一天,以及与麦卡弗里警员和助理地区检察官麦考开了一次电话会议之后,我鼓起勇气打通了安娜的电话。因为我害怕听到她的声音,所以当她没有接听时,我反而松了一口气。为稳妥起见,我又发了一条短信:"我试着给你打电话。你还在医院吗?你在加州做什么?"仍然没有得到回复。我在脸书也给她发了消息,可以看到她已读了。但是怎样才能让她回复我呢？

担心她这次真的决定不再联系我，周五中午，我决定采取一些有创意的方式。当我打开"色拉布"看她是否发布了帖子时，我注意到一个滤镜，我知道她肯定会喜欢。我用这个滤镜给自己拍了一张黑白照——我头部的正中间出现了一个大缎子蝴蝶结，就像洋娃娃的头饰一样；这种效果还放大了我的眼睛，让睫毛变得夸张而纤长，看起来很像安娜嫁接的睫毛；我噘起嘴，把长发放在肩膀前面。这让我与安娜外表上的相似之处到了毛骨悚然的地步，我有一种预感，这可能会起效。在图片上，我写了一条简短的消息："这个'色拉布'滤镜非常适合你。"然后按了发送键。

当天下午，在我又发送了一批短信的五分钟后，安娜终于回复了我："贝蒂娜或者其他人会就付款问题联系你。"然后是另一条短信："我也知道你正在/曾经向其他人发送的信息，以及你那边的其他评论。"

她知道该说什么来扰乱我的思绪。

我再次怀疑我的手机被窃听了。安娜知道什么？又是怎么知道的？或者这种恐吓策略只是她技能的一部分？如果是这样，那就放马过来吧！

"我不知道你在说什么，"我回复，"这么久了，我还没拿到钱，真是疯了。在这种情况下，你没资格质疑我的行为。你已经好几个月没有直接回答过我的问题了。"

我在刺激她，让她告诉我真相，虽然这几乎不可能发生，但至少我是在进攻。我接着问："你什么时候回来？我们能见面，然后去银行吗？你到底在加州做什么？"

第二天，我继续追问："还是没有明确的答案吗？我曾经是你的好朋友。我不明白你怎么会认为你这种行为是可以被原谅的，至少你应该对我坦白。"

****

9月16日，周六，佛罗里达鳄鱼队在橄榄球比赛的最后几秒钟，通过一次绝地反击的长距离触地得分，最终击败了田纳西志愿者队。我和弟弟诺亚在我的公寓里观看了这场比赛，之后我们决定去散散步，再吃点儿晚饭。在没有明确目的地的情况下，我们在苏豪区转了一圈。诺亚带我去看了他的办公室，他刚在这里开始了一份新的工作，在一家名为"第九集团传媒"的公司担任视频制作人。从那片区域漫步离开时，我们开玩笑地争吵着谁对附近的街道更熟悉——是住了6年的我，还是在这里工作了不到两个月的诺亚。

就在我们刚刚确定好晚餐地点的时候，我收到了安娜的一条短信，说她会在周一给我打电话。一想到她，我就泄了气。当我和诺亚走进位于莫特街和普林斯街交会处的"吉塔尼"咖啡馆时，我没说几句话，有些沮丧。我们坐在靠窗的一张桌子旁，我急切地喝着水，试图平复紧张的情绪。当女服务员把菜单拿过来时，我扫了一眼菜单，认出了法国-摩洛哥菜式，知道是时候了。我点的一杯红酒刚上桌，我就开始给诺亚讲述我的经历。我从马拉喀什之旅开始给他讲起，一直讲到当下。可以从他的脸上看出来，他需要时间来消化这些信息。他全神贯注地听着，当他的晚餐送来时，他直接不假思索地伸手把它移到一边，结果烫到了双手。在我们吃饭的后半段时间里，他两手各握一杯冰块，努力缓解烫伤的疼痛。如果不是情绪太低落，我们可能会大笑一场。我能感觉到他在为我难过，这反过来也让我难过。但不知何故，这种悲伤让我们更加亲密。

就在同一个周末，我专注于为美国运通公司整理证明文件。我就我的索赔申诉写了一封详细的信——"安娜·德尔维（又名安娜·索罗金）是我的朋友"，我在信的开头这样写道。

我还附上了相关电子邮件往来的副本、费用明细（含收据），以及《每日新闻》和《纽约邮报》的报道。我提到了大陪审团听证会，希望它能为我的案件提供可信度。

不出所料，周一过去了，安娜没有来过任何消息。

在我努力把精力投入我真正关心的人身上的同时，生活在波澜起伏中不断前行。对我和我的许多好朋友来说，20多岁到30出头的这段时间是重要的过渡期。凯特新婚不久；我另一个最好的朋友泰勒刚刚订婚；我的朋友霍莉将在本月内举行婚礼；莉兹刚买了一套公寓；凯拉是我朋友圈中第一个怀孕的。与安娜的经历加深了我对人际关系的理解，提醒着我出现在你所爱的人身边是多么重要。在经济上，我已经深陷窘境，但还是买了一张本月晚些时候飞往旧金山的机票，去庆祝泰勒订婚并参加凯拉孩子的洗礼——相对债务而言，机票钱就像落进大海中的一滴水。这些人、这些友谊和这些重要时刻是我的首要任务，我想通过自己的行动来尊重它们。

到接下来的一周的末尾时，我已经恢复了足够的力气，可以继续与安娜沟通。"还是没有消息。"我催促道。

当天下午三点半,她回复说"抱歉,耽误了"。

"已经四个月了。"我回答,"一句'抱歉,耽误了'似乎还不够。"

"你回来了吗?"我问。

"没有。"她回复。

"我希望我们能去银行把这件事了结了。我马上就要去加州了,你在洛杉矶吗?"

"我到时候告诉你。"她回答。

"什么时候?你现在在做什么?"

"我会在这里再待一周或更久。"她说。

"你是说洛杉矶?我10月的第一周过去。"

"是的。"她确认。

麦卡弗里警员不敢相信我的进展,但即便如此,这种交流还是开始给我带来压力。与安娜不同,我认为在一段关系中,信任是一种值得尊重的价值,而不是用来利用的。虽然她对我很糟糕,但从我自己这边主动破坏信任还是让我觉得很不自然。无论如何,我还是得继续和她聊下去。

"好久没见到你了,你没事吧?"我问。

"我在纽约待到8月底,不记得你那时联系过我。"她回复。

"安娜,我那时非常沮丧,对你很生气,我不得不让自己和你保持距离。这段时期对我来说太黑暗了,我厌倦了兜圈子,所以我告诉过你,当我们可以讨论我什么时候能真的收到报销款时，你可以联系我……然后我没有收到你的消息。虽然我找到了自己的应对方式，但过去的四个月简直就是地狱。请理解这有多糟糕。我知道有些情况是你无法控制的，但这笔债务从来都不是我能承受的。"

三十分钟后，她回复："你可能也注意到了，我过得也不是很顺利。一切都没有按我的计划进行，如果你认为这就是我的目的，不仅是对我的侮辱，也让我失望。考虑到我们在一起度过了那么长时间，我以为你应该能看清形势，而不需要从几乎不了解我的人那里获得外部意见。无论如何，我期待尽快与你解决这个问题。"

她的做法让我有种熟悉感。我浏览了一下我们最近的交流——她是不是从我这里借鉴了"我们一起度过了那么长时间"这一招？

"我绝望了。为此，我很抱歉，"我对她说，"整个情况让我非常难过。"

她回复："显然，我不是以此作为拖延还款的借口，这是另外一回事。"

麦卡弗里警员没料到安娜会说这么多。对我来说，她的喋喋不休证实了我一直以来的猜测：她本质上是孤独的。这一如既往地牵动着我的同情心，但我依然决定向前看。既然她和我已经解决了我们之间的信任问题，现在是时候采取更轻松的方法了。我评论了洛杉矶的天气和纽约的天气。

"老实说，天气是我最不关心的问题，"她回答，"我只想让一切恢复正常。"

"恢复正常？哈！你和我都是，"我回答，"我连起床都很困难。"

"其他情况如何？"她问道，"希望你的工作没有遇到太多麻烦。"她怎么可能没有意识到？在我的生活中，没有什么事情不被我持续不断的巨大压力影响。显然，她并不了解自己造成的伤害有多严重。在某种程度上，她对人际关系的渴望是真实的，但她似乎缺少能让她理解他人感受的内部芯片。想起麦卡弗里警员鼓励我淡化自己受到的伤害，以免吓跑她，于是我告诉她格雷顿要离开的事，让她不再怀疑。

然后，我又把话题转移到她身上："你感觉好些了吗？你为什么要住院？如果你不介意我问的话。"

"我以后会面对面告诉你的。"安娜回答。

"我想问你，你还好吗？不过听起来你好像还在努力。至少现在你有不错的住处吧？"

她的回答回避了我的问题："是的，远离纽约一阵对我有帮助。"

"你在洛杉矶至少还有朋友吧？"我试探，"我觉得你真是一个纽约人，你的衣服全是黑色的。"

"有几个，"她承认，"而且我好几周没喝酒了。"

那一周，我意外收到一张邀请函，邀请我参加说唱歌手兼电视名人埃克森·布朗森的新书发布活动。我想起安娜很喜欢他，就把邮件截图分享给她，说可惜她不在身边。我们又回到了熟悉的领域，像老朋友一样发短信聊天。我们可以忽视周遭世界，但这只是时间问题。我们都有自己的秘密，我不再那么天真无邪，但为了欺骗骗子，我还是继续伪装着。

"你哪天来洛杉矶？"安娜问我，"为了'新企业峰会'，对吧？"

完美的开场白。"是的，要么是9月30日，要么是10月1日，可能是1日。我想我会住在四季酒店，也许是马尔蒙城堡酒店。你住在哪里？"

"我现在暂时住在马里布。"她说。

第十八章　康复之路

马里布？安娜会住在马里布的哪里？我被驱动着去完成拼图，而找到拼图最后几块的速度甚至比我意识到的还要快。在我前往洛杉矶的前一周的周一早上，安娜继续和我聊天。

"你住在哪里？下周你还会在那里吗？还是你会早点儿回纽约？"我问，并告诉她我将在周日抵达。

"我觉得我还会在马里布。"她回答。

"我希望我索赫馆酒店的会员资格包括马里布那家。"我说，保持谈话轻松愉快。我们聊得越多，氛围就越舒服。

"显然，那家酒店只对会员开放。"安娜回复。

"是啊，没错。哎！上次我在马里布时，我住在'信'餐厅旁边的马里布海滩旅馆。离海滩那么近，真是太好了。"我想也许这次她会上钩，对我的评论做出回应，暗示她的位置。但沉默了将近四个小时后，我担心自己越界了，所以我的下一条信息起到追击的作用："我想到了寿司，所以午餐就吃了寿司。"

她在一小时内回复："我们下周在洛杉矶见个面吧。"

★★★★★★★★

我原以为会发生什么，这不正是我的目的吗？势头正在累积，然而，随着调查接近尾声，我开始感到不安。我为什么要背叛她？她会知道是我吗？安娜打开了开关，变成了我在摩洛哥之行前认识的那个角色，她的变化搅乱了我的思绪。

我再次感到自己是她选择信任的人，就像当初她选择我做她的朋友一样。但我信任安娜之后，看看我得到了什么？我的犹豫是否表明我仍然容易受到她的影响？我虽然知道了这么多，但仍然觉得可惜，我想象着其他对她了解得更少的人可能会经历什么，但我还是不想背叛她。我想彻底摆脱这种情况，但我被困住了——不管我做还是不做，都会受到谴责。目前，我只能继续走下去。

那天下午安娜打来电话时，我正从办公室出来，准备从华尔街乘渡轮去布鲁克林吃晚饭。我自然地接起电话，她打来电话的合适时机使我更大胆，因为我正走在东河边的码头附近，不赶时间。她的声音和我记忆中一模一样，清晰而高亢。她的语气很随意，丝毫没有受到我们最近戏剧性的紧张关系的影响。没想到我们很快就回到了以前的状态：两个朋友在电话里叙旧。

"我在戒瘾中心。"她吐露道。她应该在那里待30天，她解释，而她已经待了两周。

"我很高兴你能得到帮助。"我回答。不知道为什么,我没有问她为什么进了戒瘾中心。也许我以为她是为了戒酒,也许我相信她只是为了躲避当局,并结识其他有可能被她骗的人。"你经常去海边吗?"我问道,试图锁定她的位置。

"是的,"她证实,"他们允许我们在海滩上漫步。"那这家戒瘾中心就在太平洋海岸的高速公路附近。

我问她还怎么打发时间——"那里有网球场吗?"

"有。"她回答,但最近她开始打高尔夫球了。所以这家戒瘾中心与卡拉巴萨斯的一家乡村俱乐部有合作关系。

"和谁一起玩?"我追问。

"交了几个朋友。"她告诉我。

安娜进了一家封闭式的戒瘾中心,其服务对象是处于极端脆弱状态且最富有的人——她当然交了几个朋友。

不到十分钟,电话就断了,安娜发短信说她得去参加下一项活动。我回顾了这次通话中我记下的笔记,并开始研究。

★★★★★★★★

马里布附近的太平洋海岸高速公路边有许多豪华的戒瘾中心,但麦卡弗里警员和我将注意力集中在其中两家:"承诺"和"康复之路"。它们都与安娜的描述非常相似。后者每月的费用高达6万美元,标榜自己是世界上最豪华的戒瘾中心——因此,对安娜来说,这似乎是最可能的选择。

尽管我们感觉越来越接近答案了,但由于医疗卫生隐私法规,确认起来并不容易。相关机构无须向执法人员提供信息,也无须确认某个人是否住在那里。假设安娜知道这些，你不得不承认她很聪明。

★★★★★★★★

"新企业峰会"最后一周的筹划工作最为紧张。凯瑟琳的助手艾米丽和我几乎每天晚上都在办公室工作到晚上11点。我们完成了差旅预订，并编制了日程安排的文件。我们到达洛杉矶后，周一将进行一整天的准备工作，而集体照拍摄本身将在周二和周三两天的会议期间进行。艾米丽为安妮要拍摄的每一个人——艾娃·德约列、玛雅·霍夫曼、安杰丽卡·休斯顿、鲍勃·艾格、约翰·凯瑞、理查德·普莱普勒、珊达·莱梅斯和其他50多人都写了一份简短的简介，并收集了最近的新闻，以供她快速参考。我用他们的大头照为拍摄创建了可视化的拍摄时间表，然后花了几个小时拼凑需要补充的资料。10月1日，周日下午，我们抵达洛杉矶，虽然睡眼惺忪，但已经准备好了。

航班抵达后，我们打开手机，发现一封发给全公司的邮件，宣布康泰纳仕集团名誉主席S.I.纽豪斯二世去世。我找到一张乔纳森·贝克尔在2000年《名利场》杂志奥斯卡派对上为纽豪斯二世拍摄的照片，并将其发布到《名利场》杂志摄影部"照片墙"的账户上，同时选择了格雷顿的一段话作为配文：随着89岁的纽豪斯二世去世，杂志行业最后一位伟大的远见卓识者也离去了。我见证着一个帝国的转型。

艾米丽和我从洛杉矶国际机场直接前往沃利斯·安嫩伯格中心，我们要协助这一名为"装载"的活动开展并立即开始了布置工作。两个小时后,我正在我们的设备存放室和拍摄现场之间来回奔波,发送有关租车、停车、生杏仁、铁丝篮、一个装有冰块的冷藏箱、员工喝的水和图钉的消息。这时我收到了安娜的短信,她询问我是否已经到达洛杉矶。"是的。"我告诉她。

"不错,你住在哪里?"

"四季酒店,"我回答,"但还没有去酒店。你还在戒瘾中心吗?不会是'康复之路'吧?"

"是的,我还在,"她回答,"但请不要告诉别人。"

"那个地方应该是最好的。"我主动说。

"你可以来看我。"她屈尊道。

安娜似乎真的很怀念我们的友谊,我又重新得到了她的青睐。

"今天来看看我吧。"她又说,还说要派车过来。

只是,有那么多事情,她根本不愿意去理解。显然,对她来说,我的需求是一种不便。

"我觉得我没有时间去一趟马里布,"我回答,"你这几天有空来比弗利山庄吗?"

"让我知道你什么时候有时间。"她说。

"我们10月3日一起吃午饭好吗?"

"当然。"她回复。

这一切都不容易。安娜似乎真心高兴我们再次开始制订计划。无论她是一个多么肤浅的人,她的表现都让我心里沉重。当然,我们的友谊中有一些元素包含着某种程度的真实性,但它们是什么?有什么价值呢?就我所知,一切都是假的——安娜对我的信任还不足以让她吐露她谎言的真相。

★★★★★★★★

安妮·莱博维茨于10月2日周一上午抵达洛杉矶。她直接来到会议地点,开始了一整天的准备工作。她的大型集体照将在北新月大道附近一组宽敞的室外台阶上拍摄。根据时间安排和我们所做的研究,她与凯瑟琳一起制订了计划——决定每个人在构图内的坐姿或站姿。

我正在工作时,又收到了安娜的短信:"你今天会不会正好有时间来马里布?我需要一些外面的东西。"她再一次主动提出要为我安排车。

"我整天都要工作,"我回答,"你需要什么?"

她让我给她打个电话,我说我几分钟后给她打。

我避开人群,在拐角处先给麦卡弗里警员打了个电话。这是紧急时刻,而且我开始怀疑,不是怀疑安娜是否会出席我们的午餐约会——我确信她会的——而是怀疑我是否愿意继续下去。安娜被捕与否和我有什么关系呢?不管她会不会被捕,伤害已经造成了。这并不能逆转时间,消除我的压力或恢复我的财务状况。复仇从来不是我的动机。很长一段时间以来,安娜都让我感到害怕,但靠近一点儿后,她看起来似乎不那么具有威胁性。我确实怀有某种持久的恶意,但这种恶意有多深呢?我真的愿意促成她入狱吗?

让安娜从我生命中消失的最可靠的办法,不就是彻底和她断绝关系吗?我有没有可能原谅她,退后一步,继续我自己的生活?我已经走了这么远,但现在我犹豫不决,再三思索。

最难克服的障碍来自我内心深处:毫不理性的忠诚、同情和被动的心态——总的来说，这些都是自我牺牲的表现形式。它们是怎么产生的？让我变成了什么样的人——天真？受伤？哦，我多么痛恨自己敏感的那部分，它继续为安娜——这个故意把我拖入地狱的人——找借口。但恰恰是这种敏感性让我和安娜截然不同。即使我的困境部分是由我自己的同理心造成的，但我也不想失去同理心。这是我的弱点，也是优点。我看到的是同伴，而安娜看到的只是棋子。

"这是她赚钱的唯一途径吗？"我问麦卡弗里警员。

他回答，据他所知，诈骗是她唯一的收入来源。

★★★★★★★★

接下来，我给安娜打了电话，她问我是否愿意买一大瓶伏特加和几瓶芙丝矿泉水，然后把水倒掉，把伏特加装进芙丝的空瓶子里，最后把伪装过的伏特加带到她位于马里布的戒瘾中心。

"不行。"我告诉她。我工作太忙了，没时间出去给她买东西，再花几个小时往返比弗利山庄和马里布。于是，她想出了另一个计划。如果她让快递员去买东西呢？快递员可以把东西带给我，我在安嫩伯格中心换掉包装，交给快递员，然后他再把东西带给她。

"酒是给你喝的吗？"我问。

"不是，我不喝伏特加。"她说。

我一点儿也不想参与其中。我告诉她，安嫩伯格中心到处都是保安。随便一个快递员要想进去太困难了，我也没有时间闲逛着等他来——这根本不可能。在这种情况下，为了不让自己听起来过于武断,我忍不住说:"也许我们可以明天再想办法。"一旦她接受我不会帮忙的事实,很快就挂了电话。

回到拍摄集体照的现场,我坐在较低的台阶上,身体前倾,手肘撑在膝盖上,一动不动。其他负责临时站位的工作人员一个接一个地在我身边就位。在安妮研究我们的位置、她的摄影助理检查灯光时,我们在自己的位置上放松下来。我放在后口袋里的手机不时嗡嗡地振动。我忽略了它,直到休息时间才把手机拿出来查看消息。

"你明天有多长时间吃午饭?"安娜问。

"一个半小时。"我告诉她。(这不是真的,但无所谓。)

"好吧,就中午12点吧,"她回复,"你来选餐厅。"

我推荐了一家名为"第三街的琼"的餐厅。

"好的。"她说,"我们需要预订吗?"

我把截图发给麦卡弗里警员。"太棒了,"他回复,"如果她愿意,让她去预订。"

"也许可以预订一下?我不确定。"我对安娜说。

"他们不接受预订。"她回复。

"我觉得他们比较随意,"我回复,"他们家的沙拉很好吃。"

我又截了一张图。"完美。"麦卡弗里说。

天啊,这样撒谎让我很难受。我能感觉到自己在分裂——说一套,做一套。安娜怎么能这么长时间、这么轻松地做到这一点呢?

为了帮助洛杉矶警察局确认她的身份,麦卡弗里警员让我发给他几张安娜的近照。翻看手机,仿佛一本游记在我眼前闪过。安娜戴着墨镜在拉玛穆尼亚酒店的院子里微笑;她穿过露天市场,笑着回头看着我;在她"照片墙"账户的自拍里噘着嘴;她坐在布谷鸟餐厅的一张桌子前,笑容满面,扬扬自得。我猜她的身高大概是五英尺七英寸[①]。她通常穿一身黑——我补充道。

"明天见,女士!"当我到达酒店餐厅吃晚餐时,我对安娜说。

"好的!"她回答,"你来之前能帮我去买几瓶伏特加,然后换掉瓶子吗?戒瘾中心的人送我过去。等不及要见你了,感觉好久好久没见过面了。"

这确实感觉像过了很久,但实际上距离我最后一次见到安娜才过去将近两个月,当时她走在从"煎锅"酒吧回家的路上,转过身来向我挥手告别。难道她忘了那天晚上?那晚就像一部浓缩的戏剧,不同于我经历过的任何事情。掷地有声的指责在谎言中反弹,在地上摔得粉碎,那种徒劳无益的感觉让我支离破碎、伤痕累累,可能永远无法完全愈合。她呢?心理健康专业人士才能得出确切的结论,但到目前为止,我坚信安娜是一个反社会者。根据我的了解,她符合所有下诊断的条件。

安娜以前是否经历过"煎锅"事件这样的对质?她的伤痕有多深,有多持久?她一定已经建立起忍耐力。如果一个人的一举一动都建立在自我迷恋的基础上,那么冲突是不可避免的。

---

① 约等于170厘米。

不过，我不确定安娜能否控制住她自我膨胀的冲动——这似乎是她与生俱来的天性。在摩洛哥，当我成为附带的伤害物时，她没有做出任何努力来保护我。恰恰相反，她拿我当挡箭牌。她自私的性格已经根深蒂固，正因为如此，她才做出那样的选择。她感到抱歉吗？是的，但只是像小孩子弄坏了自己心爱的玩具一样感到抱歉。她利用了我，因为我远离了她，她才觉得抱歉——不是为我的痛苦感到抱歉，而是为她的损失感到抱歉。现在，安娜住在一个比她欠我的钱的总金额还要昂贵的机构里，不仅毫无歉意，而且还要求我帮忙——就像马拉喀什的事从未发生过一样。

曾几何时，就在不久之前，我一直过着自己的生活，而且过得很好。安娜在我的世界里突然出现，并迅速占据其中。她的影响力在未被察觉的情况下蔓延，她请我吃饭，邀请我度假，我却自欺欺人地以为：作为回报，我的理解、时间和关注就足够了。与此同时，她打着友谊的幌子，把她拴在我的心上。我们在一起的每一个小时，她的力量都在壮大。我感受到的是惺惺相惜，而她体会到的是控制感。不知不觉中，我开始依赖她。摩洛哥之行后，剩下的只是一片空白——我的生活，空洞无物；她的承诺，已经落空；我们的友谊，毫无意义。

我感到自己失去了安娜，不是失去了她的本来面目，而是我心目中她曾经的样子。当我失去它时，我也失去了自己的一部分。当我对我的朋友产生幻灭感时，也对自己内心认为人性本善的信念产生了幻灭感。

我们最后一次短信交流发生在2017年10月3日上午8点39分。

★★★★★★★★

安娜："你现在能接电话吗？"

我："抱歉，现在不行，我会尽快给你打电话。"

安娜："我现在要出发了，不知道在我们见面之前手机有没有信号，到时候见。"

安娜："可能会早到一会儿。"

安娜："如果你有机会，买三瓶伏特加和一两瓶大瓶水，换一下瓶子。"

我："好的，回头见！很抱歉，我这边现在是紧要关头。"

安娜："也许再买一瓶带旋盖的白葡萄酒和一些冰茶，可以把冰茶倒进去。"

安娜："谢谢。"

安娜："中午见。"

★★★★★★★★

拍摄的目标是拍出一幅包含60多个对象的集体照，但并不是所有人都能在同一时间被拍摄。而且更难的是每个人的时间都有限——在演讲活动之前或之后的几分钟时间里——豪华轿车停在那里等着，公关人员站着待命。为了最大限度地提高效率，每个人的位置都是预先确定的。安嫩伯格中心外的楼梯上贴满了小霓虹灯胶带：这里是左脚，那里是右脚。周二上午，我们一群人分好小方格纸，每张纸上都有一张拍摄对象的大头照和他（或她）的名字。我们在台阶上跑上跑下，把方格纸整齐地贴在地上——我知道每个人会站在哪里。

麦卡弗里警官的短信在上午9:18发来："给我打电话。"

我躲在拐角处，把手机放在耳边，强打起精神。

"他们抓住她了。"他说。

安娜在当天早上离开"康复之路"时被洛杉矶警察局逮捕。她被拘留了，正被送往马里布关押被捕罪犯的地方。中午时分，也就是我原定到达"第三街的琼"餐厅的那一刻，我当然还在拍摄现场。我给安娜发了一连串信息。

我："嘿，我迟到了十分钟，快到了。"

我："你快到了吗？"

我："我没看见你。"

我："安娜？"

我："对不起，我得走了。也许你走错地方了？"

我："等你能连无线网了给我发消息，我们再约时间见面。"

★★★★★★★★

我从没去"第三街的琼"餐厅吃午饭，又何必假装去过呢？我是害怕她发现我参与了逮捕她的行动吗？毫无疑问是这样，但这并不是唯一的原因。就像安娜对我做的那样，我想让她相信我的谎言。

★★★★★★★★

周三，拉里·大卫戴着在阳光下会变暗的光敏变色眼镜，安妮在安嫩伯格中心外面为他拍照时，他的眼镜不断变暗，遮住他绝大部分脸。为了取悦大家，他会把眼镜取下来，暂时藏在西装外套里，直到它们重新变得透明。然后，他会像牛仔拔枪一样，一下子把眼镜拔出来，戴在脸上，摆好姿势，让安妮拍照。当眼镜再次变暗时，这个过程就会重复。

现场的人都忍不住笑了起来，但我却被手机吸引了注意力。每隔几分钟，我就会接到一个来自得克萨斯州休斯顿的来电。无论我挂断多少次，我的手机都会再次响起。最后，我接了电话，听到一个机器人宣布："这里是环球电话，您有一通付费电话，来自——"我挂断了。

然而，就像安娜不断给我打来电话一样，我发现自己也不得不继续联系她。尽管我知道她已被逮捕，但在接下来的日子里，我还是会给她发短信。没有什么深刻的内容，只是掉进深渊的鹅卵石，没有任何回音。我们两个人都试图与对方联系，想知道另一个人是否会回应。

一周后，我给安娜发了最后一条短信："我觉得很奇怪，怎么一直没有你的消息？"这条短信看起来很悲伤，但我说的是真心话。

第十九章　重新平衡

2017年10月3日，安娜在马里布的"康复之路"外被捕后，在洛杉矶郡的世纪地区拘留所关押了二十二天。麦卡弗里警员于10月25日将她从那里接走。他后来告诉我，这是他第一次见到她本人。他做了自我介绍，并解释说他是来带她回纽约郡的。

"我为什么要回纽约？"她问。

"因为有对你的逮捕令。"他说。他在没有律师在场的情况下无法讨论具体的指控——这样也好，因为她甚至没有问指控是什么。

在五个小时的航程中，安娜和麦卡弗里警员一起平静地坐在经济舱里，她看着杂志，吃着素食。

麦卡弗里警员从肯尼迪机场直接把她带到曼哈顿中央拘留所，让她在那里过夜。就在他准备离开时，安娜开口了。

"嘿，我能问你一件事吗？"她说。

他想，她终于要问他有关指控的事了。

"你能给我带些隐形眼镜护理液吗？"

与此同时，同一天晚上，我和凯瑟琳来回发着短信。《纽约邮报》刚刚发表了一篇标题为"假名媛因诈骗豪华酒店、飞机公司被捕"的文章。报道将安娜描述为"一个用别名、有高端生活品位的假社交名媛"，她"因诈骗一系列高档企业被捕，包括一家豪华的摩洛哥酒店和一家私人飞机公司"。

谢天谢地，我的名字没有被提及，不过也没有提及拉玛穆尼亚酒店。相反，这篇文章报道说，安娜"据称在长达数月的摩洛哥旅行后，在理查德·布兰森爵士的五星级度假村卡斯巴塔马多特酒店拖欠了高达2万美元的账单。"

事实似乎有点儿被混淆了（安娜只在摩洛哥逗留了不到一个月），但这篇报道首次公开提到了这趟旅行，这让我很紧张，担心报纸很快就会发现并开始报道我和安娜灾难性的友谊。我知道自己的身份是《名利场》的员工，也是一位国会议员竞选人的女儿，我真的不希望发生这样的事情。我可以预想到即将出现的头条新闻，把我、我就职的公司和我的亲人都拖入泥潭。

我把文章发给凯瑟琳。"谢天谢地，没有提到我的情况。"我说。

"他们要写就让他们写吧，"她回复，"这不会影响你，只会影响她。"

我突然想到：无论我的名字是否在媒体上被提及，都很可能会在司法程序中被披露出来。我一直专注于调查安娜被捕的事情,以及之后我不断偿还债务和情绪恢复的过程,还没有意识到我也可能成为故事的一部分。我给麦卡弗里警员发了一条询问短信。"是的,"他告诉我,"如果媒体参加提审,他们可能会知道你的名字。"

我把这个消息转告给凯瑟琳。我要注销我的脸书,我"图片墙"的账户是私密的。我还要删除我的全名和工作单位,尽管这很容易在谷歌上搜到——我很害怕这样。"刚给我父母打了一个电话,给他们提个醒,"我接着说,"我也关闭了有我联系方式的个人网站。"

"会没事的,"凯瑟琳回复,"这可能是一场令人感兴趣的风暴,但很快就会过去的……就像在蒙托克遇到的风浪一样,破浪前进吧。"

提审时间是明天上午9:30。我告诉凯瑟琳,我不打算去,我不想和安娜待在同一个房间里。与此同时,我和她的关系的余波已经吞噬了我的生活,我忍不住想知道会发生什么。

凯瑟琳意识到了这一点。"我猜它是向公众开放的,"她回复说,"我会去的。"

第二天上午,在中心街100号纽约州最高法院刑事部门几乎空无一人的法庭里,安娜身着一次性黑色连体服出现在法庭上。当天晚些时候,媒体在网上发布照片后,我看到了这些照片。她的头发披散下来,发根要么已经出油,要么是湿的。陪同她的是一位名叫托德·斯波代克的刑事辩护律师,我很好奇他是否就是与贝丝交谈过的那位律师。在传讯过程中,安娜被正式指控犯有六项重罪和一项轻罪。凯瑟琳事后立即给我打电话,告诉我三个关键的最新情况："是的，现场有媒体。""不，安娜没有被保释。""是的，她做了无罪辩护。"

起诉书中列出的诈骗规模令人震惊，我对她被指控罪行的范围一无所知。她被指控通过各种骗局诈骗约27.5万美元，并试图额外诈骗数百万美元。她最成功的伎俩之一是"空头支票"，这是一种利用银行需要几天时间才能让存入的支票正式清算的欺诈行为。首先，安娜在花旗银行和签名银行开设了支票账户，然后她从一个账户开支票给另一个账户。虽然实际上她并没有足够的资金来支付支票，但这笔钱会出现在她的账户上，她会在银行发现之前立即把钱取出来。

根据起诉书，在4月7日到4月11日之间——也就是她确认我们的拉玛穆尼亚酒店预订那段时间——安娜将16万美元的空头支票存入她花旗银行的账户，然后在支票被退回之前从该账户取出7万美元。8月，在马拉喀什事件之后，她在签名银行开设另一个账户，存入15000美元的空头支票。在这些支票被退回之前，她提取了大约8200美元的现金。当花旗银行和签名银行发现这些欺诈活动时，他们关闭了她的账户，并联系了纽约警察局。

安娜还被指控伪造国际银行——瑞士联合银行和德国德意志银行的文件，文件显示她的海外账户总余额约为6000万欧元。起诉书详细说明了她如何在2016年底将这些文件带到国民城市银行，试图为她的艺术基金会和私人俱乐部的创立申请2200万美元的贷款。当国民城市银行拒绝放贷后，她又向中城的峰堡投资集团出示了同样的文件。如果安娜支付10万美元用于法律和尽职调查费用，峰堡投资集团将会同意考虑提供2500万美元的贷款。

2017年1月12日，安娜向银行高管瑞安·塞勒姆保证，她会在几天内从欧洲账户汇钱付款，从而在国民城市银行获得了10万美元的信贷额度。（"我们一直相信她有钱，"塞勒姆后来做证，"她似乎会说那种语言，理解在这种环境下进行互动和交易需要了解的金融术语。我支持了一个到头来并不值得被支持的人。"）

安娜把这10万美元付给峰堡投资集团，以支付她申请贷款的相关费用，国民城市银行则从未收到汇款。

一个月后，在2月，安娜重新回到纽约，也重新回到我的生活中。峰堡投资集团已经花费了安娜向国民城市银行借款中的约45000美元，开展尽职调查。据《纽约时报》报道，峰堡投资集团的董事总经理斯宾塞·加菲尔德后来做证，说安娜很快"在提供有关其财富来源的详细信息时遇到了问题。首先，她声称自己出生在德国，但她的护照显示她来自俄罗斯的一个小镇。（我认为这意味着安娜有不止一本护照，因为她发给我的那张用来预订飞往马拉喀什的机票的护照的照片上，写着她的出生地是德国杜伦。）当加菲尔德先生自愿提出去瑞士与她的银行家见面（核实她的资产）时，安娜突然叫停了交易，告诉他，她父亲会直接给她钱。"

我记得安娜告诉过我，她父亲已经知道这笔交易，并且不喜欢其中的条款。安娜退出后，峰堡投资集团归还了剩余的55000美元。根据地方检察官办公室的说法，安娜用这笔钱来维持她的生活——与凯西·杜克进行私人训练，住在霍华德11号酒店，在"埃莉丝沃克的前沿时尚"网站、苹果电子网站和颇特交易网站购物。安娜在一个月内挥霍了数万美元。根据助理地区检察官麦考的数据，截至3月，安娜的银行余额为负9000美元。5月初，在我们摩洛哥之行的前一个周末，她包了一架价值35000美元的私人飞机飞往奥马哈，但她从未向私人飞机公司"刀锋（Blade）"支付费用。

在地区检察官宣布起诉的新闻稿中，我的经历也浮出水面。"索罗金邀请一位朋友去摩洛哥旅行，费用全包，"稿件中写道，"在旅途中，索罗金用自己的借记卡付款，明知会因资金不足而被拒……但索罗金从未给她的朋友报销，并在被问及还款情况时找各种借口。"法庭文件包括了我的名字和姓氏，但媒体奇迹般地没有找到我的工作单位或熟人。正如凯瑟琳通过短信告诉我的：纽约市一定有很多瑞秋·威廉姆斯。

尽管如此，我依然保持高度警惕。当我收到《纽约邮报》一位专题图片编辑发来的领英"加好友"请求时，我删除了我的头像，并将我的账户设置为私人账户。在未来的几个月里，我继续保持低调。

同时，我的公司卡和个人信用卡还欠美国运通公司数万美元。（我让负责审核我的公司开销的同事忽略了拉玛穆尼亚酒店的费用，他照做了，没有问我任何问题，因为美国运通公司当时在审核我的申诉，这笔款项暂时被退还了。）我最终接受了珍宁借给我的钱，以支付我个人账户上的部分欠款，这包括摩洛哥航班、绿洲别墅之旅、我们在酒店外的所有午餐和晚餐，以及安娜在老城挑选裙子的费用。珍宁以我的名义直接把钱汇给了美国运通公司，我和她起草并签署了一份借款协议，我开始每月给她还款。

然而，这并不包括拉玛穆尼亚酒店费用的账单，我仍在另外就这笔费用提出申诉。这些费用分摊在我的个人卡和公司卡上，而我向美国运通公司提出的费用申诉仍在审理中。在等待信用卡公司做出决定期间，我不负责支付任何相关费用。直到它们突然重新出现在我每月的账单上。

美国运通公司对我的案件进行了调查，联系了拉玛穆尼亚酒店，最终拒绝了我的要求。我是在上班时收到这个消息的，于是立即寻找可以私下打电话的地方。我找到一个空荡荡的水泥楼梯间，里面弥漫着建筑材料和灰尘的味道，我坐在台阶上，盯着对面蓝色的工业管道。

"客服代表。"我说，声音在墙壁间回荡。我听到这样一句话："为了保证通话质量，此通话可能会被录音。"很好，我想，我希望每个人都能听到。我厌倦了反复描述发生过的事情。我从一位客服代表转接到另一位客服代表，直到他们找到合适的部门。我讲述了我的经历，声音在哽咽中颤抖。然后，我的情绪崩溃了。

电话我打了又打，重新开启案件申诉，结果申诉再次被关闭，费用被重新记入我的账户。每次发生这种情况，我都会打电话重新提出申诉。然后有了突破。

安娜被提审两周后，我收到一封关于公司信用卡的邮件。"在处理您对摩洛哥马拉喀什拉玛穆尼亚酒店上述账户消费费用申诉的过程中，我们已经恢复了您16770.45美元的信用额度，并通知您，我们将代表您与商家联系。"我疯狂向下滑动，迫切地想看到申诉结果:"我们之前扣除的信用额度,将在您的账户中恢复。"

我读了五遍,才谨慎地接受了这可能代表着好消息。然后我给这封邮件拍了张照片,发给凯瑟琳和尼克,让他们也同样能读到。

"我认为这意味着美国运通让我不用再支付公司卡上的费用!"我写道。

"看起来是这样!"凯瑟琳回复。

"我觉得可能是……"尼克同意。

"一开始我以为是反过来,"我回复,"但信用额度指的是发放回我账户的钱。扣款才是把钱扣掉。另外,我的账户里也没有再显示这笔费用,这似乎是一个好兆头。天啊。"

我不敢相信,但也不敢给美国运通公司打电话问清楚。(他们会改变主意吗?)但是随着时间的推移,我悲观的情绪逐渐转变为欣然接受的态度,唯一让我沮丧的是我的个人卡上还有36010.09美元拉玛穆尼亚酒店的消费,这是公司卡上被免除金额的两倍多。考虑到安娜被起诉的事和对我公司卡上欠款的处理,肯定会有更多好消息,对吧?我终于敢想得乐观一点儿了。

鉴于取得的进展,我原本希望在接下来的冬天会感觉好一些,但事实上并没有。我仍然感到沮丧,并与持续的焦虑情绪做斗争。曼哈顿冬天灰暗的单色调让情况更糟。圣诞节前,我还失去了住在南卡罗来纳州斯帕坦堡的外祖父。他当时96岁,据他自己说,"已经准备好离开了",并且身边有亲人陪伴,但我没有一天不想念他。我感觉自己总是在流泪的边缘,呼吸好像也不听使唤，肺部似乎永远也填不满空气。把一切都写下来很有帮助，所以我尽可能地把注意力集中于此。

2018年1月30日，我30岁生日的第二天，也是我听到公司卡好消息的两个月后，我在从地铁站步行去上班的路上，收到一条关于我个人卡的信息。"我们将为您的账户恢复36010.09美元的信用额度，"上面写道，"这笔额度将在下一期的对账单中显示。我们始终坚决追究任何个人或者团体未被授权的盗刷行为，并对他们提出起诉和逮捕。如果需要您提供更多信息，我们将在2018年3月15日之前与您联系，否则您可以认为此案件已结案……对给您带来的不便，我们深表歉意。感谢您给我们这个机会协助处理此事。此致！全球欺诈防护服务中心。"

我一动不动地站在康泰纳仕公司的大堂里，喜极而泣，如释重负。我把信息截图后立即发给了我的父母以及凯瑟琳和尼克。

"我简直不敢相信，"我对尼克说，"我觉得我又能正常呼吸了。"

我也把这个消息发给我最亲密的朋友们："我甚至没有合适的言语来表达我有多轻松，"我写道，"我甚至害怕相信它，但它是真实的。我奋力争取过，我的费用申诉被拒绝了很多次。这事发生在今天，我30岁的第一天，也太巧了。"

噩梦结束了——至少我是这么想的。

3月初，在没有任何解释的情况下，这笔费用被重新记入我的账户，我没有收到任何信息。我只是登录了美国运通公司的网站，就看到了这笔费用。当我看到未还欠款时，我开始浑身发抖。"我想一定是搞错了，"我在电话里说，"我对这些费用提出了异议——申诉已经解决了。"

客服代表说，系统中没有任何迹象表明该决定被撤销过。她只看到我在1月收到的同一条消息，说我可以被免去36010.09美元的酒店费用。当然，我非常想相信她是对的，但这似乎好得不像真的。于是，在一天结束的时候，我又打了一次电话，看看是否有任何变化。

这一次，我得到了我一直害怕听到的消息。在就我的费用申诉与拉玛穆尼亚酒店联系并再次收到已签字的预授权单作为证据之后，美国运通公司驳回了我的申诉。

"但你们一直都知道那张预授权单的存在。"我争论，坚称它是在压力和虚假的借口下签署的。我在美国运通公司要求的书面总结中明确提到了这一点，那封书面总结描述了围绕我的申诉的一系列事件。"当初你们做出对我有利的决定时就知道这张单子的存在，为什么现在又提起来？"

客服代表表示同情，但由于系统中没有进一步解释，他也没有其他信息可以告诉我。他说，我最好的做法是再次对这笔费用提出异议，于是我这么做了。我重新提起申诉，又从头开始。

很不幸，美国运通公司逆转其决定并不是2018年3月唯一的重大事件。在我登上飞往洛杉矶的航班，准备去参加《名利场》的奥斯卡派对时，我收到一位名叫杰西卡·普雷斯勒的记者在领英上发来的信息，她正在为《纽约》杂志撰写一篇关于安娜·德尔维的报道，并有兴趣与我聊聊。

我后悔自己没有意识到我的领英账户仍然可以接收新消息。我惊慌失措，没有回应，接下来的二十四小时都在想该怎么应对。自从"煎锅"事件发生后的第二天,我就一直在写安娜的经历给我带来的折磨。对我来说,这个故事太长太复杂,不适合在一篇文章中分享。但我决定,如果真的要分享出去,我想用自己的话来讲述我的经历。

2018年4月,《名利场》在其网站的"蜂巢"版块发表了我的文章——一篇个人叙事,描述我与安娜的友谊是如何建立,又如何破裂的。这篇文章随后出现在《名利场》的夏季纸质刊上。5月下旬,《纽约》杂志发表了杰西卡·普雷斯勒的文章,这是一篇综合性的调查性新闻报道。

我知道安娜身上有些很吸引人的地方,但我没有预料到她会成为多么轰动的媒体人物。我的文章是在一个周四发表的,几乎立刻就收到了大量询问书籍、电影和电视版权的消息。接下来的周二,我收到了创新艺人经纪公司(CAA)一位经纪人的信息,他读了我的文章,并通过人脉获得了我的邮箱地址。当时我感觉自己很脆弱,也不知所措,需要睿智的建议,因此我感激地接受了该公司的提议,帮助我驾驭一个令我生畏的陌生领域。

不久之后,HBO选择对我的文章进行潜在的电影或电视改编,而网飞将普雷斯勒的文章选为潜在的影视改编项目。整个夏天,世界各地有类似经历的人联系了我。这让我确信,我讲述自己的故事是正确的决定。我知道自己并不孤单,这让我们得以彼此安慰。朋友和陌生人给我的支持和鼓励,激励我继续写作,尤其在知道我还有很多故事要讲的时候。因此,我花了夏天的大部分时间做这件事,写下了我的故事,同时继续在《名利场》杂志社做我的日常工作——我仍然需要这份工作，也非常热爱它。

然而，这个故事的成功也带来了一些匪夷所思的后果。2018年秋天，我走在曼哈顿的格林威治村，看到一位35岁左右的时髦男人，穿着一件白色T恤，正面用黑色字母写着"德国假名媛"。我停住脚步，无法相信自己的眼睛，同时极力适应现实中这一奇怪的转折。我仿佛掉进了一部乌托邦式的惊悚电视剧里，可能转过下一个街角，就会发现一群戴着安娜·德尔维面具的陌生人在进行快闪活动。

我在谷歌上快速搜索后发现，有一系列以安娜·德尔维为灵感的T恤正在出售，其中一件写着："我的另一件T恤将为您汇款3万美元。"知道别人在嘲笑让我如此痛苦的事情，我感到很困扰。

更多人将安娜视为反建制[①]的英雄。我理解人们为什么会有冲动为类似的人鼓掌，毕竟他们利用了人们对纽约艺术圈、银行和投资集团自以为是的刻板印象。但作为一名来自田纳西州诺克斯维尔的勤奋的年轻女性，我搬到这座城市时除了一份入门级的工作之外什么都没有，我觉得对安娜和她的罪行的这种解读并不十分准确。相反，人们似乎只看到了他们想看到的安娜，而不是她的真实面目：一个自恋卑鄙、诡计多端的骗子。

然而，一群匿名的社交媒体用户高呼："释放安娜。"

如果安娜是英雄，那我呢？

---

① 反建制：指反对传统社会、政治和经济原则的一种政治哲学。

★★★★★★★★

整个冬天，我仍然在写作。即使在我觉得写作艰难的时候，我也很有成就感，而且情绪得到了释放。慢慢地，一切脱轨的事物确实都回到正轨。

但1月初，我在《纽约邮报》上读到，安娜拒绝了以认罪换取三至九年监禁的提议。我觉得这很奇怪，因为所有证据都对她不利。（诈骗银行会留下书面证据。）所以我想她会在案件真正开庭审理之前重新考虑。

两周后，也就是2019年1月的一个周四下午，我戴着耳机坐在《名利场》的办公室里，一边听尼娜·西蒙的歌，一边整理电脑的桌面文件，这时我的收件箱收到了一封主题为"人民诉安娜·索罗金案"的邮件，是助理地区检察官麦考发来的。安娜的庭审日期已经安排好，我很可能被传唤做证——而我并没有做好心理准备。

我马上想到，时隔这么久，我终于不得不与安娜面对面了，这个想法让我恶心。走在人多的地方时，我有时会不理智地担心碰到她，这总让我吓出一身冷汗。我不想再见到她了。

我试图理解，被要求在一屋子陌生人面前讲述我的经历意味着什么。现场会有媒体吗？我能找到合适的词吗？我怎么才能不哭？不，那是不可能的。如果我晕倒了怎么办？以前发生过这种情况吗？

安娜会怎么看我？她还会把我当朋友吗？我知道这个想法听起来很荒谬，但安娜之前仍然把我当朋友——从她的处境上看，大多数人会认为我们的友谊已经结束。她为什么不接受认罪协议？我想象她的思维已经领先十步了。一定有什么原因，她是想通过庭审博取恶名吗？我了解到，网飞除了买下杰西卡·普雷斯勒文章的改编权外，还拥有安娜的生平版权。她去受审只是为了增加戏剧性吗？为了宣传？这就是她一直以来的计划吗？

2月5日，我坐在办公桌前，突然接到一个内部号码打来的电话，我并不熟悉对方的名字。我按照要求走过走廊，来到一间办公室，这时才得知，由于公司重组，我被解雇了。这个消息给了我当头一棒，但我在出版界工作了足够长的时间，知道这种事情常常难以预料。近年来，康泰纳仕公司人员流动频繁。凯瑟琳在我之前已经离开了杂志社，到今天已经快一年了，同时离开的还有其他十四名高级职员，他们都是在格雷顿·卡特离职后被解雇的。事实上，我是《名利场》杂志仅存的几位曾在卡特先生手下工作过的员工。我平静地收拾东西，没有哭泣，直到《名利场》的副主编打来电话，慷慨地表示愿意为我联系她在其他杂志社工作的一些前同事时，突然间，一切才变得真实起来。当我把办公桌清空后，凯瑟琳开车来楼下接我，把我连同过去八年半积累下来的办公室垃圾一起带走，然后我们出去喝了一杯，庆祝一个苦乐参半的阶段的结束。

接下来的两个月，我的部分时间用在处理日常琐事上，比如更换医疗保险和手机套餐，以及申请延期纳税。不过，我的大部分时间都花在了写作上。我写了很多，我的生活发生了巨大的变化，用语言表达出来有助于我在混乱中找到意义，缓解我的焦虑感。

陪审团挑选于2019年3月20日开始。起初，我试图避免在新闻中看到有关庭审的报道,但朋友和家人总会给我发来文章的链接,让我无法抗拒。在开庭陈词中,安娜的律师托德·斯波代克向陪审团读了弗兰克·辛纳屈著名歌曲《纽约,纽约》中的一句歌词:如果我能在这里成功,我就能在任何地方成功。

"因为纽约的机会无穷无尽。"斯波代克陈述。"辛纳屈在纽约有了伟大的新起点,索罗金女士也是,"他说,"他们都创造了绝佳的机会。"

"伟大的新起点?"我想,"假冒他人身份进行欺骗和偷窃?"

"安娜不得不踢开大门,才能获得生存的机会,"斯波代克继续说,"就像辛纳屈要用他的方式去获得这样的机会一样,安娜也要用自己的方式。"

在我看来,斯波代克是在粉饰安娜的罪行——让它变得更容易让人接受,不仅是对陪审员,也是对公众舆论,以及未来潜在的电影和电视节目的观众。辩护的关键是"安娜必须伪装到成功为止",对我来说,这听起来像是在明确承认有罪。也就是说,安娜必须伪装(犯下罪行),直到她成功(逃脱罪责)为止。甚至连斯波代克也不得不承认,我这位曾经的朋友用到的方法是"非正统的""可能不道德的"。

"通过纯粹的聪明才智,她创造了自己想要的生活,"他辩称,"安娜没有等待机会,而是创造了机会。我们都可以理解这一点,我们每个人身上都有一点儿安娜的影子。"

"那是你自己的想法。"我想。但话说回来,如果你是一名刑事辩护律师,而你的客户犯了罪,而且证据确凿无比,根本无法否认——比如支票欺诈——你也必须发挥创造力。所以我猜他只是在履行自己的职责。

大多数媒体报道都集中在安娜的穿着上。当她戴着黑色吊坠、穿着缪缪（Miu Miu）低胸黑色连衣裙出现在法庭上时，这种对时尚的追捧迷恋完全抢占了眼球，偏离了案件本身。她在法庭上的着装的照片像野火一样在互联网上传播开来。例如，《W》杂志的标题是"安娜·德尔维的法庭项圈造型太符合她的个人风格了"。《智族》随后发表了一篇报道，称"苏豪区骗子"安娜·索罗金聘请了时尚造型师安娜斯塔西娅·沃克为她搭配出庭造型，这让社交媒体用户一片哗然。

我觉得自己好像在透过单面镜观看某种黑暗的社会实验。据《纽约邮报》报道，网飞的工作人员参加了庭审。我还了解到，托德·斯波代克除了是安娜的刑事辩护律师外，还在娱乐交易中代表安娜。因此，从外界的角度来看——以新闻报道和社交媒体为媒介——我觉得安娜似乎把自己的刑事诉讼视为一个商机。

媒体报道了她的每一件衣服和一举一动。我仔细查看她的照片，寻找任何内疚或悔恨的迹象。确实有她哭泣的照片，但只是在"时尚崩溃"的标题下。这和我在"煎锅"酒吧看到的情况是一样的，当时她说她哭是因为《纽约邮报》把她描述成一位"假名媛"。据我所知，安娜的情绪或多或少取决于她在外界眼中的形象。

当她似乎喜欢自己的穿着时——据《世界时装之苑》杂志报道，这一天她穿着一件深V领的迈克尔·科尔斯（Michael Kors）牌连衣裙，接下来的一天她穿着半透明的圣罗兰

（Saint Laurent）牌上衣，搭配维多利亚·贝克汉姆（Victoria Beckham）牌的裤子——她会恬不知耻地走进法庭，对着镜头腼腆地微笑，然后从被告桌转过身来，打量人群，享受人们的关注。但当安娜不喜欢自己的穿着时，她就会上演另一出戏码。据《纽约邮报》报道："周五早上，28岁的索罗金从莱克斯岛出发，穿着一身监狱发放的棕褐色的运动服，拒绝穿上当局提供的便装，开始了她的'时装磨难'。恼羞成怒的基塞尔法官派她的律师托德·斯波代克到拘留室劝说索罗金出庭。律师回来时说她在哭，并抱怨自己在犯恶心。索罗金告诉他，心怀报复的监狱工作人员破坏了她的设计师服装，'以阻止她穿那些衣服'。"

"再说一次，恕我直言，你的当事人似乎对自己的衣着有点儿过分在意，"据《纽约邮报》报道，纽约州最高法院大法官黛安·基塞尔这样告诉斯波代克，"这是一场庭审，她是刑事案件的被告。如果她的衣服不符合她的标准，我很抱歉，但是她必须出现在这里。"

然而，在我看来，媒体忽略了一个更大的问题：安娜从哪里得到的钱来为她的刑事辩护，包括为衣柜付钱？谁在为她的造型师付钱？据《世界时装之苑》报道，这位造型师"不愿透露她与索罗金之间安排的具体细节"，但透露了她"为这次工作获得了报酬"，而且她和安娜"今后还会继续合作"。

网飞是否资助了这一切？从法律上讲，安娜不得从她的罪行中获利，但网飞可以。我想知道法律上可能存在哪些漏洞，允许网飞从他们和安娜的利益出发，花钱放大和宣传安娜的案子，作为对安娜·德尔维现象的投资。

难道安娜有一位不知名的赞助人帮她请了律师和造型师？在我做证之前，这些问题占据了我大脑的部分空间。

在我预计要做证的前几天，我在俄罗斯《共青团真理报》网站上发现了一篇关于安娜的文章。报道称，安娜出生时的名字是安娜·瓦迪莫夫娜·索罗金娜，她出生在多莫杰多沃——莫斯科以南33.8公里外的一个小镇。她的父亲曾是一名卡车司机，最近则从事空调销售工作。她的母亲曾经开过一家商店，但在安娜的弟弟出生后，她就成为一名家庭主妇了。（"安娜确实有个弟弟，"我心想，"只是不知道他是不是真的会下棋。"）2007年，安娜16岁时，家人离开俄罗斯前往德国，搬到了科隆以西48公里处一座名为埃施韦勒的小镇。

文章援引了安娜以前在俄罗斯的几位同学的话。"安娜和我……是最好的朋友，"一位名叫阿纳斯塔西娅的同学说，"确实，大家都怕她。安娜的性格很强势，不是每个人都受得了的。她的嘲弄很容易造成伤害，但她总是做得很巧妙。"这句话让我想起安娜曾与我分享的她小时候的一个故事：她班上的一个女孩放学后总是带着瘀青回家，老师都觉得很奇怪。安娜告诉我，她就是那个掐女孩的人。我听到这个消息时很不安，不知道该如何理解。

文章还说，另一位同学娜斯佳记得，安娜最喜欢的电影是《贱女孩》。娜斯佳和安娜都很认同影片中残酷但"受欢迎"的主角，喜欢她们是"反派女主角"。对我来说，这说明的是安娜·索罗金试图模仿的角色类型。

在文章的结尾，我读到了安娜的父亲瓦迪姆·索罗金的几句话，他显然不像安娜说的那样叫丹尼尔·戴克·德尔维。"这个故事没什么特别的……很多人都想从我这里了解我女儿的一些情况，但总的来说，一切都与我无关。"

"她在俄罗斯学习到八年级，"他告诉记者，"在学校……她在荣誉榜上。在她被捕之前，我们对她在美国的生活一无所知。我女儿从来没有给我们汇过钱，相反，她管我们要钱！我们自然非常担心她，她性格如此自私，我们对此无能为力。我们给了她正常的成长环境，我不知道她是否天性就是这样。"

"天性"这个词让我眼前一亮。我想是翻译的缘故，这个词显得有些正式，但它却非常符合我对安娜的理解——她以自我为中心和贪婪的性格是天生的。

"在某种程度上就是如此，"安娜的父亲说，"当然，她是有罪的。"

★★★★★★★★

4月17日，周三的早晨，在我离开摩洛哥一年十一个月两天之后，我来到地方检察官办公室对面的弗利广场。我走下出租车，笨手笨脚地把车门甩到了膝盖上。我僵住了，紧闭双眼，瞬间被刺痛麻痹。之前的四天里，我一直在为做证做心理准备，为每一个细节而苦恼。现在终于到时间了，我需要做的就是仔细聆听问题，按照自己的速度行动，回答问题，说实话。膝盖的疼痛会提醒我放慢脚步，静下心来。

我与助理地区检察官凯根·梅斯-威廉姆斯一起走进纽约州最高法院，她是与助理地区检察官凯瑟琳·麦考一起被指派负责此案的检察官。

梅斯-威廉姆斯为我的证词做了准备,并将在陪审团面前对我进行直接询问。法庭在7楼,当我们乘坐拥挤的电梯上楼时,我一直保持沉默,因为我知道陪审员或记者可能会听到我说的任何话。我太紧张了。"我很强大,我准备好了。"我不断地在脑海中重复着这句话。

我和梅斯-威廉姆斯走出电梯,来到一条短过道,过道尽头是一条长长的走廊,两边摆放着木制长椅。我一眼就看到了尼克和凯瑟琳。他们站起来拥抱我,我向助理地区检察官简单介绍了他们,然后梅斯-威廉姆斯离开了我们,让我等候传唤。我们三个人坐在长椅上,看着陪审员和记者陆续走进法庭。几个拿着长镜头相机的男人从大厅另一头拍下了我的照片。我觉察到自己暴露在外,格外注意自己的一举一动,对周围环境也异常敏感。

我们等了大约一个小时,一位法庭员工走过来对我说该上庭了。我点点头,看向朋友们,寻求了鼓励,然后我走在他们前面,先独自走进法庭。带路的员工是一位矮胖的金发女性,看上去50多岁,性格和蔼可亲,出乎意料地健谈。

"你是摄影师吗?"我们走路时,她问道。

"只是爱好,"我回答,"我在一家杂志社的摄影部工作。"我并没有告诉她我被解雇了。她告诉我,她的儿子是一名摄影师——至少我认为她是这么说的。我分心了。快走到走廊尽头时,她停下来,转过身面朝我。

"准备好了吗?"她说。

"做好最充足的准备了。"我回答。

然后她打开门，喊道："证人进场！"

在法庭员工的护送下，我严肃地走过过道，穿着不起眼的海军蓝丝绸系扣衬衫、黑色长裤和黑色尖头鞋。想象一个与婚礼完全相反的场景，在我的左右两边，像教堂座位一样的长凳上挤满了人，他们转过身来看着我，有些人还给我拍照。但实际上，他们都不认识我，我也不认识他们。他们既不是我的朋友，也不是我的亲人，除了凯瑟琳和尼克之外，我要求我的朋友和亲人都不要进来，因为我想降低他们在媒体前的曝光率，更重要的是不要让安娜看到他们。当然，安娜已经在那里了，坐在她的律师的旁边，但不到万不得已，我是不会看向她的。

"小心脚下。"当我走上几级台阶来到证人席时，法庭员工提醒我。证人席位于空荡荡的陪审团席和法官之间。我按照指示站好，举起右手，发誓所言为实。接下来，十二名陪审员——六名男性和六名女性，年龄和种族各不相同——从我身边走过，分别落座。我准备好正式毁掉我与安娜·德尔维的友谊了。助理地区检察官梅斯-威廉姆斯问我是否在法庭中看到了对我犯下罪行的人。

"她在那里。"我说着指向安娜，第一次朝她的方向看，并与她对视。她得意地笑着，嘴角微微上扬，眼里带着嘲弄的神情。她是想让我不安吗？她现在的态度让我觉得她很幼稚，这坚定了我的决心。我被要求描述她的穿着，于是说："她戴着深色边框的眼镜。"

"请记录证人已经指认了被告的身份。"梅斯-威廉姆斯说。在那之后，我没怎么看向安娜，几乎彻底无视了她的存在。

我惊讶地发现自己非常镇定,她没有给我带来太大的影响。我想部分原因是她不再那么神秘了,我现在知道她究竟是一个什么样的人了。另外,早在2017年夏天,我就已经和她面对面就所有问题对质过,所以我现在对她没有任何新指控。

我更关心的是陪审团,我觉得他们亟需倾听、理解并知道我说的是实话。我试着平静地回答问题,但当我被要求描述2017年5月18日发生的事情,也就是安娜说服我在拉玛穆尼亚酒店用我自己的信用卡支付费用那天时,我开始哭泣。但我很快整理好情绪,尽量继续镇定地回答问题。

当我不得不大声朗读短信和邮件,并描述安娜的欺骗行为对我的影响时,我又哭了。我无法阻止无能为力、焦虑和被背叛的感觉再次涌上心头,它们已经深深地植根于我的记忆之中。

我事先被告知,我可能需要一整天的时间来做证,但助理地区检察官直接询问我的时间比预期的还要长,这使得托德·斯波代克只有十五分钟的时间对我进行交叉询问。因此我被要求第二天再来一次。

第二天早上,我给家人群发了一条短信。"为第二天做好了准备。接受交叉询问,"我在短信里写道,"爬回我的盔甲里。感觉很强壮。感觉准备好了!我需要呼吸。慢慢来,说出实情。仅此而已。"

"去迎接挑战,亲爱的!"比尔叔叔回复。

"你能做到的,现在去做吧。"大姨詹妮说。

"我们都毫无保留地支持你,爱你。"我爸爸回复。

"对!不要让别人操纵你的回答!"吉姆叔叔补充道。

"是的,吉姆叔叔说得对,"贝基婶婶附和,"回答之前稍做停顿可以让你喘口气,整理思绪。你正直的品德将会表露无遗!我们爱你。"

交叉询问是我在审判中最害怕的部分,而且这种怕是有道理的。我理解它的重要性,从上午10点到下午1点,我坐在证人席上,试图为自己辩护——但又要听起来不像辩解——以对抗一场人格暗杀。斯波代克试图把我描绘成一个机会主义者,因为我让安娜请我吃晚餐、参加私教课、享受一次奢侈的假期。当然,她从来没有为那次假期付钱。

他一边说话,一边踱来踱去,还兴致勃勃地用胳膊比画着。他与我在电视和电影中看到的律师没有什么不同。每当他问我一个问题,我都深吸一口气,在脑海中重复他的话,并尽可能准确地回答。他质疑我的一举一动和动机,这是对我耐心和心理敏锐度的考验。如果我回击,这会让陪审团对我产生不好的印象,所以我集中精力,尽可能冷静、简洁地说出真相。

我很长时间都保持镇定,面无表情,但最终他还是戳到了我的痛处。他知道我有一份出书协议,而且我的故事版权已经被HBO买下,以此指责我把庭审当作用来娱乐的内容。我感到所有压抑在心底的防卫和愤怒感都开始爆发,我说得更坚定了,再也抑制不住内心的恼怒。"我不想让这场庭审或我的证词被误解为我为自己谋利的伎俩,因为事实并非如此。"我厉声说道。

我是一个骗局的受害者,这不是我选择的。他的指责让我头昏脑涨,因为我觉得他和安娜才是把庭审当作娱乐,上演着一出好戏的人。我向托德和安娜望去,在观众席上看到了杰西卡·普雷斯勒，我已经知道她在与网飞合作——这一切太超越现实了。

不过，尼克和凯西·杜克也来到现场，以示支持，我很感动。现场没有HBO的工作人员或图书代理，也没有我的公关人员或造型师。我没有把法庭当成一次宣传机会，我连续两天穿着同样的衣服。在我做证的第一天之后，网上就出现了我哭得很难看的照片。这不是哗众取宠，也不是娱乐，而是我把一块该死的大石头推上山，因为我的朋友安娜原来是一个骗子，她利用了我，也利用了很多人。

我望着房间，害怕发现这里只是一部电影的布景。我想象着一切都在转变——就像在梦里发生的那样——变成噩梦般的虚幻事物。我感到自己迫切需要把大家唤回到现实生活中来。斯波代克继续激我，我记不清他确切的措辞了——我的耳朵里充满自己怒气上涌的声音——但我听到的是"你想要这样——这对你有好处，不是吗？"

"这与娱乐无关，"我坚定地说，"这是关于法律、秩序和一场犯罪……这是关于我经历过的事情。"

我看着安娜和人群，真想大喊一声："难道你们不明白吗？"

我听到斯波代克说："但这就是娱乐。你从中收获颇丰，不是吗？"

这与安娜犯下的罪行有什么关系？我想大喊。是的，我找到了一条出路。如果我没有，我的证词会更有说服力吗？我是否应该继续迷失，继续破产？这会让我成为一个更好的受害者吗？

"这是我经历过最痛苦的事情，"我说，有些破音，"我希望我从未认识安娜。如果我能回到过去，我会的。我不希望这样的事情发生在任何人身上。"

交叉询问在几分钟后结束。法官刚转身说我可以离开了,我就从证人席的椅子上站起来,没有丝毫停顿,愤怒地穿过法庭过道,走出门。在空荡荡的走廊里等尼克时,我闭上眼睛,咬紧牙关,用鼻子深深呼吸。几秒钟后,尼克出现了。

"我不想待在这里,"我急切地说,"我需要出去——需要离开。我受够了。"

我们没有逗留,大步走向电梯。我在证人席上已经坚持了尽可能长的时间,而且安娜以及所有的媒体就在那里,我经受住了对我人格的无情质疑。太痛苦了,我受够了。

就在我们安全地走出半个街区的那一刻,我崩溃了,在人行道中央抽泣起来。我需要哭出来,我必须释放我一直压抑的所有压力和情绪。所以有那么一分钟,我把一切都发泄了出来,尼克给了我一个拥抱,说我表现得很好。等我平静下来后,我们走过几个街区,来到奥迪昂餐厅吃午饭。等待食物的时候,我走到外面给父母打电话,他们正在焦急地等待我的消息。"我尽力了,"我告诉他们,"但过程很艰难。""我们太为你骄傲了。"他们说。

第二天,我飞往诺克斯维尔与家人共度复活节的周末。当我到达麦吉·泰森机场时,我的妈妈、爸爸和弟弟用巨大的拥抱和一束鲜花迎接我——回家的感觉真好。第二天,我的妹妹回来了,我们五个人在房子周围散步。外面,茱萸花开,春风和煦。我想多待几天,但我知道安娜的庭审快结束了,我觉得我必须在庭审结束时赶回纽约。我在诺克斯维尔的时间刚好够我在陪审团做出决定之前喘口气。

周二下午，我回到曼哈顿。一整天，我都在关注"推特"，以为有关安娜的消息会第一时间被分享在"推特"上。从机场回到家，我瘫倒在沙发上。就在那时，我看到一条"推特"，说庭审的结案陈词已经结束。"现在我只能寄托于希望了。"我想，"这是我唯一能做的事，剩下的就看开始审议的陪审员们了。"

尽管我试图通过看电影和与朋友聊天来分散注意力，但我还是忍不住每隔十五到三十分钟就在搜索界面"刷新"一次与安娜·索罗金有关的新闻。

那天晚上，我在网上看到了麦考和斯波代克分别为控方和安娜辩护的结案陈词。据《滚石》杂志报道，斯波代克称我的证词是一场值得获得"奥斯卡奖"的"表演"。这使我怒不可遏，表演的是他，而不是我。

陪审团审议的时间比任何人预期的都要长。周三过去了，没有任何消息。刚从诺克斯维尔回来时，我对即将到来的判决感到很平静，对可能发生的任何事情都相对心平气和。但时间越长，我就越焦虑。

周四晚上，在陪审团又进行了一整天的审议之后，我看到了《纽约时报》记者发的一条推特：安娜·索罗金的陪审团于4:55说明——"我们陪审团希望通知法官，我们认为无法达成一致裁决，因为我们存在根本分歧。您有什么建议吗？"法官让他们回去继续商议。

我的心一沉。我在网上查了一下，了解这可能意味着什么。在刑事案件中，纽约州要求陪审团投票一致才能认定被告有罪。

因此，如果有一名陪审员坚持认为安娜是无辜的（或至少在排除所有合理怀疑后认为她无罪），那么其他陪审员就必须同意宣布她"无罪"，或者他们必须说服这名坚持己见的陪审员改变主意。他们还需要对安娜被指控的每项罪行分别做出判决。

如果陪审员们真的陷入僵局，法官会宣布陪审团悬而未决，从而导致审判无效。然后，政府就需要做出选择：要么完全放弃起诉，要么确定另一次刑事审判的日期，由新的陪审团从头开始。"检方肯定会进行第二次审判，"我想，"但如果真到了那一步，我还得重新出来做证吗？"

不到两小时，我又看到一条推文：陪审团已对#假继承人#一案做出判决。#安娜·索罗金##安娜·德尔维#。

推文就说了这么多。我盘腿坐在床上，刷新推特和网络浏览器，乞求电脑提供更多的信息。我疯狂地给尼克打电话，呼吸开始急促。

"不管怎样，瑞秋，"尼克说，"你都会没事的。"

★★★★★★★★

2019年4月25日，纽约州最高法院陪审团认定安娜·索罗金的指控罪名中有八项成立（起诉书中的五项指控，加上此前拒付酒店账单和餐厅蹭饭事件的三项指控），包括一级重大盗窃罪、二级重大盗窃罪、三级重大盗窃罪和服务盗窃罪。

安娜曾利用电话和电脑应用程序伪造银行家的语音留言，并伪造了银行文件。她在谷歌上搜索"如何发送无法被追踪的虚假电子邮件"，然后创建了虚假人物的邮箱，比如"贝蒂娜·瓦格纳"。

然而，陪审团并不认为她对我或峰堡投资集团的行为构成刑事犯罪。我第一次听到这个消息时，完全被击垮了。他们怎么会犯这种错？但后来，我调整了自己的看法。助理地区检察官麦考、梅斯－威廉姆斯和麦卡弗里警员（此时他已晋升为警探）在判决宣布后分别给我打了电话。有时，当陪审员们商议的时间比预期的要长时——如果意见相左的两方都有几名顽固分子坚持己见，就会出现"分猪肉"的情况。在本案中，这可能意味着在某些罪状上给安娜"无罪"判决。

在审议期间，陪审员向法官询问了"意图"在确定罪行中作用如何的问题。5月初，当安娜提议我们去度假时，她刚把一大笔金额的空头支票存入她的银行账户，并取出7万美元现金——为什么？她用其中的一些钱支付了霍华德11号酒店的账单，但剩下的钱她本来打算怎么花？安娜一开始就意图让我支付度假费用吗？她怎么会知道我的信用卡额度足以支付这么多钱？我根本没有那么高的额度。安娜意图把钱还给我吗？这就是她给我汇了5000美元的原因吗？如果她真的从某处获得了数百万美元的贷款，她会还我钱吗？也许会。可能会。我确实认为安娜真的把我当朋友。

但当她给我一张无法使用的借记卡来支付我们的机票时，一切都变了，因为她赌我会自愿用我的卡付账。她本可以换一种方式——当她没有办法付款时，她本可以编造一些借口，取消整个行程。只是安娜的签证真的快到期了，她需要离开美国。去加拿大、墨西哥或附近的加勒比海岛是行不通的。为了重置签证，她必须去更远的国家。所以她选择了摩洛哥。在她想出她骗局的下一步行动的时候，必须有人来为此付钱。

判决并不能改变已实际发生的事情，我的故事依然和以前一样。2019年5月15日，周三，安娜在纽约州威彻斯特县贝德福德山女子惩教所开始服刑，刑期为4到12年。我参与她的逮捕和司法程序，绝不仅仅是为了我的案子，还为了防止她这样对待别人。在这方面，我想我成功了。

审判几周后，安娜入狱的那天，也是马拉喀什之行后整整两年，我发现自己站在霍华德街和拉斐特街的拐角处。我抬头望着霍华德11号酒店，回想着发生的一切，努力忘掉那些让我长期避开曼哈顿这一小块地方的不愉快的回忆。陌生人随意走过布谷鸟餐厅，其他人进出酒店的前门，曾经与我朝夕相处的人早已不复存在。我平静下来，继续我的生活。

几分钟后，我正在格兰街阳光明媚的一侧，向东走在茂比利街和巴士特街之间，这时我的手机响了。是美国运通公司的一位女士打来的，她告诉我，我被免除了拉玛穆尼亚酒店账单剩余部分的费用。我站在街边哭了起来，欣慰和感激之情溢于言表。

噩梦终于结束了。

结　语

　　问题是，我并不后悔。如果我说我很抱歉，那我就是在骗你，骗大家，骗我自己……我的动机从来不是钱，我渴望的是权力。我不是一个好人。

　　——安娜·索罗金，2019年5月10日（被判4至12年监禁后的第二天）

****

　　在我接触过的人中，几乎每个人都认识被骗过的人，甚至自己就被骗过。信任是人性中健康而正常的一部分。然而，谈论这种经历却很困难，因为人们往往很快就会做出判断，责怪受骗的人，而不是责怪骗子。作者玛丽亚·康妮科娃在她关于骗子的书《我们为什么会受骗》中解释说，许多人常常认为容易上当受骗的人——理想的目标——通常天真、贪婪或愚蠢。但在实际预测谁会上当受骗时，她写道："个性特征往往会被抛诸脑后。相反，环境因素常常起到了关键的作用：不是你是谁，而是你在人生的这一特定时刻碰巧是什么状态。如果你感到孤独或被孤立，那你就非常容易受骗……只要欺诈手段得当，似乎任何人都可能成为受害者。"我相信我的遭遇就是如此，我迄今接触过的大多数其他被骗的受害者也有相似的经历。

许多人遭遇骗子和反社会者的经历比我的要糟糕得多。每天都有人失去比我更多的东西，而他们踏入的骗局并不包括美食、桑拿或五星级酒店。有些人被骗走了永远无法追回的东西，或者遭遇了永远无法被修复的损失——情况可能更糟。

我非常敬佩那些经历了长期有害关系，但又找到从心理伤害中恢复过来的力量的人。我不会把我的经历与他们的经历相提并论，我和安娜在一起的时间相对较短。她不在我最亲密的圈子里，而我周围有很多支持我的朋友和家人。

最重要的是，我现在振作起来了。安娜在监狱里，我已经把钱赚回来了，也还清了欠珍宁和尼克的钱。我很健康，我的亲人平安无事。再看看我完成的一切，比如这本书。

我知道自己很幸运，能够获得爱、支持和资源，但这并不意味着这段经历没有给我带来伤害。安娜被捕后，我仍然挣扎了很长时间，承受经济负担的压力持续了一年多，安娜的欺骗所造成的情感影响也持续了一年多。我陷入抑郁之中，而且一发不可收拾，这成了我的新常态。我无时无刻不焦虑，我呼吸急促、哭泣、掉头发、几乎无法入睡。我向亲人发泄，与自己抗争。直到今天，我有时还会觉得自己脆弱到无法离开公寓。有些夜晚，我躺在床上，陷入消极情绪，在任何角落寻找证据，证明我所有最不合理的不安全感都是真实的。我很幸运，身边有很多耐心的朋友，他们让我相信那些不安全感并不是真实的。

我已经渡过了难关，而且也经历了蜕变。我明白了倾听自己的声音，允许自己畅所欲言的重要性。我明白，无论人们口头上说什么，他们的行为才能真正反映他们是什么样的人。我曾经相信我的朋友安娜是一位富有的德国名媛。我没有足够重视我在她身上看到的与这种模式不符的举动，没有重视她被我合理化的怪癖和被我忽略的复杂性。这些细节揭示了安娜的真实身份。我花了那么多时间乞求她说出真相，而事实上，谎言就是一切。

虽然不知道能不能成功，但我努力将我学到的东西付诸实践：我必须牢记——一次又一次——不要再担心别人对我的看法。我提醒自己，有时不开心也没关系，痊愈需要时间。我对我爱的人更加坦诚，与他们分享生活中的苦与乐，因为这才是真正的友谊。我不希望任何人有这样的经历，但我确实从中收获了一些宝贵的东西。我没有失去对他人的信任，而是找到了信任自己的力量。

致　谢

如果没有同事、朋友和家人的帮助、鼓励和支持，我不可能写出这本书，我对他们深表感激。

我要感谢我在画廊出版社的编辑艾梅·贝尔，她帮助我找到了自己的声音，作为《名利场》的前同事，她很早就给予我安慰。感谢橡树出版社的凯蒂·福兰提出的建设性意见。感谢麦克斯·梅尔策的耐心和敏锐，也感谢目光敏锐的亚当·纳德勒。与珍妮弗·伯格斯特罗姆、伊丽莎·里夫林、珍妮弗·魏德曼、珍妮弗·罗宾逊及画廊出版社的整个团队合作也很愉快。

我衷心感谢创新艺人经纪公司的莫丽·格利克和米歇尔·韦纳，感谢他们的支持和明智的建议。我还要感谢约翰·霍曼斯和拉迪卡·琼斯，他们支持我在我最喜欢的杂志的神圣页面上发表了这个故事的一部分。我也要感谢格雷顿·卡特、克里丝·加勒特和苏珊·怀特，在他们的领导下我学到了很多东西。

我要向助理地区检察官凯瑟琳·麦考和凯根·梅斯-威廉

姆斯以及迈克尔·麦卡弗里警员表达我的钦佩之情,他们自始至终都表现出了敏锐的洞察力、奉献精神和极高的专业水准。

我非常感谢凯特,她提醒我有时状态不好也没关系;感谢莉兹对我的爱和忠诚;感谢泰勒不知疲倦地慷慨解囊;感谢艾丽西亚、霍利、阿什利、奥利维亚、娜塔莉、莎拉和莱西在那段艰难的时期给予我的关爱;感谢玛丽·爱丽丝、林赛和艾米丽的支持。特别感谢阿里尔·利维在关键时刻倾听我的意见,为我指出正确的方向,也感谢凯西·杜克积极的态度和同情心。

我衷心感谢珍宁在我感到害怕和孤独时对我的信任,感谢戴夫的建议和坚定的友谊。

我对凯瑟琳·麦克劳德的感激之情无法用言语表达,在我认识她的十年间,她教会了我很多。凯瑟琳,感谢你的指导、友谊和不离不弃的支持——无论艰难困苦。同时也非常感谢马克·沙费尔和艾琳·兰德里斯。

在我写这本书的时候,尼克·罗杰斯让我保持理智和活力,并提醒我在困难时期改变自己的想法。尼克,我永远感谢你多年来对我的爱、耐心和支持。

我想对我美好而充满爱的大家庭表达无尽的感激之情——感谢大姨詹妮的优雅、坦率和鼓舞人心的影响;感谢鲍勃叔叔、贝其婶婶、比尔叔叔、吉姆叔叔、米娅婶婶、大卫叔叔、马蒂叔叔和艾米婶婶分享你们的智慧和鼓励;感谢祖母玛丽莲向我敞开家门,让我在纽约生活的梦想成为可能。

妈妈、爸爸、詹妮和诺亚,谢谢你们。我爱你们胜过一切。

后 记

假新闻，真犯罪，下一步是什么？

2021年2月11日，安娜·索罗金在纽约州北部的阿尔比恩惩教所①服刑3年后，被假释出狱。

"峰堡投资集团的某个人——下周末之前我需要7.2亿美元，私信我。"她当天下午在刚刚恢复的推特账户上发了这样一条推文。账号简介写着：我回来了。

我相信每个人都有深藏不露的一面，但看上去，安娜却显得一成不变，她从监狱里出来后依然是原来的样子，有了新的计划，但关注点依然不变。她立即住进了曼哈顿中城豪华的诺马德酒店——据《星期日泰晤士报》报道，是用她从网飞收到的钱支付的——并雇了摄制组跟踪她的一举一动。

---

① 安娜·索罗金服刑期间进行过转狱。

"我只是在拍摄我现在所做的一切,之后再看这些素材能用来做什么,"她在接受《内幕》采访时解释说,"大概两天前吧,我刚出狱。所以拍的就是我从丝芙兰买了很多东西,我从假释官那里得到许可后马上开了一个银行账户……"

"化妆品、金钱和一个用来满足虚荣心的项目。"

"我始终如一。"她在回应"照片墙"帖子的一条评论时写道。

这似乎是真的。被定罪后,鉴于她野心勃勃的愿望,她除了加倍努力扮演让她声名狼藉的角色之外,还有什么选择呢?

但是,本书出版两年来,给我带来了各种的影响。除非你已经走出困境,否则很难理解其中的含义。只有已经走出来了,再加上足够的金钱和兴趣,才能回顾过去,看到事情真实的样貌。当我回想我与安娜的友谊及其决裂时,我发现它教会了我很多东西:将我的能量用在积极的人、健康的关系上的重要性,如何设定界限,以及何时该抽身离开。而且我看到这如何让我变得更坚强。偶尔有人会问我是否对这次经历心存感激,我的答案当然是否定的。但我很自豪,因为我已经战胜了它,让这样的问题都显得合理起来。我不感谢安娜——如果完全由她来决定一切,我早就破产并崩溃了,讽刺的是,这可能会让我成为一个更值得同情的受害者——我也从未庆幸自己要忍受她的背叛。相反,我很庆幸自己有特权和机会发声,并让别人听到我的声音。这一路上,我遇到了无数好心人,并发现了自己内心的韧性——虽然我希望自己从未有过这种韧性。

如今,我已经找到平静感,这很大程度上归功于我写这本书得到的宣泄，也归功于我因这本书的出版而得到的支持。几年来，我一直觉得自己像一个空壳，一边向前走一边面对过去，花了几天或几个月的时间把事实和记忆缝合成一系列故事，让全世界看到，让我觉得自己终于赶上了当下，可以开始向前看了。在本书出版的当天晚上，我在家人和朋友的簇拥下参加了新书发布会，庆祝人生一个篇章的结束和下一个篇章的开始。当有人——我记得是我的前老板凯瑟琳——敲了敲她的酒杯，示意我发言时，我感到一阵感激之情动摇了我镇定的心态，它从我的胸口涌上喉咙，然后盈满我的双眼，这种感觉无法用言语表达。

如果几年前你告诉我，有一天我会写一本书，并开始巡回签售，我不会相信。如果你告诉我，有一天我——小时候害羞得在餐馆里都需要妹妹帮我点餐——也会不再害怕当众讲话，我会说你疯了。但与我在情绪尚未平复时走上证人席所感受到的压力相比，媒体采访都显得轻而易举。这并不是说我没有被公众的兴趣吓到，也不是说我对重新出现在公众视野中不会感到紧张。我当然会紧张，但当我与来自世界各地的记者交谈时——从纽约的《早安美国》和《夜线》，到伦敦的《天空新闻》和BBC，再到爱尔兰的播客和澳大利亚的早间节目——我开始收到鼓励的声音，这让我感到振奋，也让我更加勇敢，因为我知道我的故事可能会成为一种警示，或者帮助那些有过类似经历的人不再感到孤独。

那年8月的一个周日，我开车沿着家乡熟悉的街道，来到诺克斯维尔市中心一家当地人开的书店：联合大道书店。书店里挤得水泄不通，门口也站满了人，他们甚至拥进了隔壁的商店。我的家人都来了，还有许多童年时代的朋友和我认出来的熟悉面孔。我很紧张——也许是我参加过的所有图书活动中最紧张的一次——但这种紧张感不太一样。在准备对一大群陌生人发言时，我会想："他们会喜欢我吗？他们能理解我吗？他们能理解我的想法吗？"但是，准备在一大群看着我长大、认识我的家人、生活在我家乡的人面前发言时，我想："这会如何改变他们对我的看法？我还会是他们心目中的样子吗？"我已经准备好接受尴尬的安慰，只得到部分理解和礼貌的支持，但我得到的却是眼泪和微笑、认可的点头、拥抱和掌声。我在现场签售了一个多小时，经常听到一句话：你的父母一定很自豪。

我花了很长时间才意识到庭审给我带来的最持久的影响是什么。辩护律师为了破坏我的可信度，把真相的碎片扭曲成虚构的叙述，让我明白我的一举一动都可能被断章取义、重新贴标签并被挑刺。为此，我形成了一种条件反射式的自我意识，害怕别人的看法，我成了自己最严厉的批评者。但在该书出版后的几个月里，无数人发来的电子邮件、信息、评论和打来的电话缓解了这种新出现的焦虑感。

来自心理医疗保健提供者的信息：

> 我是一名受过专业训练的心理学家，我很欣赏你对前朋友病态心理的体谅，以及你展现出的我们每个人都可能有的脆弱感（因为我们从小就被教育要尊重自己对他人的影响，谁不了解屈从于他人糟糕行为的感觉呢？）。

来自刑事司法系统从业人员:

  我曾经是一名惩教人员,即使我了解反社会者,我也在工作中被一位这样的人骗了……反社会者很狡猾。我能理解被他们欺骗有多么容易。

分享他们见解和反思的人:

  我想联系你。首先,我要告诉你我有多喜欢这本书,实际上我已经读了两遍。其次,我想说的是,在我读第二遍的时候,我意识到你的书不是关于安娜的骗局和你损失的钱,而是关于一段关系是如何破裂的……我体会到了你的情绪、你心碎的感受和被背叛的感觉,我衷心希望你已经从中恢复过来,并重新开始信任别人。感谢你与世界分享你的故事。

  嗨,瑞秋,我想这条信息我写了又删了一千遍,因为我从来没有给陌生人写过信。不过,我觉得有必要告诉你,我真的很喜欢你的书。当我第一次读到你在《名利场》上发表的文章时,我心想:好吧,她活该,因为她也参加了这次旅行,等等(我知道这很刻薄,对不起)。但读完这本书后,我十分理解你为什么会成为她的朋友,你是一个善良的人,愿意陪伴在别人身边。这让我反思了一下自己,让我意识到我总是根据道听途说来评判别人，我会在这方面努力改变自己。所以，谢谢你，而且请继续坚持写作。我很高兴看到你把糟糕的情况变成了一件好事。

来自他人的鼓励：

碧昂丝会为你把酸苦的柠檬（负债累累的情况）变成美味的柠檬水（一本让人爱不释手的书）而骄傲。

许多有过类似经历的人：

其他受骗者毫无疑问也与你联系过，我也是其中之一……感谢你有勇气发表自己的经历，让我们这些受害者觉得自己没那么愚蠢，也许没那么天真，当然也没那么孤独。

这些声音平息了我的自我怀疑，让我重新找回自己，让我觉得我分享自己的经历是正确的，让我重新相信人性本善。

我愉快而平静的状态持续了几个月，直到2019年10月。我的婶婶贝基来纽约工作，我们在奥迪昂餐厅（六个月前，我在出庭做证后来的也是这家餐厅）吃完晚饭后，我送她回酒店。我看了看手机，看到朋友给我发来一篇关于《虚构安娜》的文章的链接，这是一部由珊达·莱姆斯创作和制片的网飞迷你剧，改编自杰西卡·普雷斯勒在《纽约》杂志上发表的文章《安娜·德尔维如何欺骗了纽约的派对人士》。我二话没说，立即点击了链接，等待网站加载。我感觉自己很脆弱，但还是强打起精神，因为我想让婶婶知道我没事，看到我坚强、快乐、健康，并有能力应对各种挑战。

因为我没有参与这部剧的制作，所以我和世界上的其他人同时得知，凯蒂·洛斯将在剧中饰演一个名叫"瑞秋"的角色，网飞对这个角色的描述如下："她是一个天生的追随者，她对安娜的盲目崇拜几乎毁掉了她的工作、信用和生活。不过，虽然她与安娜的关系是她最大的遗憾，但由于安娜，她成就了现在的自己，这可能是安娜最伟大的创造物。"

我试着理解这些词，重读了一遍这句话，这次是大声读出来的。"由于安娜，她成就了现在的自己。"简单的十三个字，一举奠定了我的一生。"安娜最伟大的创造物。"剥夺了我的能动性、成就和真相。我看到我的痛苦反映在婶婶的脸上，她从我出生起就一直爱着我。我感到蛰伏在我内心的怒火被重新点燃，我想尖叫。在什么样的世界里，把一个真实的人描述成别人的创造物是可以被接受的？难道我们应该相信，我之所以成为这样的女人，不是因为养育我的父母，不是因为我与家人和朋友分享的爱意，不是因为我自己的努力或个人成长，而是因为安娜，一个在我32年的生活中与我做了不到一年朋友的人？

当我决定出售我的故事的影视改编权时（不是向网飞，而是向HBO），我就预料到我的经历被改编会让我觉得不舒服。我明白，走到聚光灯下会有一定的风险，但网飞的这段描述让我震惊。我向贝基婶婶道了晚安，决定继续往前走，我需要发泄一下。我觉得这个消息在万圣节出现再合适不过了，这个节日本就已经唤起了我旧日的焦虑，因为我已经做好了准备，假定在曼哈顿下城散步时，我可能会遇到不止一个人打扮成安娜·德尔维，戴着质量很差的假发和黑色项圈。我避开教堂街的人群，扫视着陌生人的面孔，感觉自己与他们的欢呼声格格不入——平淡，泄了气，被困在不属于我的地方。我记得最近读到的一篇演讲，是一年前珊达·莱姆斯在《世界时装之苑》杂志的好莱坞女性庆典上接受杰出奖时发表的。她毫不客气，态度强硬，让我印象深刻。"我因为激励其他女性而获得这个奖项，"她说，"如果我隐藏自己，我要如何激励别人？……我们需要树立榜样……我很了不起，我们很了不起。也就是说，我们手握权力，我们是强大的女性。当我们说自己手握权力时，我们实际是在说，我们理应拥有权力。无论我们得到什么好处，都是我们应得的。"

是的，我想说，我的确手握权力——不是因为安娜，而是尽管有她的阻碍也依旧如此。权力不是她的，而是我的。我有权选择相信谁，有权犯错，有权崩溃，也有权重新振作起来。我没有隐藏自己，我正大光明地走到灯光下，虽然伤口依然清晰可见，但高昂着头。

一年多以后，2021年2月12日，也就是安娜从监狱获释的第二天，我正在田纳西州的父母家。我事先没有得到任何关于她获释的消息，是我父亲从朋友那里听到这个消息后，温和地把这个消息告诉我的。这个消息对我并没有造成多大影响，对此我自己也觉得惊讶和宽慰，但很快就有来自美国各地和海外记者的采访请求蜂拥而至。一开始，我没有理会他们，因为我不想重提已经被我忘在脑后的受害的细节,而且觉得如果不给安娜一个机会展示她的现状,就去猜测她是否改变了,或者她下一步会做什么,未免太冒昧了。她已经服完刑了,仅此而已,我希望她一切顺利。

虽然我拒绝了媒体的采访请求,但我看到媒体给安娜提供了平台,却没有追究她的责任。在格外欢快的采访中,她试图把自己的犯罪行为伪装成一种高雅艺术。美国一档早间新闻节目似乎为了证明他们节目的合理性,大肆渲染安娜对监狱改革的兴趣,这个紧迫而复杂的问题需要的是认真的关注和批判性的分析,却被简化为肤浅的片段。安娜知道该说什么来寻找机会,但在她采取行动来支持她的话之前,她不如说:"支票已在邮寄中。"

空谈是廉价的,而骗子很擅长空谈,我想坚持自己的看法:我们为什么要给骗子一支麦克风?但后来我意识到,这正是原因所在——因为安娜是一个厚颜无耻的骗子。她品位高尚但道德低下,对自己行为的后果漠不关心,媒体想要的只是点击率。

我读了各种头条新闻——假名媛安娜·索罗金说,她把被贴上"反社会者"的标签当作恭维……说她的监禁判决是"对时间的巨大浪费"……通过全新的视频博客系列,她将把目光投向网红领域。我明白这种报道的含义,这是对犯罪行为的美化,并想知道谁会站出来反对——我不希望是我。我觉得,安娜作为一个人,已经证明了她值得我们警惕,而不是关注。然而,尽管我很想在屋顶上大声喊出这些话,但我意识到,我的担忧很容易被误认为是对前朋友苦涩的抱怨,而实际上,这个问题远远超出了我和安娜过往的纠纷,也超出了安娜本人,更超出了任何一个具体的故事，它是一个整体性的问题。

获释42天后，安娜被美国移民和海关执法局带走，法官注意到她反常的言论和举动，宣布她"对社会构成威胁"，并因此拘留了她。

安娜在新泽西州哈肯萨克的卑尔根郡监狱接受了《每日电讯报》记者的采访。她说，如果她同意离开美国，她很可能会被释放，但她宁愿被关押在美国，也不愿在德国享受自由身。"我在纽约有自己的生活，"她说，"如果我必须在监狱里待上一两周来解决这个问题，我认为这是合理的。如果你把它看成一个数学方程式，那两边是相等的。"

"如果你把它看成一个数学方程式。"我注意到这句话。作为个人，我们是否同样应该按照大公司使用的风险收益指标来做出决定？以网飞为例：他们是否有权决定我和安娜之间的纷争（像他们的剧中写的那样）带来的利润，超过一个资金有限的人可能提起的诽谤诉讼所带来的经济风险，而这个人的诉求可能只会助长她本想纠正的错误言论？这会对我们人类造成什么影响？现在，"人格力量"是否指的是一个人的创业精神，即其精雕细琢的人设的宣传效益，而不是其正直性？娱乐的成本何时会超过它所提供的价值？

我算过了。BBC新闻根据《信息自由法》申请并获得了《虚构安娜》的合同，网飞在预审前向安娜支付了3万美元的定金。《纽约邮报》援引法庭文件报道，这笔钱——和我猜测的一样——"被直接付给了她的律师托德·斯波代克，用于支付他的部分费用。"随后，网飞又支付了更多的顾问费和她生平经历改编权的费用，使她的报酬达到了32万美元。这笔钱被冻结，以便她罪行的受害者可以提起诉讼并索要赔偿，其中一些人这样做了。但剩余的资金用于支付她其余的律师费，然后支付给安娜本人。据《星期日泰晤士报》报道："在出狱前，索罗金用监狱电话疯狂在颇特网站上购物，买了思琳牌墨镜、一件'巴黎世家'720美元的卫衣、亚历山大·麦昆和耐克的运动鞋等。"当被问及现金从何而来时，安娜回答："我还有一些来自网飞的钱。"然后她模糊地提到了其他项目，但没有提到细节。

20世纪70年代中期，一名连环杀手在实施疯狂谋杀后受到媒体的广泛关注，为了防止罪犯从他们的故事中获利，美国制定了"山姆之子"法。在其现代形式中，该法条赋予纽约犯罪受害者委员会以权力，决定罪犯赚取的任何收益是否应分配给其受害者。但我们如何定义收益？那些判决之前的窗口期赚取的收益怎么处理呢？

当被问及犯罪是否会带来回报时，安娜告诉BBC的《新闻之夜》："在某种程度上，确实会。"

难道我们更关心的是她说了这句话，而不是这句话似乎是真的？

如果你的罪行足够轰动，媒体公司可能会在预审前抢走你故事的改编权，这样你就有能力聘请顶级律师，从而将你的刑罚降到最低。你可能会得到很多钱，甚至在你的资金被冻结、受害者被偿还后，还会有剩余的现金。不仅如此，如果成名是你的追求，那么你就已经打造了自己的"品牌"，创建了一个平台，并找到了受众群体。这是一场赌博，但多亏了网飞，安娜·德尔维向我们展示了获胜的可能性。

"网飞拒绝向BBC透露他们的付款是否影响了司法程序,"我在一篇文章中读道,"负责执行'山姆之子'法律条文的受害者服务办公室已经澄清,说网飞一开始就已经联系过他们,他们的责任无须被追究,美国所有的法律条款都得到了遵守。"这是为了让我们放心吗?这些事情都是遵守规则的结果难道不是更糟吗?

合法的事情并不意味着它就是正确的。

在庭审的开场陈词中,安娜的律师试图把她描述成一个和许多人一样,怀揣着极大的梦想来到纽约,并愿意为之努力奋斗的人。他说,在这里"重新开始"的想法"引起了全世界人民的共鸣"。如果他说得对呢?这是我们想要引起全世界人民共鸣的例子吗?"任何千禧一代①都会告诉你,抱有自命不凡的妄想并不罕见。"他说。作为千禧一代,我不认为这是错误的,但我担心的不是千禧一代,而是Z世代②和他们的后继者,他们会根据我们的社会所奖励的行为来模仿网红。"她是一些人的榜样,"她的律师后来在接受《澳大利亚六十分钟》采访时说,"她显然很有名。人们喜欢和她交往。她的社交媒体已经'火'了。因此,我希望她能将这一切转化为真正积极、有成效的东西,并从中获利。我希望她能把它做成一笔真正的生意。"

安娜树立的榜样真的是我们的美国梦吗?

---

① 千禧一代:一般指出生于1980年—1995年的人。
② Z世代:一般指出生于1995年—2009年的人。

"我的生活是行为艺术。"她目前的推特简介写道。

请扪心自问：幕后到底发生了什么？

"我一直都是安娜·德尔维。"她对BBC《新闻之夜》说。

伪装有可能代表她的一切吗？

"我认为这是陷阱的一部分。"她的个人律师对《星期日泰晤士报》说。

我最后要说的是：人类和想法一样，我们赋予他们的力量和影响力越大，他们就越有力量和影响力。在不知不觉中，我给予了安娜巨大的权力和对我的影响力——后来我花了很多年的时间来努力夺回它们。安娜很聪明，很风趣。我过去也觉得她很有意思，就像现在的其他人一样，我也曾惊叹于她的胆量，惊叹于她按自己的规则行事的方式，惊叹于她宏伟的梦想，以及她那可笑的、超乎寻常的自信心。我们很容易被那些超出我们预期的人物所吸引，尤其是当我们认为自己不会损失什么的时候。

但我从这次经历中学到的是：你的注意力就是一种投资。无论你当时是否意识到这一点，给予他人你的关注就是一种会受到影响的行为。尤其是在这个刺激不断的时代，无穷无尽的人和故事在争夺你的点击、点赞、关注和时间，你的注意力是有价值的。它是有力量的，它并非毫无意义。要注意你把自己的注意力花在了哪里，并理解其中的成本。